NUNCA SAIA SOZINHO

CHARLIE DONLEA

NUNCA SAIA SOZINHO

Tradução: Carlos Szlak

COPYRIGHT © 2019. SUICIDE HOUSE BY CHARLIE DONLEA.
PUBLISHED BY ARRANGEMENT WITH BOOKCASE LITERARY AGENCY
AND KENSINGTON PUBLISHING.
COPYRIGHT © FARO EDITORIAL, 2020

Todos os direitos reservados.
Nenhuma parte deste livro pode ser reproduzida sob quaisquer meios existentes sem autorização por escrito do editor.

Diretor editorial **PEDRO ALMEIDA**
Coordenação editorial **CARLA SACRATO**
Preparação **TUCA FARIA**
Revisão **BÁRBARA PARENTE**
Capa e diagramação **OSMANE GARCIA FILHO**
Imagens de capa **MAGDALENA RUSSOCKA | TREVILLION IMAGES**
KINOMASTERSKAYA, LOVE THE WIND,
A-STAR | SHUTTERSTOCK
Imagens internas **ZEF ART, STOCKPHOTO MANIA | SHUTTERSTOCK**

Dados Internacionais de Catalogação na Publicação (CIP)
Angélica Ilacqua CRB-8/7057

Donlea, Charlie
    Nunca saia sozinho / Charlie Donlea ; tradução de Carlos Szlak. — São Paulo : Faro Editorial, 2020.
352 p.

Título original: The suicide house
ISBN 978-65-86041-36-1

1. Ficção norte-americana 2. Suspense I. Título II. Szlak, Carlos

20-2818   CDD-813.6

Índice para catálogo sistemático:
1. Ficção norte-americana 813.6

1ª edição brasileira: 2020
Direitos de edição em língua portuguesa, para o Brasil, adquiridos por **FARO EDITORIAL**

Avenida Andrômeda, 885 — Sala 310
Alphaville — Barueri — SP — Brasil
CEP: 06473-000 — Tel.: +55 11 4208-0868
www.faroeditorial.com.br

A descoberta consiste em ver o que todos os outros viram e pensar no que ninguém mais pensou.
— Albert Szent-Györgyi

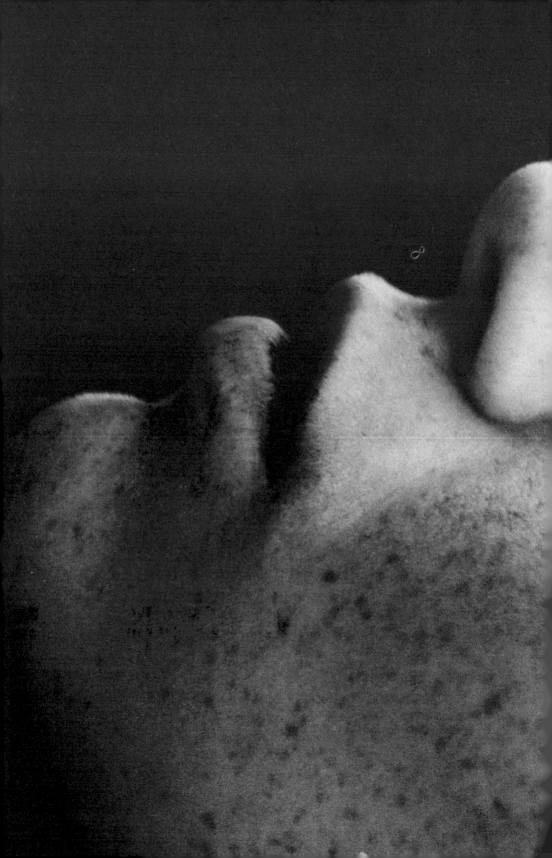

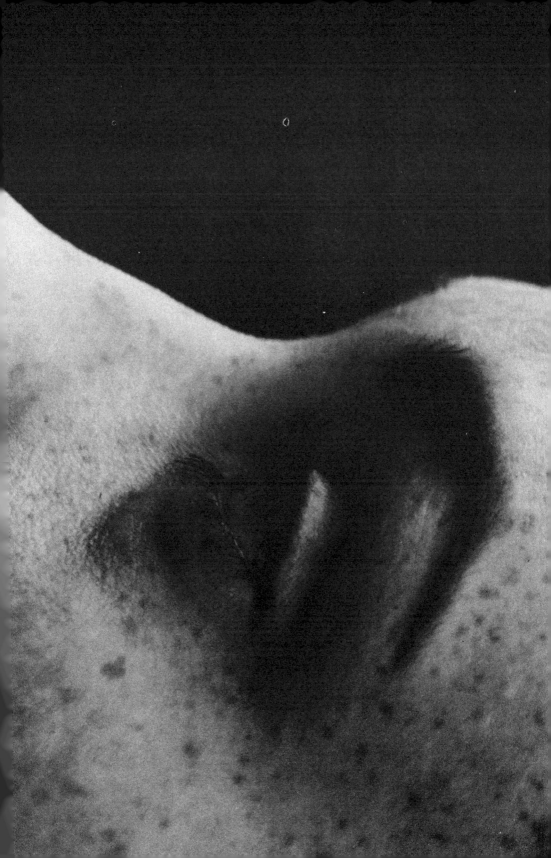

Sessão 1
Anotação no diário: OS TRILHOS

Matei o meu irmão com uma moeda de um centavo. Simples, tranquilo e perfeitamente crível.

Isso aconteceu nos trilhos. Porque, como a vida me ensinaria nos anos vindouros, um trem em alta velocidade podia ser muitas coisas. Majestoso, quando passava tão rápido que os olhos não registravam nada além de manchas de cor. Poderoso, quando ressoava sob os pés como um terremoto iminente. Ensurdecedor, quando rugia ao longo dos trilhos como uma tempestade caída dos céus. Um trem em alta velocidade era tudo isso e muito mais. Um trem em alta velocidade era mortal.

O cascalho que levava até os trilhos não estava bem compactado, e os nossos pés escorregaram na subida. Estava anoitecendo, perto das seis horas, o horário habitual em que a locomotiva passava pela cidade. As partes inferiores das nuvens adquiriram um tom de rubro agonizante quando o sol se pôs no horizonte. O anoitecer era o melhor momento para visitar os trilhos. Em plena luz do dia, o maquinista poderia nos avistar e chamar a polícia para denunciar duas crianças brincando ali perigosamente.

Claro que eu me certificara de que essa situação já havia acontecido. Era essencial para o meu plano. Se tivesse matado o meu irmão na primeira vez em que eu o trouxe aqui, o meu anonimato nessa tragédia teria sido fino como papel. Eu precisava de munição para quando a polícia viesse me interrogar. Precisava criar uma história incontestável sobre os nossos momentos nos trilhos. Já estivéramos aqui antes. Fôramos vistos. Fôramos pegos. Informaram os nossos pais, e nós recebemos punição. Um padrão se formou. Mas dessa vez as coisas deram errado, eu diria à polícia. Éramos crianças. Éramos estúpidos. A narrativa era perfeita, e mais tarde eu saberia que teria de ser. O detetive que investigaria a morte do meu irmão era um policial muito chato. Imediatamente desconfiado da minha história, ele jamais comprou a minha explicação dos acontecimentos. Até hoje, tenho certeza de que não acredita em mim. Mas a minha versão sobre aquele dia, e a história que eu inventara, eram irrefutáveis. Apesar dos seus esforços, o detetive não encontrou furos.

Quando chegamos ao alto do aterro e paramos ao lado dos trilhos, peguei do bolso duas moedas de um centavo e entreguei uma ao meu irmão. Elas eram brilhantes e imaculadas, mas logo ficariam fininhas e lisas depois que as colocássemos nos trilhos para que o trem barulhento as achatasse. Deixar moedas de um centavo nos trilhos era um acontecimento excitante para o meu irmão, que nunca tinha ouvido falar de tal coisa antes de eu apresentá-lo à ideia. Dezenas de outras moedas de um centavo achatadas enchiam um pote no meu quarto. Eu precisava delas. Quando a polícia aparecesse para fazer as suas perguntas, a coleção de moedas serviria como prova de que já havíamos feito aquilo antes.

Ao longe, ao anoitecer, ouvi o apito. O som distante pareceu alcançar as nuvens acima de nós, ecoando nos chumaços de algodão avermelhados. O anoitecer deixara tudo mais escuro naquele momento, quando o sol derretia, granuloso e opalescente. A mistura certa de crepúsculo para conseguirmos ver o que fazíamos, mas não o suficiente para denunciar a nossa presença. Agachei-me e coloquei a minha moeda nos trilhos. O meu irmão fez o mesmo. Esperamos. Nas primeiras vezes em que viemos para cá, colocamos as nossas moedas nos trilhos e descemos correndo o aterro para nos escondermos nas sombras. Porém, logo descobrimos que, ao anoitecer, ninguém nos notava. Assim, depois de algumas aventuras ao lado dos trilhos, paramos de nos esconder à aproximação do trem. Na verdade, chegávamos cada vez mais perto dele. No que consistia estar tão próximo do perigo que nos causava tanta adrenalina? O meu irmão nem imaginava. Eu tinha certeza. A cada aventura, tornava-se cada vez mais fácil manipulá-lo. Por um momento, pareceu injusto; como se eu tivesse assumido o papel de praticante de *bullying*, no qual o meu irmão virara especialista. Mas lembrei a mim mesmo que não devia confundir eficiência com simplicidade. Isso pareceu fácil apenas por causa do meu empenho. Pareceu fácil apenas porque eu fizera daquela maneira.

Com a aproximação da locomotiva, os seus faróis se tornaram visíveis: primeiro o superior central e, pouco depois, os dois laterais inferiores. Cheguei mais perto dos trilhos. O meu irmão estava ao meu lado, à minha direita. Tive que olhar além dele para ver o trem, que vinha vindo. O meu irmão tinha consciência da minha presença, posso dizer, porque quando me aproximei dos trilhos, ele imitou os meus movimentos. Ele não queria ficar de fora. Não queria que eu me gabasse mais ou sentisse mais adrenalina do que ele. Não podia permitir que eu tivesse algo que ele pudesse reivindicar como seu. Era assim que ele era. Como todos os praticantes de *bullying* eram.

O trem estava cada vez mais próximo.

— A sua moeda — eu disse.

— O quê? — o meu irmão perguntou.

— A sua moeda. Ela não está no lugar certo.

O meu irmão olhou para baixo, inclinando-se um pouco sobre os trilhos. O trem barulhento veio na nossa direção. Eu dei um passo para trás e o empurrei. Tudo acabou em um instante. Ele estava lá um segundo antes e sumiu no seguinte. O trem passou rugindo, retumbando nos meus ouvidos e transformando a minha visão em um borrão de cores enferrujadas. A locomotiva gerou uma corrente de ar que me arrastou um passo ou dois para a esquerda e me sugou para a frente, querendo que eu me juntasse ao meu irmão. Firmei os pés no cascalho para resistir ao puxão.

    Quando o último vagão passou, a sucção invisível me liberou. Cambaleei para trás. A minha visão voltou, e o silêncio se apossou dos meus ouvidos. Ao olhar para os trilhos, a única coisa que restava do meu irmão era o seu tênis direito, estranhamente em pé, como se ele o tivesse descalçado e colocado ali.

    Tive o cuidado de deixar o tênis intocado. Porém, peguei a minha moeda de um centavo. Estava plana, fina e larga. Enfiei-a no bolso e fui para casa, para adicioná-la à minha coleção. E para dar aos meus pais a terrível notícia.

Fechei o diário encadernado em couro. Um pedaço do marcador de tecido pendia na extremidade inferior, indicando o lugar para a próxima vez que eu tivesse que ler durante uma sessão. Um silêncio sepulcral tomou conta do recinto.

— A senhora está chocada? — indaguei por fim.

A mulher à minha frente balançou a cabeça. O seu comportamento não mudou durante a minha confissão.

— Nem um pouco — ela afirmou.

— Ótimo. Venho aqui para fazer terapia, e não para ser julgado. — Exibi o diário. — Gostaria de falar sobre os outros.

Esperei.

Ela ficou me encarando.

— Há outros. Não parei depois do meu irmão.

Fiz mais uma pausa. A mulher continuou me encarando.

— A senhora se importaria se eu falasse sobre os outros?

— Nem um pouco — ela repetiu, voltando a fazer um gesto negativo com a cabeça.

Arqueei uma sobrancelha.

— Excelente. Sendo assim, prosseguirei.

ESCOLA PREPARATÓRIA DE WESTMONT

SEXTA-FEIRA, 21 DE JUNHO DE 2019

23H54

**A LUA EM QUARTO CRESCENTE FLUTUAVA NO CÉU DA MEIA-
-noite**, com seu brilho embaçado visível esporadicamente através da vegetação. A presença inconstante da lua penetrava pelos galhos entrelaçados das árvores como um esmalte pálido que pintava o chão da mata num acabamento laqueado de um filme em branco e preto. Ele carregava uma vela para conseguir visibilidade, cuja chama se apagava toda vez que ele acelerava o passo e tentava correr pela mata. Procurou diminuir a velocidade, ser cuidadoso e cauteloso, mas caminhar não era uma opção. Ele precisava se apressar. Tinha de ser o primeiro a chegar. Era imprescindível vencer os outros.

Ele colocou a mão na frente da vela para proteger a chama, o que lhe permitiu alguns minutos ininterruptos para examinar a mata. Caminhou alguns metros até alcançar uma fileira de árvores de aparência suspeita. Parou para verificar um tronco à procura da chave de que tanto precisava, e a chama da vela se apagou. Não havia vento. A chama simplesmente se extinguiu, deixando uma nuvem de fumaça que preencheu as suas narinas com o cheiro de cera queimada. O eclipse repentino e inexplicável da vela significava que o Homem do Espelho estava perto. Pela regra — que como as outras ninguém nunca quebrou —, ele tinha dez segundos para reacender a vela.

Depois de tirar um fósforo da caixa — as regras não permitiam o uso de isqueiros —, ele o riscou na superfície áspera da sua lateral. Nada. As suas mãos tremiam quando ele o riscou novamente. O fósforo quebrou ao meio e caiu no chão escuro da mata. Então, ele tentou tirar outro fósforo da caixa, e derrubou vários no processo.

— Droga! — Ele não podia se dar ao luxo de desperdiçar fósforos. Precisaria deles mais uma vez se conseguisse se dirigir para a casa e, em seguida, entrar no quarto do pânico.

Porém, naquele momento, encontrava-se sozinho na mata escura com uma vela apagada e em grande perigo, se acreditasse nos boatos e no folclore. Os tremores em seu corpo sugeriam que sim. Ele manteve a mão firme pelo tempo suficiente para riscar com cuidado o fósforo na superfície áspera, fazendo-o acender numa chama crepitante. A erupção desprendeu uma nuvem de fumaça tingida de enxofre antes de serenar e virar uma chama controlada. Ele tocou a cabeça do fósforo no pavio da vela, e ficou feliz com a luz fornecida. Respirou fundo e observou a mata sombreada ao seu redor. Manteve-se atento e à espera. Com a certeza de estar dentro do prazo definido, retornou a atenção para a fileira de árvores adiante. Lentamente, seguiu em frente, protegendo a chama com todo o cuidado à medida que avançava, já que uma vela acesa era a única maneira de manter afastado o Homem do Espelho.

Ao chegar ao imenso carvalho preto ele viu uma caixa de madeira junto à base do tronco. Ajoelhou-se e abriu a tampa. Havia uma chave dentro. O seu coração bateu forte, com contrações poderosas que fizeram o seu sangue correr rápido pelas veias salientes do pescoço. Ele respirou fundo e se acalmou. Em seguida, apagou a vela com um sopro. As regras diziam que as velas de orientação só podiam ficar acesas até que uma chave fosse encontrada.

Ele partiu pela floresta. Ao longe, um trem apitou noite adentro, estimulando a sua adrenalina. A corrida começou. Ele se chocou contra um tronco e torceu um tornozelo, tudo isso protegendo em vão o seu rosto dos galhos que o chicoteavam. Continuou pela mata, e o barulho do trem sacudiu o chão embaixo dele, e a vibração trouxe mais urgência aos seus passos.

Quando ele alcançou o limite da floresta, a locomotiva passava em alta velocidade à sua esquerda, em um borrão metálico que capturava de modo inconstante o reflexo da lua. Livrou-se da folhagem escura e partiu em direção a casa, com os seus gemidos e a sua respiração ofegante superados pelo rugido do trem. Chegou até a porta e a empurrou para abrir.

— Parabéns — alguém lhe disse assim que ele entrou. — Você é o primeiro.

— Legal — ele respondeu, sem fôlego.

— Encontrou a chave?

— Sim. — Ele a exibiu.

— Siga-me.

Eles percorreram os corredores escuros da casa até chegarem à porta do quarto do pânico. Ele enfiou a chave na fechadura da porta e a girou. A fechadura se rendeu e a porta se abriu. Os dois entraram e depois fecharam a porta atrás de si. O quarto se achava escuro como breu, muito pior do que a escuridão da mata.

— Rápido.

Ele se abaixou até o chão. Engatinhando, tateou o piso de madeira até os seus dedos toparem com uma fileira de velas situada diante de um espelho de chão bem alto. Enfiou a mão no bolso e tirou a caixa de fósforos. Restavam apenas três. Riscou um na superfície áspera da lateral da caixa, acendendo-o. Em seguida, acendeu uma das velas e se levantou, ficando de frente para o espelho coberto por uma lona pesada.

Ele respirou fundo e acenou com a cabeça para aquele que o recebera na porta. Juntos, eles puxaram a lona do espelho. O seu reflexo ficou ofuscado pela luz da vela, mas ele notou os cortes horizontais que lhe atravessavam o rosto e o sangue que escorria deles. Ele parecia assustador e exausto pela batalha, mas conseguira. O barulho se dissipou quando o último vagão passou perto da casa e o trem seguiu para o leste. O silêncio tomou conta do quarto.

Olhando-se no espelho, ele respirou fundo. Então, juntos, os dois sussurraram:

— O Homem do Espelho. O Homem do Espelho. O Homem do Espelho.

Por um momento, nenhum deles piscou nem sussurrou. Então, algo brilhou logo atrás dos dois. Um borrão no espelho entre os seus reflexos. Em seguida, um rosto se materializou na escuridão e entrou em foco: um par de olhos luminescentes, com reflexos da chama da vela. Antes que um ou outro pudesse se virar, gritar ou lutar, a chama da vela se apagou.

PEPPERMILL, INDIANA

SÁBADO, 22 DE JUNHO DE 2019

3H33

O DETETIVE CONDUZIU O CARRO PARA ALÉM DA FITA AMA-
rela de cena do crime que já demarcava o perímetro e parou em meio ao caos de luzes vermelhas e azuis. Viaturas da polícia, ambulâncias e caminhões de bombeiros estavam estacionados em ângulos estranhos, em frente aos pilares de tijolos que marcavam a entrada da Escola Preparatória de Westmont, um internato particular.

Que bagunça dos diabos!

Seu oficial comandante dera poucos detalhes além de que dois jovens haviam sido mortos na mata situada no limite do *campus* da instituição. A situação estava propícia para uma reação exagerada. Daí a presença de toda a polícia e de todos os bombeiros locais. E, pelo que parecia, metade do pessoal do hospital. Médicos de uniforme e enfermeiras de jaleco branco reluziam ao caminhar na frente dos faróis das ambulâncias. Os policiais conversavam com os alunos e os professores quando eles saíam pelos portões da frente e chegavam ao circo de luzes piscantes.

O detetive percebeu um furgão de reportagem do Canal 6 parado do lado de fora da fita de cena do crime. Apesar da hora macabra, ele tinha certeza de que mais furgões de reportagem estavam a caminho.

Quando o detetive Henry Ott desembarcou do carro, o policial no comando o atualizou da situação.

— Recebemos a primeira ligação à meia-noite e vinte e cinco. Na sequência, vieram muitas outras, todas descrevendo algum tipo de confusão na mata.

— Onde? — Ott quis saber.

— Em uma casa abandonada no limite do *campus* da escola.

— Abandonada?

— Pelo que apuramos até agora — o policial disse. — Tratava-se de uma casa de hóspedes para professores, mas está vazia há vários anos, desde que os trens de carga da Canadian National começaram a passar diariamente perto dali. Como o local ficou muito barulhento, novas moradias para professores foram construídas em uma parte central do *campus*. A escola tinha planos de transformar a área num campo de futebol americano e numa pista de atletismo. Mas, por enquanto, a construção permanece abandonada junto à mata. Conversamos com alguns alunos. Parece que aquele era o ponto de encontro favorito para festas noturnas.

O detetive Ott e o policial foram em direção aos portões da Escola Preparatória de Westmont e depois até a entrada. Um carrinho de golfe estava parado diante do prédio principal. Quatro colunas gigantes se erguiam para apoiar um grande frontão triangular, que brilhava sob os holofotes. O lema da escola se achava entalhado na superfície da pedra.

— *"Veniam solum, relinquatis et"* — o detetive Ott leu, com o pescoço esticado para trás, mirando o prédio. — Chegar sozinhos, sair juntos.

— O que isso significa?

— Não quero saber — o detetive Ott respondeu, olhando para o policial. — E agora?

O policial apontou para o veículo.

— Vamos pegar o carrinho. A casa fica nos arredores do *campus*, cerca de vinte minutos a pé pela mata. Será mais rápido irmos com ele.

O detetive e o policial embarcaram no carrinho de golfe, e em minutos, aos trancos e barrancos, atravessavam a mata por um caminho estreito de terra. Os troncos das grandes bétulas eram um borrão na visão periférica. A luz da lua tinha sumido. À medida que se embrenhavam mais para o interior da mata, apenas os faróis do carrinho de golfe ofereciam um vislumbre do que havia pela frente.

— Meu Deus! — o detetive Ott exclamou em dado momento. — Isso ainda faz parte do *campus*?

— Sim, senhor. A casa antiga foi construída longe do centro do *campus* para proporcionar privacidade aos professores.

Mais adiante, o detetive viu bastante atividade no fim do caminho estreito. Holofotes foram montados para iluminar a área. Ao se aproximarem do final das copas escuras das árvores da mata, pareceu que estavam saindo da boca de uma criatura pré-histórica gigantesca.

O policial reduziu a velocidade do carrinho antes de alcançarem a saída.

— Senhor, mais uma coisa antes de chegarmos ao local.

— O que é? — O detetive franziu a testa.

O policial engoliu em seco.

— A cena é muito chocante. Pior do que qualquer coisa que já vi.

Acordado no meio da noite, e preso em algum lugar entre o estado de embriaguez em que dormira e a ressaca que esperava, o detetive Ott, que estava com pouca paciência e não tinha talento para o dramático, indicou o limite da mata.

— Vamos!

O policial dirigiu das sombras do caminho para os holofotes brilhantes de halogênio. O grupo de pessoas ali era menor, menos frenético e mais organizado do que na entrada da escola. Os policiais tiveram o bom senso de reduzir ao mínimo o número de policiais, paramédicos e bombeiros no local, para diminuir a chance de contaminar a área.

O policial parou o carrinho do lado de fora dos portões da casa.

— Jesus! — o detetive Ott murmurou ao desembarcar.

Os olhos de todos os socorristas estavam nele, observando a sua reação e esperando as suas instruções.

Diante de Ott havia uma grande casa colonial, que parecia ter vindo de um passado distante. Estava sob a luminosidade sombria dos holofotes, que realçavam as heras que cobriam a parte externa da construção. Um portão de ferro forjado demarcava o perímetro da construção, e grandes carvalhos se projetavam em direção ao céu noturno.

O primeiro corpo com que o detetive Ott deparou foi o de um aluno do sexo masculino que fora empalado por uma das lanças do portão de ferro forjado. Não por acidente. Não como se ele tivesse tentado escalar o portão e caído sem querer sobre a lança. Não, aquilo foi intencional. Quase engenhoso. O rapaz fora colocado ali. Erguido com cuidado e depois solto para que uma das lanças entrasse pelo queixo, atravessasse o rosto e saísse pela parte superior do crânio.

O detetive tirou uma lanterninha do bolso e seguiu para a casa. Foi quando notou uma garota sentada no chão, perto do jovem empalado, coberta de sangue, com os braços em volta dos joelhos e se balançando para a frente e para trás, em estado de choque.

— Não eram dois jovens pulando a cerca. Isso foi um maldito massacre.

PARTE I
AGOSTO DE 2020

1

APÓS A SUA PUBLICAÇÃO NO INÍCIO DA MANHÃ, EM APENAS cinco horas o terceiro episódio do podcast fora baixado quase trezentas mil vezes. Em mais alguns dias, outros milhões de pessoas ouviriam essa edição de *A casa dos suicídios*. Então, muitos desses ouvintes usariam a internet e as redes sociais para discutir as teorias e conclusões a respeito das descobertas apresentadas durante o episódio. O falatório geraria mais interesse, e novos ouvintes fariam o *download* dos episódios anteriores. Em pouco tempo, Mack Carter seria dono do maior sucesso da cultura pop.

Esse fato inevitável irritou Ryder Hillier de maneira indescritível. *Ela* havia feito a pesquisa, *ela* soara os alarmes e era *ela* quem estava investigando os assassinatos na Escola Preparatória de Westmont desde o ano anterior, registrando as suas descobertas e publicando-as em seu blog sobre crimes reais. Seu canal no YouTube tinha duzentos e cinquenta mil inscritos e milhões de visualizações. Mas agora, todo o seu esforço estava sendo ofuscado pelo podcast de Mack Carter.

Ryder Hillier logo percebera que a história da escola estava mal contada. A versão oficial dos acontecimentos era muito simples e bastante conveniente. Além disso, os fatos apresentados pela polícia eram seletivos, na melhor das hipóteses, e falaciosos, na pior. Ryder sabia que, com o apoio certo e algumas reportagens investigativas inteligentes, a história poderia atrair uma enorme audiência. No ano anterior, ela apresentou a sua ideia aos estúdios, depois que o caso ganhou as manchetes nacionais e foi aberto e encerrado antes que quaisquer respostas reais fossem dadas.

Todavia, Ryder Hillier era apenas uma humilde jornalista, e não uma estrela como Mack Carter. Ela não tinha um rosto tipicamente americano, nem cordas vocais poderosas. Assim, nenhum dos estúdios prestara atenção à sua apresentação. Ela era uma jornalista de trinta e cinco anos desconhecida fora do estado de Indiana. No entanto, tinha certeza de que os seus artigos sobre o caso, que foram publicados com destaque no *Indianapolis Star* e receberam menção em diversos outros meios de comunicação, assim como a popularidade do seu canal no YouTube, tinham *algo* a ver com o súbito interesse pela Escola Preparatória de Westmont. Mack Carter não se mudou do horário nobre da tevê para uma cidadezinha em Indiana por mero acaso. Alguém, em algum lugar, se interessou pelas descobertas de Ryder e viu uma oportunidade e cifrões. Mack Carter — o atual apresentador de *Events*, revista eletrônica noturna para tevê — foi contratado para realizar uma investigação superficial e produzir um podcast sobre as suas descobertas. Seu nome chamaria a atenção, e o podcast atrairia milhões de ouvintes com a promessa de que o grande Mack Carter, com as suas comprovadas habilidades investigativas e postura agressiva, encontraria respostas para os assassinatos na Escola Preparatória de Westmont, cujas investigações haviam sido encerradas. Porém, no fim, ele não provaria nada além de que, com o patrocínio adequado e muito dinheiro adiantado, um podcast poderia florescer a partir das cinzas da tragédia e se tornar um empreendimento lucrativo para todos os envolvidos. Enquanto essa tragédia fosse perturbadora e mórbida o suficiente para atrair audiência, os assassinatos na Escola Preparatória de Westmont seriam levados em consideração.

Ryder não permitiria que a realidade dos grandes negócios a desencorajasse. Muito pelo contrário. Ela se esforçara muito para desistir agora. Sua ideia era pegar carona no sucesso do podcast. Queria atrair Mack Carter para lhe mostrar as cartas que tinha nas mangas. Para ganhar o seu interesse e fazê-lo tomar conhecimento. Os anunciantes do seu canal no YouTube proporcionavam uma renda decente, e seus bicos no jornal pagavam as contas. Porém, àquela altura da vida, Ryder Hillier queria mais de sua carreira. Queria ser bem-sucedida, e ligar seu nome ao podcast de crimes reais mais popular da história a levaria a outro nível. E a verdade era que Mack Carter precisava dela. Ela sabia mais do que ninguém sobre os assassinatos na Escola Preparatória de Westmont, incluindo os detetives que a investigaram. Tudo o que precisava era descobrir um meio de chamar a atenção de Mack.

Como centenas de milhares de pessoas, Ryder baixou o último episódio do podcast de Mack Carter. Colocou os fones de ouvido, ativou o aplicativo no celular e partiu para correr na trilha, ouvindo a voz empostada dele:

A Escola Preparatória de Westmont é um internato conceituado, situado às margens do lago Michigan, na cidade de Peppermill, em Indiana. Ela prepara os adolescentes não só para os rigores da faculdade, mas também para os desafios da vida. A instituição existe há mais de oitenta anos, e a sua rica história promete que ela estará aqui muito tempo depois que aqueles que escutam este podcast se forem. Porém, além das honras e dos elogios, a escola tem uma cicatriz. Uma mácula terrível que também perdurará aqui por muitos anos.

Este podcast é um relato da tragédia que ocorreu nesta prestigiosa escola durante o verão de 2019, quando as regras que costumam definir a conduta da escola foram apenas um pouco afrouxadas para os alunos que permaneceram ali naqueles meses quentes. É a história de um jogo sombrio e perigoso que acabou mal, de dois alunos brutalmente assassinados e de um professor acusado. Contudo, na sua essência, essa história também trata dos sobreviventes. Ela é sobre alunos que estão tentando desesperadamente seguir em frente, mas que foram misteriosamente levados de volta para uma noite que não conseguem esquecer.

Durante este podcast, investigaremos os detalhes daquela fatídica noite. Conheceremos as vítimas e o jogo perigoso que se desenrolou na mata nos limites do *campus* da Westmont. Entraremos na casa de hóspedes abandonada onde os crimes ocorreram. Encontraremos aqueles que sobreviveram ao ataque e olharemos mais de perto a vida dentro dos muros desse internato de elite. Analisaremos os boletins de ocorrência da polícia, os interrogatórios das testemunhas, as anotações dos assistentes sociais e as avaliações psicológicas dos alunos envolvidos. Conheceremos em detalhes o detetive responsável pela investigação. E por fim, entraremos na mente de Charles Gorman, o professor da Escola Preparatória de Westmont responsável pelos assassinatos. Ao longo desta jornada, espero encontrar algo novo, algo que ninguém mais descobriu. Talvez uma prova que lance uma luz no segredo que muitos de nós acreditamos que ainda está escondido atrás dos muros da instituição. Um segredo que explicará por que os alunos continuam voltando para aquela casa de hóspedes abandonada para se matar.

 Eu sou Mack Carter. Bem-vindos ao podcast *A casa dos suicídios*.

Ryder fez um gesto negativo com a cabeça enquanto corria. Até a maldita introdução a fisgara.

 Eu sou Mack Carter, e no terceiro episódio de *A casa dos suicídios* vamos conhecer um dos sobreviventes dos assassinatos na Escola Preparatória de Westmont, um aluno chamado Theo Compton, que estava presente na casa de hóspedes abandonada na noite de 21 de junho. Theo, que nunca deu uma entrevista para os meios de comunicação, concordou em falar comigo exclusivamente sobre o que houve na noite em que dois de seus colegas de classe foram mortos. Ele entrou em contato comigo por meio do fórum de discussão do site de *A casa dos suicídios*. A seu pedido, eu o encontrei no McDonald's de Peppermill.

 Nós nos sentamos a uma mesa dos fundos, onde Theo sussurrou durante a maior parte de nossa conversa. Demorou um pouco para ele começar a falar. Assim, editei a entrevista até a última terça parte. Aqui está a gravação do nosso bate-papo, com os meus comentários adicionados por meio da minha voz em off:

— Então você estava lá na noite em que os seus colegas foram mortos?

Theo assente com a cabeça e coça a barba por fazer.

— Sim, estava.

— Fale-me sobre a casa abandonada. Qual era o lance?

— Qual era o lance? Somos um grupo de adolescentes presos em um colégio interno com regras rígidas e um código de vestimenta. A casa na mata era uma fuga.

— Uma fuga do quê?

— Das regras. Dos professores. Dos doutores, dos orientadores e das sessões de terapia. Era a liberdade. Íamos lá para fugir da escola, para cair fora e tentar aproveitar o verão.

— Você está prestes a começar o seu último ano na Westmont, certo?

— Sim.

— Mas neste verão, você e seus amigos não irão mais a essa casa.

— Ninguém mais vai lá.

— No verão passado, na noite dos assassinatos, você e os seus amigos se envolveram em algo. Um jogo sombrio e secreto. Fale-me sobre isso.

Theo arregala os olhos e me fita. Logo em seguida, ele vira o rosto e olha pela janela, para o estacionamento. A reação me dá a impressão de que Theo acha que sei mais do que sei. Já faz pouco mais de um ano que a Escola Preparatória de Westmont ficou famosa pelos assassinatos dentro dos seus muros, e os alunos que sobreviveram àquela noite estão prestes a começar o último ano. A polícia se recusou a responder a perguntas sobre suas investigações, e o silêncio alimentou o fogo dos boatos. Um deles é de que os alunos vinham praticando um jogo perigoso na noite em que dois deles morreram.

— Me conte sobre aquela noite, Theo. O que você estava fazendo na casa?

Theo volta o rosto para a frente e me encara.

— **Não estávamos na casa, mas na mata.**

— A mata que cerca a casa?

Theo faz que sim com a cabeça.

— Vocês estavam disputando um jogo?

— Não. — Ele diz isso bruscamente, como se eu o tivesse insultado. — Não tem a ver com jogo algum.

Espero, mas Theo continua calado. Então, pressiono:

— Muita gente insinuou que você e seus colegas estavam participando de um jogo chamado O Homem do Espelho. E que foram as apostas e exigências desse jogo que acabaram provocando os acontecimentos terríveis daquela noite.

Theo faz um gesto negativo com a cabeça e volta a olhar pela janela.

— Fizemos besteira, tá bom? É hora de pôr para fora a verdade.

Concordo com um gesto e tento não parecer afobado.

— A verdade. Tudo bem, me diga o que você sabe.

Theo respira fundo. Diversas vezes, de fato, até quase ficar ofegante.

— Não contamos tudo para a polícia.

— A respeito do quê?

— Sobre aquela noite. Sobre um monte de coisas.

— Tipo...

Theo faz uma longa pausa aqui. Espero ansiosamente que ele prossiga. Finalmente, ele fala:

— Tipo as coisas que sabemos sobre o sr. Gorman.

A tensão toma conta de mim e, por um momento, não consigo falar. Charles Gorman é o professor da Escola Preparatória de Westmont acusado como assassino dos colegas de classe de Theo Compton. Ou melhor, de os ter massacrado, e de haver empalado um deles em uma cerca de ferro forjado. O argumento contra Gorman é forte, e nunca houve outro suspeito. Contudo, apesar das provas contra ele, muitos acreditam que há mais coisas em relação aos assassinatos do que o público sabe atualmente. Theo Compton parece pronto para exibir as peças que faltam de um quebra-cabeça muito complicado.

— De que se trata?

Pareço afobado e Theo percebe.

— Droga, não posso fazer isso! — Nervoso, Theo se move e ameaça se levantar da cadeira.

— Espere! Fale-me sobre Charles Gorman. Você sabe por que ele fez aquilo?

Theo volta a me olhar direto nos olhos.

— Ele não fez aquilo.

Sem piscar, encaro o jovem na minha frente. Faço um gesto negativo com a cabeça.

— Por que diz isso, Theo?

Ele fica de pé.

— Tenho que ir. Se o grupo souber que estou falando com você, vai pirar.

— Que grupo?

Theo se afasta da mesa e vai embora num instante, passando pelas portas do McDonald's e me deixando sozinho a uma mesa dos fundos.

Por algum tempo, permaneço sentado, fazendo-me a mesma pergunta várias vezes: "Que grupo?".

2

RYDER CONSEGUIU OUVIR METADE DO EPISÓDIO DURANTE SUA corrida. Estava ansiosa para terminar de ouvi-lo, mas tinha um artigo pendente para o dia seguinte. Ryder escrevia uma coluna semanal sobre crimes reais para a edição dominical do *Indianapolis Star*. Como uma das colunas mais lidas do jornal, sempre gerava muitas mensagens dos leitores na edição on-line e nos sites de notícias populares geralmente ligados a isso.

Depois do banho, Ryder vestiu um jeans e uma camiseta regata, e então sentou-se à mesa da cozinha, onde abriu o laptop. Escreveu durante uma hora, até as dez e quarenta da noite, dando os retoques finais em um artigo sobre um desaparecido em South Bend. Houve alguns avanços recentes no caso, relacionados à cronologia da apólice de seguro de vida do homem, o que colocou sua esposa sob suspeita. Ryder vinha se esforçando ao máximo para terminar o artigo, mas o texto demorava em sair, e ela se sentiu frustrada com sua falta de concentração. A voz grave e empostada de Mack Carter confundia sua cabeça, e tudo o que ela queria era voltar ao podcast. Finalmente, sucumbiu à tentação, empurrou o laptop para o lado e ativou o aplicativo no celular para reiniciar o episódio.

Então, a minha entrevista com Theo Compton foi o que a garotada chamaria de fracasso épico. Épico, mas não completo. A nossa curta conversa foi estranha. Os assassinatos na Escola Preparatória de Westmont aconteceram em 21 de junho. Charles Gorman se tornou suspeito depois que os detetives encontraram um manifesto em sua casa descrevendo em detalhes explícitos como ele planejava realizar os assassinatos. Escrito em letra cursiva elegante, ali estava o método exato pelo qual ele pretendia matar os alunos, os detalhes sobre jugulares cortadas e os pormenores de usar as lanças do portão de ferro forjado para o empalamento. Depois de registrar os planos em seu diário, Gorman cumpriu exatamente o que as suas palavras prometeram.

Então, Theo Compton fez minha mente girar. Com tantas provas amontoadas contra Charles Gorman, estou curioso de saber se Theo, ou qualquer outro aluno, possui informações que possam refutá-las. Claro que se os ouvintes tiverem alguma pista, eu os encorajo a se dirigirem ao fórum de discussão do site para compartilhá-la comigo e com o restante da comunidade do podcast. Por enquanto, vamos nos concentrar em Gorman e voltar até onde paramos no final do episódio da semana passada.

Eu lhes disse que me foi concedido acesso exclusivo a todos os locais da Escola Preparatória de Westmont e, em particular, à casa de Charles Gorman. Agora retomaremos a minha visita, que teve como guia a diretora, a dra. Gabriella Hanover. Aqui está a gravação da entrevista, com os meus comentários adicionados ao longo da narrativa.

A área que compreende a Escola Preparatória de Westmont é impressionante e ameaçadora. Os prédios são estruturas góticas construídas com arenito branco e cobertos por heras que alcançam os beirais. É meio-dia, em um sábado do verão, e o lugar está tranquilo. Apenas alguns alunos passeiam pelas dependências, enquanto a dra. Hanover conduz o carrinho de golfe pelos caminhos sinuosos do terreno.

— A casa onde ocorreram os assassinatos ainda está interditada?

Imediatamente percebo que a dra. Hanover não gosta da pergunta. Ela me dá um olhar de soslaio, que se conecta com uma fração de segundo de contato visual. É como se os nossos dedos se tocassem e produzissem descargas de eletricidade estática. O olhar é o suficiente para me dizer para não abusar da sorte. Nas negociações que precederam esta visita guiada, ela e os advogados da escola explicaram que a parte do *campus* onde ocorreram os assassinatos não só estava interditada para mim e para o podcast como também era inacessível ao corpo discente. Aquela área fora separada por um muro de tijolos bastante alto. Consigo ver a divisão a distância enquanto a dra. Hanover me conduz pelo *campus*. Para mentes curiosas como a minha, o muro de tijolos vermelhos não me adverte para ficar longe — tem o efeito exatamente oposto. Ele me implora para descobrir o que está além dele. Grita para mim que está escondendo algo sinistro. Do outro lado desse muro fica a mata, e nessa mata está o caminho esquecido que leva à famosa casa de hóspedes.

Anos antes dos assassinatos, a escola planejara demolir a casa e eliminar uma parte da mata para abrir espaço para um campo de futebol e de futebol americano, uma pista de atletismo e um campo de beisebol. Apenas nos últimos meses a escola garantiu o financiamento. A reforma está prevista para começar assim que a polícia de Peppermill decidir que não há mais provas a serem colhidas na cena do crime.

Apesar de o caso ter sido solucionado tão rapidamente, um decreto do governador suspendeu a demolição da casa. No ano passado, ele foi pressionado pelo procurador distrital, e, por sua vez, eles foram pressionados pelo Departamento de Polícia de Peppermill, para adiar a demolição. Alguém dentro do departamento ainda está convencido de que há perguntas sem respostas sobre aquela noite escondidas nas paredes daquele lugar. E assim, a demolição foi suspensa.

No entanto, os detentores do poder na Escola Preparatória de Westmont – o conselho de administração e aqueles que têm dinheiro atrelado ao sucesso do instituto – anseiam pelo dia em que uma bola de aço suspensa em um guindaste ajudará a enterrar de vez o assunto. A casa é uma cicatriz desagradável na história da escola, e a melhor maneira de ela desaparecer é ser destruída. Por enquanto, porém, a casa continua de pé. E eu pretendo encontrar o meu caminho até ela.

Hoje, todavia, decido deixar a minha pergunta sem resposta, em vez de pressionar a dra. Hanover sobre o tema e correr o risco do encerramento da visita. Eu sabia que desta vez não veria a casa de hóspedes abandonada, mas a ida até a residência de Gorman fora prometida. E agora estamos quase chegando lá. Nós nos aproximamos das moradias da Westmont: um longo trecho de casas geminadas denominado Fileira dos Professores. Foi aqui, no número 14, que Gorman viveu durante a sua permanência de oito anos na Escola Preparatória de Westmont. Professor de química exemplar, ele tinha as melhores notas em deveres cumpridos e os maiores elogios nas suas avaliações de desempenho – que, desde a noite de 21 de junho, ficaram sob escrutínio.

Paramos diante da casa 14, uma construção pequena e sólida, construída com tijolos cor de vinho e argamassa transbordante. Passagens estreitas atravessam construções adjacentes e são ladeadas por cornisos e hortênsias. Entradas duplas estão presentes na parte da frente, uma para a casa número 14 e outra para a 15. São residências agradáveis; confortáveis moradias para professores. É difícil acreditar que tal monstro viveu aqui.

As chaves chocalham quando a diretora abre a porta principal da 14. Entramos em uma residência vazia, exceto por alguns móveis que não foram utilizados no último ano. A dra. Hanover me mostra a sala da frente, a cozinha e um quarto de solteiro. Quando passamos pelo pequeno escritório, o celular dela toca. A doutora se desculpa e sai para atender à ligação.

De repente, estou sozinho no lar de Charles Gorman. O lugar é aflitivamente silencioso. Há algo de ameaçador em estar aqui sozinho, e me dou conta de que há uma razão plausível para esta unidade não ter sido transferida para outro professor – e provavelmente nunca será. Ela ficou vazia por mais de um ano porque Gorman levou uma vida secreta entre estas paredes, e qualquer membro do corpo docente que se atrevesse a tomar posse deste lugar estaria seguindo os passos de um assassino e lidando com os espíritos dos alunos que ele matou. Espíritos que certamente vagam por estes cômodos vazios em busca de respostas e conclusão.

Eu os sinto agora. Procuro as mesmas coisas que eles. Quero me livrar dos arrepios na nuca. Sei que não tenho muito tempo. Também sei que é melhor não fazer o que pretendo, mas os meus instintos de repórter investigativo são indomáveis.

Entro rapidamente no pequeno escritório, também vazio. Algumas marcas no carpete me mostram onde ficava uma mesa no meio do recinto. Provavelmente é o lugar onde Gorman se sentou quando escreveu o seu manifesto. Tudo o que resta ali agora é uma estante vazia, uma cadeira torta por causa da perda de uma roda e um quadro da tabela periódica pendurado na parede. Eu sei o que está por trás disso.

Dou uma olhada rápida para ter certeza de que a dra. Hanover continua do lado de fora. Então, retiro o quadro da tabela periódica. Atrás dele há um cofre embutido na argamassa. Foi aqui que os detetives descobriram o manifesto de Gorman.

Giro a maçaneta do cofre e abro a porta.

– Feche isso agora mesmo. – A voz da dra. Hanover não soa ruidosamente alta, nem denota pânico. É apenas firme e direta.

Afasto-me do cofre. A doutora está parada à soleira, e sei que fui descoberto.

O celular de Ryder tocou uma música de mistério. Isso a trouxe de volta ao presente e a afastou da casa de Charles Gorman, aonde Mack Carter a levara com sua voz sedutora e suas descrições vívidas. Quando a música silenciou, Ryder tornou a ouvir a voz de Mack:

No próximo episódio de *A casa dos suicídios*, mais detalhes sobre a minha descoberta na residência de Charles Gorman. Você não vai querer perder. Até lá... Eu sou Mack Carter

3

RYDER COMEÇOU A OUVIR UM ANÚNCIO NO SEU CELULAR. Decepcionada, tocou na tela para silenciá-lo e quase atirou o aparelho do outro lado do recinto. Mack Carter não descobrira nada naquele cofre. Ryder não precisava esperar o próximo episódio para ouvi-lo dizer isso. Era um gancho barato, uma autopromoção embaraçosa das habilidades dele como jornalista investigativo. Qualquer um que tomou conhecimento dos assassinatos na Escola Preparatória de Westmont sabia que os detetives haviam achado o manifesto de Gorman no cofre de parede. Não havia nada de original na descoberta de Mack Carter, mas Ryder sabia que os desinformados ouvintes do podcast ficariam babando com a ideia de que

Mack fora flagrado no momento em que estava prestes a desvendar o caso por meio do conteúdo do cofre de Gorman. Ela não tinha dúvida de que o site de *A casa dos suicídios* ficaria congestionado quando os ouvintes ofegantes navegassem pelas páginas para ver as imagens do *campus* da Escola Preparatória de Westmont e da casa geminada de Charles Gorman, além das fotos que Mack Carter tirou do cofre de parede com seu celular.

O blog e o canal no YouTube de Ryder forneceram muitas dessas informações logo depois dos assassinatos. Ela conseguira as imagens em recortes de jornais e registros públicos sobre a escola e a Fileira dos Professores. Encontrara até mesmo uma foto da fachada da casa de Gorman isolada com a fita amarela de cena do crime no dia seguinte aos assassinatos, que fora postada em uma conta de rede social de um aluno antes de ser retirada. Mas o truque de Mack Carter, sussurrando enquanto tirava o quadro pendurado na parede e arfando ao descrever o cofre atrás de si, com certeza traria grande audiência ao podcast.

Ryder sentia raiva de si mesma por se apaixonar por isso, por ficar tão interessada quanto todo o mundo. Naquele momento, ela se xingava, navegando pelo site de Mack, após ter mordido a isca como muitas outras pessoas. O fórum de discussão já estava cheio de mensagens sobre as descobertas de Mack; teorias a respeito da insinuação enigmática de Theo Compton de que Charles Gorman era inocente e do que Mack poderia ter encontrado dentro do cofre de Gorman.

— Está completamente vazio, seus ignorantes! — Ryder gritou para o seu computador. — Por que as provas ainda estariam na cena do crime um ano depois do fato?

Após trinta minutos de leitura das mensagens, Ryder não aguentava mais. Estava prestes a clicar no seu próprio blog para postar algum tipo de atualização, e dizer aos seus seguidores que ela ainda era a verdadeira guerreira destemida em busca da verdade por trás dos assassinatos na Escola Preparatória de Westmont, e que seus fãs não deveriam abandoná-la por uma fraude tão transparente de um podcast. Porém, antes de ela sair do site de Mack Carter, deparou com um vídeo sendo reproduzido repetitivamente na seção de mensagens. De imediato, Ryder reconheceu as imagens, porque *ela* as gravara. Era de quando Ryder se esgueirou para a mata atrás da Escola Preparatória de Westmont, poucas semanas depois dos assassinatos, e gravou um vídeo trêmulo da casa de hóspedes. Fora difícil conseguir as imagens, pois naquele momento a área permanecia isolada com a fita de cena do crime e a polícia estava interessada em manter os bisbilhoteiros afastados do local. Sob o vídeo, uma breve e enigmática mensagem:

MC, 13:3:5. HOJE À NOITE. VOU TE CONTAR A VERDADE. ENTÃO, O QUE QUER QUE ACONTEÇA, ACONTECERÁ. ESTOU PRONTO PARA AS CONSEQUÊNCIAS.

Ryder viu que a mensagem, que era destinada a Mack Carter, fora postada às vinte e duas e cinquenta e cinco. Meia hora antes.

Ela apanhou as chaves do carro e digitou um número no celular ao sair correndo de casa.

4

ELE REDUZIU A VELOCIDADE DO CARRO AO PASSAR PELO marco que indicava treze milhas. Então, apertou o botão de reinício para zerar o hodômetro. Continuou em baixa velocidade, observando a marcação do hodômetro subir do zero. Todos os sobreviventes conheciam os números: 13:3:5. Foi assim que tudo começou. Como as coisas teriam sido diferentes se eles nunca tivessem ouvido falar desses números. Eles nunca teriam sido atraídos a este lugar com a promessa de aventura e aceitação. Contudo, o passado não pode ser modificado. Tudo o que ele podia controlar era o presente, na esperança de alterar o futuro.

Quando o número 3 apareceu no hodômetro, indicando que ele percorrera um terço de milha além do marco que indicava treze milhas, ele moveu o carro para a beira da estrada, parou no acostamento de cascalho e apagou os faróis. A noite escura tragou o veículo. Ele ficou invisível e desejou poder continuar assim. Queria muito poder envergar uma capa e se esconder do mundo. Dos seus pensamentos. Das suas memórias. Dos seus pecados e da sua culpa. Mas sabia que não era assim tão fácil. Se fosse tão simples desaparecer, ele teria deixado esse lugar e todos os seus fantasmas muito tempo atrás. Como seria bom recomeçar em outro local, talvez em uma escola diferente, onde pudesse voltar a ser o seu antigo eu e deixar o passado para trás. Mas os demônios o prenderam, e correr não faria com que eles o soltassem das suas garras. Se existissem milhas suficientes na terra para fugir daquela noite, os outros teriam corrido, corrido e corrido. *Em vez disso, vieram aqui.*

Ele abriu a porta do carro e desembarcou. Andando no meio da estrada de duas pistas, olhou para o céu noturno. O dia fora cinzento e sombrio, com uma espessa camada de nuvens, e a tempestade que se aproximava impregnava o ar com o cheiro penetrante da umidade. As nuvens ocultavam as estrelas, lembrando-o de que ele estava mesmo sozinho nessa empreitada. Nem mesmo os céus podiam olhar para ele naquela noite.

O silêncio tomou conta dos seus ouvidos, mas ele desejava o rugido de um caminhão de dezoito rodas, com os pneus fritando sobre o asfalto ao se aproximar freando. Quão mais simples seria simplesmente fixar o olhar nos faróis? Ele poderia cerrar as pálpebras, e tudo acabaria. Não foi a primeira vez que ele se perguntou se as consequências que aguardavam no além eram menores do que aquelas na Terra.

Por fim, ele saiu da estrada e deu início à sua jornada. Deixando a porta aberta, passou pela frente do veículo e entrou na mata. *Treze, três, cinco.* Treze milhas, um terço de milha a mais, e uma caminhada de meia milha pela mata. O acesso era fácil de encontrar, mas a trilha se cobrira de vegetação desde a sua última caminhada. Tinha sido no verão anterior, na noite do massacre, e tanta coisa acontecera desde então que ele mal reconhecia a sua vida.

Em dez minutos, ele venceu o trecho de meia milha, e chegou ao limite do caminho arborizado, onde uma corrente — enferrujada e corroída — pendia entre dois postes. Uma placa coberta de musgo dizia "Propriedade Particular", e foi uma última e frágil tentativa de manter os intrusos afastados.

Ele passou pela placa e, então, a famosa casa de hóspedes surgiu. Antes de aquela noite terrível passar a atormentá-los, ele e seus colegas de classe tinham vindo ali muitas vezes. Todos os fins de semana. O uso que fizeram da casa abandonada a mantivera viva naquela época. Mas agora, após um ano de abandono absoluto, ela estava morrendo. Não como o massacre que se desenrolou ali, em que a morte veio rápida e inesperadamente. Não, a casa estava passando por uma morte mais lenta. Um dia de cada vez. Os tijolos iam se desintegrando, e o cedro ao redor das portas e janelas empenara. Os beirais tinham apodrecido, e as calhas cutucavam como farpas a linha do telhado. O lugar parecia fantasmagórico na escuridão noturna, com a fita amarela de cena do crime desgastada ainda presa ao portão e ondulando na brisa. Ele não voltara desde aquela noite, quando ele e os outros vieram mostrar à polícia o que exatamente acontecera. Tanto quanto eles estavam dispostos a contar.

Ele entrou na clareira e caminhou em direção a casa. O seu portão de ferro forjado era como um fosso ao redor de um castelo. Enferrujadas e gastas, as dobradiças rangeram quando ele abriu o portão, com a extremidade inferior das lanças deixando arranhões em forma de semicírculos na lama. Ele se lembrou do que aquele portão parecera na noite dos assassinatos. Piscou, mas a imagem permaneceu firme em sua visão.

Seus pensamentos se fixaram nas imagens daquela noite: sangue e ferocidade. Pensou nos segredos que eles guardaram, nas coisas que esconderam. Ficou zonzo com tudo isso até ser trazido de volta para o presente pelo barulho do trem de carga. Balançou a cabeça para orientar-se e depois correu ao lado da casa até onde o caminho fazia uma curva e levava aos trilhos. Naquela ocasião, as decisões que todos tomaram o conduziram àquele lugar — o mesmo a que o sr. Gorman chegara —, e era ali que o resto de sua existência começaria. Era ali que ele confrontaria os seus demônios e finalmente ficaria livre.

Com a aproximação do trem, o seu apito ressoou na noite. Junto com o estrépito dos vagões na ferrovia, ele não ouvia mais nada. Enquanto aguardava ao lado dos trilhos, enfiou as mãos nos bolsos e pegou o objeto que estava ali. Como uma criança chupando uma chupeta, a sensação dele entre as pontas dos dedos proporcionou uma sensação relaxante. Sempre fora assim.

Com o trem cada vez mais perto, com os raios luminosos da locomotiva como um farol de navegação na noite, ele não tentou proteger os ouvidos do rugido estrondoso. Queria ouvir o trem. Queria sentir, cheirar e saborear o trem. Queria que o trem levasse seus demônios embora.

Ele fechou os olhos. O trovão foi ensurdecedor.

5

MACK CARTER, EM SUA CASA ALUGADA EM PEPPERMILL, Indiana, abriu uma lata de cerveja e leu as suas anotações pela última vez. Tomou um gole para molhar a garganta, ajustou os fones de ouvido com cancelamento de ruído, puxou o microfone para perto da boca e falou:

— O fato de uma tragédia tão terrível quanto os assassinatos na Escola Preparatória de Westmont acontecer dentro do santuário protegido de um internato particular entristeceram e chocaram o país. Até agora, nós conferimos alguns detalhes dessa noite fatídica. No próximo episódio, conheceremos mais detalhes sobre os dois alunos que foram mortos, e mergulharemos fundo no jogo perigoso que estavam praticando. Para isso, verificaremos com mais atenção como era a vida dentro desse colégio interno de elite e examinaremos os adolescentes que constituíam o corpo discente. Como sempre, espero topar com algo novo ao longo do caminho. Algo que ninguém mais descobriu, um segredo que muitos de nós acreditamos que ainda permanece escondido dentro dos muros da Escola Preparatória de Westmont. Eu sou Mack Carter, e isto... é *A casa dos suicídios*.

Mack tocou na tela do laptop para parar a gravação. Enquanto terminava a cerveja, reproduziu o áudio promocional, ajustando trechos e mexendo no tempo certo da execução e na cadência da voz. Quando ficou satisfeito, enviou a introdução por e-mail ao seu produtor. O seu podcast já era o mais baixado da temporada. O caso da Escola Preparatória de Westmont era extremamente popular na comunidade de crimes reais e, além disso, a história ainda tinha espaço na grande mídia. Sua rede de tevê, onde o seu famoso programa de notícias era apresentado cinco noites por semana, apoiava a produção, e os vultosos acordos de patrocínio que assinados eram um bom indicador de sucesso. A série *A casa dos suicídios* era a próxima grande atração.

Mack Carter passou uma hora no pequeno estúdio de gravação que sua rede de tevê montara na sua casa alugada. No computador à sua frente estavam todas as gravações que ele criara na última semana. Seu produtor as editara e cortara, e agora esperava a revisão e aprovação de Mack antes que a equipe começasse a organizá-las em um episódio coerente. Muitas frases de efeito foram sinalizadas em vermelho, indicando que Mack precisava fazer um trabalho adicional de narração.

Ele abriu outra lata de cerveja e trabalhou sem parar até as onze e meia da noite, quando o celular tocou. Mack não identificou o número, mas vinha recebendo muitos telefonemas aleatórios desde sua chegada a Peppermill. Até aquele momento, a maioria de suas entrevistas fora realizada por telefone, e o dele foi equipado com um gravador que captava não só a voz de Mack, mas também a do seu interlocutor. Quando reproduzido no podcast, o áudio era surpreendentemente claro. Mack acionou o gravador ao atender à ligação:

— Mack Carter.

— Aqui é Ryder Hillier.

Mack fechou os olhos. Quase parou de gravar. Ryder Hillier era uma jornalista especializada em crimes reais, que tinha um famoso blog que hospedava fóruns de discussão e salas de bate-papo, onde diferentes tipos de malucos compartilhavam teorias conspiratórias sobre todos os tipos de casos em todo o país. Desde gente desaparecida até homicídios. Os assassinatos na Escola Preparatória de Westmont foram um dos casos mais famosos de Ryder. Ela pesquisara e escrevera exaustivamente a respeito ao longo do último ano, e vinha tentando entrar em contato com ele desde que soube que Mack estava apresentando um podcast.

— Escute, Ryder, não tenho tempo agora.

— Você tem lido as mensagens no seu site?

— Estou bem no meio de um trabalho...

— Claro que não. Deve ter um monte de assistentes que fazem isso para você. Aposto que nunca leu os comentários que pede aos seus ouvintes. Mas há um que você deveria ler. Treze, três e cinco significam algo para você?

— Treze, três, o quê?

— Droga! — Ryder resmungou, irritada e com ares de superioridade. — Você é mesmo um sem noção. E você é o cara que tem o podcast de maior audiência desde *Serial*.

— Ryder, se você entrar em contato com a minha produtora amanhã, ela poderá agendar...

— É melhor você ir até lá. Tipo, agora mesmo. Eu já estou a caminho.

— Ir para onde?

— Treze, três, cinco.

— Do que diabos você está falando?!

— Traga o seu equipamento de gravação. Pegue a Rota 77 sul. Depois que você vir o marco de treze milhas, ande mais um terço de milha. Trata-se do treze e do três. Cuidaremos do cinco quando você chegar lá. Mas só vou esperar vinte minutos. Depois, irei sozinha.

— Vai sozinha *para onde*?

— Para a casa de hóspedes. Melhor você se apressar ou sentirá a minha falta.

A ligação terminou abruptamente. Mack olhou para o celular. Em seguida, prendeu o microfone no colarinho, deu um tapinha para confirmar que estava funcionando e saiu correndo pela porta.

6

MACK IA GRAVANDO ENQUANTO DIRIGIA. NA NOITE ESCURA, os faróis de seu carro iluminavam a Rota 77. As estradas vicinais nos arredores de Peppermill estavam escuras como breu, e os ouvintes captariam a urgência na voz dele quando esse trecho do podcast fosse ao ar.

— Estou na Rota 77 — Mack dizia ao microfone preso em seu colarinho. — É quase meia-noite, e a estrada está escura e vazia. Há cerca de uma hora, um comentário foi deixado no fórum de discussão do site, pedindo-me para ir a um lugar chamado *treze, três, cinco*, que é para onde me dirijo neste momento.

A entrada para a Escola Preparatória de Westmont ficava no bulevar Champion, e Mack sabia, por ter estudado mapas da propriedade, que o *campus* da escola se estendia até a Rota 77. O mapa fora publicado no site de *A casa dos suicídios* para dar aos ouvintes uma vista aérea da mata e da casa onde ocorreram as assassinatos. Um cinturão de oitocentos metros de largura de mata separava a casa da Rota 77. Mack fez o possível para explicar isso na gravação, mas a sua ansiedade o fez embaralhar as palavras. O produtor precisaria editar a sua descrição, e ele teria que fazer algum trabalho de narração se alguma parte da jornada dessa noite acabasse no podcast.

Mack observava os marcos de milha e informava cada um que passava.

— Vejo o marco verde à minha frente. Está muito escuro lá fora. Então, vou reduzindo a velocidade à medida que me aproximo. Vejo o marco de treze milhas. Foi-me dito para dirigir outro terço de milha. Então, observo o meu hodômetro com atenção enquanto faço isso.

Um minuto de silêncio se seguiu, durante o qual Mack conferiu a distância percorrida. Ele percebeu que, pela primeira vez durante a produção desse podcast, ele se sentia nervoso. Engoliu em seco quando a localização se materializou à sua frente, com os faróis iluminando cada vez mais o local.

— Tudo bem. — A boca de Mack estava seca por causa da súbita liberação de adrenalina. — Há algo na estrada mais adiante. Estou a cerca de um terço de milha após o marco, e há um carro estacionado no acostamento. Acho que é um sedã. Os faróis estão apagados, e vejo aberta a porta do lado do motorista. Estou parando atrás do carro, e os meus faróis jogam luz no interior dele. Parece que não há ninguém dentro.

Mack pôs o câmbio na posição P e olhou em volta. Avistou Ryder Hillier ao lado da Rota 77, na vala rasa entre o acostamento e a mata. Ela acenava com a lanterna do celular, como se pedisse para Mack se juntar a ela.

Depois de sair do automóvel, Mack caminhou até o veículo vazio à sua frente e olhou o seu interior.

— Então, esse carro está parado exatamente a um terço de milha do marco de treze milhas. Não há ninguém dentro. Parece abandonado. — Mack desceu o barranco e se aproximou de Ryder. — Que diabos fazemos aqui?

— Você está gravando?

Mack assentiu com um gesto de cabeça.

— Ótimo. Eu também. — Ela mostrou o celular. — Vamos.

— Esse carro é seu?

— Não.

— De quem é?

— É o que iremos descobrir. — E Ryder desapareceu no caminho que levava para o interior da mata escura.

Antes que a luz da lanterna do celular de Ryder desaparecesse completamente, Mack correu atrás dela.

— Ryder, me diga o que está acontecendo. Para onde estamos indo?

— Meia milha mais adiante neste caminho — Ryder respondeu. — Treze, três, cinco. Acho incrível que você esteja fazendo um podcast sobre os assassinatos na Escola Preparatória de Westmont e não saiba o significado desses números.

Depois de percorrerem meia milha, eles chegaram a uma cerca de arame, que fora cortada com um alicate e enrolada para permitir o acesso a um caminho de terra batida. Os dois passaram pela abertura e, não muito longe da cerca, o caminho terminou no limite da mata. Uma corrente enferrujada pendia entre dois postes e tinha presa nela uma placa que dizia "Propriedade Particular". Ao chegarem ali, Mack Carter avistou a estrutura sombria, onde, catorze meses antes, os alunos da Westmont tinham sido massacrados.

— Então — Mack disse ao microfone, após firmar voz —, andei cerca de meia milha na mata, e agora, quando as árvores terminam, um caminho leva ao portão de ferro forjado que circunda a casa abandonada no limite do *campus* da Escola Preparatória de Westmont. Foi aqui que...

Um estrondo pareceu borbulhar da terra e sacudiu o chão embaixo dele. Em seguida, um apito ensurdecedor.

— O trem! — Ryder foi em direção a casa.

Mack hesitou apenas um instante antes de seguir atrás dela. Eles foram até os fundos da construção e, em seguida, diante de uma trilha que levava para um pequeno matagal e terminava nos trilhos do trem, entraram à direita.

O trem já estava passando quando chegaram. Ryder segurou o celular diante de si para gravar em vídeo os vagões em movimento, alguns do quais ornados com grafites, mas se movendo rápido demais para que se pudesse decifrá-los. Passaram-se três minutos até o barulho finalmente terminar. Após a passagem do último vagão, restou a noite atacada, mas silenciosa.

— Puta merda! — Ryder apontou adiante com o dedo.

Mack seguiu a direção indicada por ela. Ali, do outro lado, havia um corpo estendido no chão.

Ryder atravessou os trilhos. Mack deu uma rápida olhada da esquerda para a direita e avistou apenas os trilhos paralelos até onde a escuridão da noite permitia. Em seguida, passou para o outro lado. Ao se aproximar do corpo, Mack seguiu a luminosidade do celular de Ryder Hillier, que registrava a descoberta. Sob a luz, Mack viu membros em ângulos grotescos e a cabeça caída sobre o ombro, sem dúvida quebrada e sem nenhuma chance de ser reparada. Uma perna estava presa sob o corpo, e a outra, dobrada no joelho como um taco de hóquei. Os dois braços estavam dobrados perto do tronco, com as mãos enfiadas nos bolsos da jaqueta. O estômago de Mack embrulhou, e ele ficou tentado a desviar o olhar, mas algo no rosto do cadáver chamou a sua atenção. Devagar, Mack se agachou para ter uma visão melhor. Por trás de todo o sangue e da desfiguração, ele reconheceu Theo Compton.

PARTE II
AGOSTO DE 2020

7

SENTADO NO ASSENTO TRASEIRO DO TÁXI, NA AVENIDA MICHI-
gan, o dr. Lane Phillips começou a folhear as suas anotações para se atualizar sobre os assassinatos na Escola Preparatória de Westmont no ano anterior. Lane se concentrara de tal maneira na leitura que só ouviu o motorista de táxi quando a divisória de acrílico vibrou com as batidas.

— Aqui — disse o homem.

Lane tirou os olhos das anotações. O motorista, que o fitava por meio do espelho retrovisor, apontou para a janela do passageiro e informou:

— Chegamos.

Lane, então, avistou a portaria do prédio da NBC, na Near North Side, em Chicago. Teve de piscar algumas vezes para tirar a mente dos papéis que o haviam fixado em Peppermill, Indiana, o local onde ocorreram aqueles pavorosos assassinatos.

— Desculpe. — Ele fechou a pasta e entregou o dinheiro da corrida ao motorista.

Eram nove da manhã de terça-feira, e a avenida Columbus estava cheia de pedestres quando Lane desembarcou do táxi e encarou o prédio da NBC. Lane Phillips era psicólogo forense e analista de perfis criminais. Seu *best-seller* sobre crimes reais, traçando os perfis dos *serial killers* mais famosos dos últimos cinquenta anos — muitos dos quais Lane entrevistara pessoalmente —, vendera mais de dois milhões de exemplares no primeiro ano de publicação. No momento atual, o total estava perto de sete milhões de exemplares, e o livro dava poucos sinais de desaceleração nas vendas. Era o manual obrigatório para alguém interessado nos assassinos mais hediondos que este mundo tinha para oferecer.

Lane era consultor de diversos programas dedicados a crimes, e as suas frequentes aparições na televisão, entrevistas em rádios e artigos opinativos o mantinham na mídia. Ele era bom na frente de uma câmera, o que o tornava um convidado muito disputado nos telejornais da tevê a cabo e nos programas matinais sempre que casos de grande visibilidade chegavam ao noticiário.

Alguns anos atrás, Megan McDonald, uma garota da Carolina do Norte, esteve desaparecida durante duas semanas antes de conseguir escapar milagrosamente do seu sequestrador. Na sequência, foi Lane Phillips quem as redes de tevê procuraram para explicar o que Megan devia estar passando como sobrevivente de um sequestro. Analista famoso de perfis criminais, Lane foi contatado pelo FBI quando o sequestro de Megan foi associado aos desaparecimentos de outras mulheres, para que Lane criasse um perfil do homem que poderia tê-las raptado.

Todos os talentos do dr. Phillips, e as diversas oportunidades que criavam, exigiram um agente para gerenciar as ofertas que chegavam a ele. E ao desembarcar do táxi, imediatamente Lane o avistou: Dwight Corey, parado na calçada, diante da NBC Tower. Mesmo nas ruas fervilhantes de Chicago, povoadas por todos os tipos de homens de negócios, Dwight se destacava na multidão. Ele era um homem negro de um metro e noventa e cinco de altura, que usava ternos Armani sob medida nos seus encontros com Lane sábado à tarde para reuniões com almoço. Para Dwight Corey, *casual* significava que a camisa engomada sob o seu impecável paletó feito sob medida estava sem gravata. Naquele momento, porém, para aquela reunião, Dwight optara por uma gravata verde brilhante com um terno Armani bege. As mangas com punho duplo da camisa se projetavam perfeitamente e eram realçadas por abotoaduras de ouro. Seus sapatos transmitiam algum tipo de brilho que faziam Lane semicerrar os olhos.

Por seu lado, Lane emitia uma aura completamente diferente, com o seu jeans escuro e um blazer por cima de uma camisa oxford. Seus calçados eram confortáveis e gastos, e seu cabelo era uma confusão de cachos ondulados, que ele controlava passando a palma da mão aberta da frente para trás sempre que caíam em seu rosto. Lane mantinha essa aparência desde o tempo em que era um pobre aluno de doutorado, pulando de uma prisão para outra, entrevistando assassinos condenados. Apesar de uma carreira bem-sucedida e proeminente, ele nunca a alterou.

Lane estendeu a mão quando se aproximou de Dwight.

— Há quanto tempo, não é? — Lane comentou.

— É bom te ver, amigo.

— Isso aí é movido a pilha? — Lane apontou para os sapatos de Dwight.

O agente sorriu.

— Um pouco de estilo poderia lhe fazer bem, sabia? Mas não se preocupe, esse novo show não inclui ninguém olhando para a sua caneca horrorosa ou para seu blazer terrivelmente fora de moda. Vou sujeitar a audiência somente à sua voz.

— Essa coisa sobre as mortes na Escola Preparatória de Westmont? Não é para a televisão?

— Não. Mas é o tema mais quente do momento.

— Achei que você tivesse dito que Mack Carter estava envolvido.

— E está. E quer muito a sua presença.

— Quanto?

Dwight deu-lhe um tapinha nas costas e consultou o relógio.

— Vamos descobrir.

8

ELES SE ACOMODARAM FRENTE A FRENTE EM UMA CAFETERIA no saguão da sede da NBC.

Lane pegou um segundo pacote de açúcar para pôr no seu café.

— O açúcar é um dos maiores agentes cancerígenos — Dwight afirmou. — Talvez tão ruim quanto o alcatrão nos cigarros, mas nós o consumimos todos os dias. Sem ações judiciais. Sem legislação. Apenas um feliz bando de zumbis se entupindo de açúcar e morrendo de câncer.

Boquiaberto, Lane parou com o segundo pacote de açúcar suspenso no ar e fitou o seu agente com uma expressão confusa no rosto.

— Não! — Dwight exclamou. — Não pare agora. Você já envenenou o seu café, e não pode desfazer isso. E eu não vou pagar outro para você.

— E você se pergunta por que não temos encontros presenciais tão frequentes quanto antes. — Lane, após uma breve pausa, terminou de esvaziar o pacote de açúcar em seu café. — A última vez que fomos jantar, você fez um sermão sobre o meu bife.

— Não foi um sermão. Eu apenas disse de onde veio a carne e como foi obtida. A maioria das pessoas ignora isso.

— E eu era muito feliz na minha ignorância. — Lane tomou um gole. — Ah, agora está bom demais...

— É como beber cicuta.

Lane passou a mão pelo cabelo.

— Espero viver o suficiente para ouvir a proposta. Fale-me sobre ela.

— Você ouve podcasts?

— Podcasts? Sim, ouvi um a respeito de pesca de robalo antes de ir para a Flórida, no ano passado. Não ajudou.

— Bem, eles vêm fazendo muito sucesso neste momento. Por meio dos podcasts, o rádio está renascendo. É um fenômeno parecido com o que está ocorrendo na televisão. Menos pessoas estão assistindo à tevê aberta ou paga, mas mais delas têm visto conteúdo transmitido por *streaming*. O rádio está seguindo o mesmo caminho. Ninguém mais ouve rádio, mas todo o mundo baixa podcasts. De política à criação zen de filhos, há algo para todos no mercado dos podcasts. Mas, em particular, um gênero específico vem garantindo uma tremenda audiência: crimes reais. O que é perfeito para você. A maioria desses podcasts simplesmente apresenta crimes antigos, tentando recontar as histórias de uma maneira única. Alguns deles atraem grandes anunciantes e geram um bom dinheiro. Mas os podcasts que fazem sucesso, bem... eles nunca morrem. São reproduzidos constantemente sempre que novos ouvintes os descobrem. Anos depois, os ouvintes podem baixar episódios antigos. Repetidas vezes, o podcast revende o seu produto para outros anunciantes. Se você tiver a sorte de conseguir uma parte da receita, poderá ganhar dinheiro durante anos.

Surpreso, Lane ergueu as sobrancelhas.

— Você quer que eu faça um podcast?

Dwight ergueu um dedo.

— Não qualquer podcast. O maior que está no ar. A NBC está produzindo e já conseguiu gerar uma enorme audiência após apenas quatro episódios.

Lane mostrou a pasta que lera no táxi.

— Os assassinatos na Escola Preparatória de Westmont?

— Exato.

— É sobre o vídeo daquele garoto que pulou na frente do trem?

— Sim. Theo Compton.

— O cara que enviou aquele vídeo para o YouTube não está sendo processado pelos pais do garoto?

— Não é um cara. É uma mulher. Uma jornalista chamada Ryder Hillier. E sim, ela está sendo processada pela família. O YouTube tirou do ar o vídeo, e agora é difícil encontrar a gravação, porque está interditada e foi excluída da internet. É uma tempestade perfeita. Um vídeo ilícito, um suicídio misterioso e um processo judicial. Tudo ligado a um enorme e muito conhecido caso de assassinatos. Bizarro demais, com um toque de ferocidade e mistério. Tudo pelo que os fanáticos por crimes reais babam. A NBC tem esse podcast alinhado para ser a próxima grande atração, incluindo o investigador.

— Ah, e é aí que Mack Carter entra.

— Isso mesmo. É engenhoso. Mack está ausente temporariamente do seu programa de tevê noturno, sobretudo para cuidar do podcast. A sua ausência da tevê dá mais força ao trabalho. Quando os seus oito milhões de telespectadores deparam com a ausência de Mack do programa e ficam sabendo que ele está envolvido com uma missão importante, naturalmente ficam curiosos para descobrir qual é a missão. Pessoas que nunca ouviram um podcast estão começando a baixá-lo.

Mack Carter era o apresentador do *Events*, revista eletrônica mais popular da tevê. Todas as noites, milhões de telespectadores viam Mack investigar tudo, desde o caso de JonBenét Ramsey até os segredos para escapar de um carro submerso. A trágica morte de uma família de quatro pessoas que se afogou quando o seu automóvel caiu em uma lagoa originou o evento ao vivo em que Mack mergulhou dentro de um carro numa piscina e depois mostrou ao mundo a melhor maneira de escapar de uma situação assim. Foi um dos episódios mais vistos, e pôs Mack Carter no mapa.

— E agora, além de um grande caso e de um grande apresentador, existe um grande mistério. — Dwight deu de ombros. — É aí que você entra. O garoto do vídeo do YouTube que pulou na frente da locomotiva foi o terceiro aluno da Escola Preparatória de Westmont que sobreviveu ao ataque, voltou àquela casa e se matou nos trilhos. Duas garotas e um garoto. Todos pularam na frente do trem de carga. O mesmo trem em cuja frente Charles Gorman, o professor acusado de matar os jovens, pulou quando a polícia se preparava para prendê-lo.

— Meu Deus!

— Os suicídios foram um segredo muito bem guardado. A polícia local não queria que fossem divulgados, mas graças àquele vídeo e ao podcast de Mack Carter, já não são segredo. Mack promete chegar ao fundo do mistério, e a audiência está nas alturas.

— E o meu papel?

— A NBC quer que você, como psicólogo forense, descubra por que, um por um, todos os alunos que sobreviveram àquela noite estão voltando para aquela casa para se matar.

Lane recostou-se no espaldar e olhou fixo para o teto da cafeteria. Sua mente já estava criando um perfil do tipo de pessoa que retornaria a um local de tal trauma para acabar com a própria vida.

Finalmente, ele voltou a encarar Dwight.

— Pelo que li a respeito desse caso, Gorman pulou na frente do trem, mas não morreu.

— Não, não morreu — Dwight confirmou. — O trem o jogou na mata, a uns vinte metros de distância. O cara é meio um vegetal agora. Está em um hospital psiquiátrico, usando fraldas e sendo alimentado com colher. Os três alunos que conseguiram se matar usaram o local exato onde Gorman tentou suicídio. Fica localizado bem próximo à casa de hóspedes abandonada. E é aí que você entra. Mack Carter precisa dizer aos ouvintes por que isso está acontecendo.

Balançando a cabeça, Lane tentava assimilar tudo.

— De repente, os podcasts estão soando muito bem para você, não é?
— O relógio de ouro de Dwight apitou, e ele o fitou. Em seguida, apontou para a xícara de café de Lane. — Estão à nossa espera lá em cima. Traga o seu veneno. É hora do show.

9

SENTADA NO FUNDO DA SALA DO TRIBUNAL, RORY MOORE SE escondeu atrás dos óculos de aros grossos e se certificou de que seu gorro de malha estava bem enterrado na cabeça, cobrindo a testa. Apesar das temperaturas de verão, ela usava uma jaqueta cinza abotoada até o pescoço. Aquele era o seu uniforme de combate. Era o traje que utilizava de várias formas para protegê-la do mundo.

Seu joelho direito estalou nervosamente, e a vibração em seu pé a lembrou de que estava sem um elemento básico do uniforme. A sola de borracha daquele tênis de lona de cano alto pareceu errada desde o início. Naquele momento, fazia seis meses que Rory não usava os seus coturnos, mas esperava remediar tal situação naquele mesmo dia.

Acomodada na última fileira, Rory percorria a sala do tribunal com olhos atrás dos óculos, absorvendo tudo. Nos últimos trinta minutos, o recinto foi recebendo espectadores de forma contínua. Não estava lotado, mas havia um fluxo constante. Primeiro, os funcionários destrancaram as pesadas portas para que os primeiros espectadores entrassem e ocupassem os melhores assentos. A maioria se dirigiu direto para as primeiras filas. Rory optou por uma do fundo da sala. Em seguida, vieram os jornalistas especializados que cobriam a história para o *Tribune* e o *Sun-Times*. Então, os familiares da vítima e do homem acusado de matá-la. Camille Byrd fora assassinada havia mais de dois anos, e seu caso esfriara. Até Rory se envolver nele. Ela reconstituiu a vida de Camille, seguindo os passos da garota até a noite em que o seu corpo congelado foi descoberto no Grant Park. A reconstituição levou ao assassino de Camille. Rory entregou as suas descobertas a Ron Davidson — seu chefe e diretor da Divisão de Homicídios do Departamento de Polícia de Chicago —, que por sua vez as forneceu aos seus melhores detetives. Eles confirmaram todos os pontos que Rory ligara e efetuaram uma prisão menos de uma semana depois.

Desde então, Rory participara como ouvinte de cada uma das sessões do tribunal, incluindo a audiência da prisão, a audiência de acusação e o júri de instrução. Durante uma semana inteira, ela se escondeu na última fileira de assentos durante o julgamento. Passara um fim de semana ansioso em casa depois que as alegações finais terminaram, na sexta-feira anterior. A segunda-feira chegou e se foi. Então, naquela manhã de terça-feira, a notícia era de que o júri estava de volta e havia um veredicto.

Vinte minutos se passaram, e a sala do tribunal ainda não estava totalmente cheia. Era triste, mas dois anos após a morte de Camille Byrd, muito menos pessoas continuavam curiosas do seu assassinato. Muitos daqueles que de início se incumbiram de descobrir o que acontecera com aquela bela jovem estavam agora ocupados com outros casos. E o público em geral fora atraído por outros temas e manchetes diferentes.

Mas Rory jamais se esqueceria de Camille Byrd. Como em todos os casos que Rory reconstituiu, ela desenvolvera uma ligação íntima com a vítima. No entanto, havia algo diferente em relação a Camille. De alguma forma, a garota morta permitira que Rory solucionasse um dos maiores mistérios de sua própria vida. Como essa revelação pôde ter vindo de uma garota morta muito tempo atrás, Rory jamais entenderia completamente. Mas a orientação sobrenatural que Camille Byrd oferecera deixou Rory em dívida com ela. Como pagamento, Rory prometeu encerrar o caso de Camille. Naquele momento em que a sala lotou, seu joelho ainda estalava de ansiedade, porque ela esperava que o caso fosse encerrado naquele mesmo dia.

Enfim, os advogados chegaram e ocuparam as mesas na frente da sala do tribunal. No momento correto, o réu apareceu, algemado e de macacão laranja. Após alguns momentos de silêncio e angústia, os doze membros do júri se acomodaram em seus assentos. O juiz foi o último a se materializar. Ele exigiu silêncio e afirmou que o júri chegara a uma conclusão. Em um monólogo de dez minutos, o juiz explicou como as coisas iriam prosseguir e se dirigiu às duas famílias. Quando não havia mais nada a acrescentar, ele se voltou para o júri:

— Senhor representante dos jurados, os senhores chegaram a um veredicto?

— Sim, meritíssimo.

Quando ele levantou a folha de papel para ler a decisão do júri, Rory fechou os olhos.

— Pela acusação de homicídio doloso na morte de Camille Byrd, nós, o júri, julgamos o réu... culpado.

Murmúrios e gritos quebraram o silêncio do recinto. A mãe do réu chorou e gemeu às claras. Os pais de Camille Byrd se aconchegaram e também choraram. Rory ficou de pé e se dirigiu para a saída. Havia outras acusações, outros crimes e outros veredictos a serem anunciados, mas Rory ouvira tudo o que precisava. Enquanto o primeiro jurado prosseguia com a leitura, Rory abriu a porta para o corredor. Antes de sair da sala do tribunal, vislumbrou um olhar de Walter Byrd, o pai de Camille, a quem ela conhecera durante sua caçada ao assassino da jovem. Da primeira fila, ele acenou com a cabeça para Rory e balbuciou um muito obrigado. Rory retribuiu o gesto e desapareceu dali.

10

UMA HORA DEPOIS DE DEIXAR A SALA DO TRIBUNAL, RORY Moore entrou na loja de sapatos Romans, na rua LaSalle, e caminhou pelos corredores até encontrar o que procurava: coturnos Madden Girl Eloisee. Eles eram pretos e de cano alto, com cadarços que ziguezagueavam na frente. Rory sentiu um nó na garganta ao vê-los. Desde que existia neste planeta, ela usara esse estilo de bota. Pelo menos, até onde conseguia lembrar. No entanto, Rory ficara sem os coturnos desde que seu único par sucumbiu a um incidente infeliz envolvendo uma lareira e um fluido para isqueiro. Rory resistira ao impulso de substituí-los imediatamente após eles terem virado cinzas. Em vez disso, decidiu esperar até depois que proporcionasse o encerramento do caso aos pais de Camille Byrd.

Naquele momento, Rory puxou um par de tamanho 37 da prateleira e os calçou. De imediato sentiu-se melhor. Pela primeira vez em meses, o tique-taque metronômico em seu cérebro se aquietou, seu corpo relaxou e o equilíbrio interior de sua mente se normalizou.

No balcão de pagamento, Rory entregou a caixa vazia para a funcionária.

— Vou levá-los nos pés até em casa.

A garota atrás do balcão sorriu.

— Sem problema. — Ela leu o código de barras. — São oitenta e cinco dólares e setenta e dois centavos.

Rory se preocupava com qualquer prova relacionada às suas compras, por mais trivial que fosse. Mesmo a leitura do código de barras colocava o seu radar em alerta máximo, mas ela sabia que certos rastros eram inevitáveis. Entregou à garota cinco notas de vinte dólares. Dinheiro vivo garantia que nenhum registro da transação pudesse ser rastreado até ela. Mentes curiosas, que conheciam os detalhes do segundo semestre do ano anterior, poderiam querer saber o paradeiro das suas botas velhas, e Rory não desejava que ninguém as procurasse. Aqueles velhos coturnos Madden Girls não passavam de um monte de cinzas. Alguns, porém, talvez os considerassem como provas, incluindo o seu chefe dentro do Departamento de Polícia de Chicago. Outros, como o pessoal forense qualificado, poderiam pegar aquele monte de cinzas e extrair dele vestígios do passado. Rory pretendia manter o passado, e todos os seus segredos, morto e enterrado. Assim, pagou em dinheiro vivo, torcendo pelo melhor.

Ao sair da loja, jogou os tênis de lona de cano alto na lata de lixo. Calçando os seus novos coturnos Madden Girls, caminhou até o seu carro com uma coragem que não sentira nos últimos seis meses.

11

DA RUA, A CASA PARECIA ESCURA E VAZIA. NO INTERIOR DELA, porém, uma luz suave se irradiava do estúdio e se espalhava pelas tábuas do assoalho de madeira de cerejeira. Na penumbra, Rory estava sentada à bancada de trabalho, com a luminária de haste curva direcionada para o catálogo à sua frente e com o laptop emitindo uma luminosidade azulada. Ela vinha trabalhando duro, e não tinha nada a ver com as suas funções no Departamento de Polícia de Chicago. Aquela noite era dedicada à pesquisa. Aquela noite era dedicada a traçar origens. Aquela noite era para ter certeza de que a sua próxima compra seria perfeita.

Rory tomou um gole do copo de cerveja preta Dark Lord.

As paredes do seu estúdio continham prateleiras embutidas que acomodavam vinte e quatro bonecas de porcelana antigas restauradas, todas em perfeitas condições: três por prateleira, oito prateleiras no total. Exatamente vinte e quatro bonecas. Qualquer quantidade a menos deixaria Rory obsessiva. Ela aprendera a não questionar essa esquisitice, ou as muitas outras idiossincrasias que definiam a sua personalidade, mas sim a acolhê-las. Rory apreciava a companhia de quarenta e oito olhos não piscantes a encará-la enquanto ela cruzava referências em sua pesquisa, movendo-se entre o catálogo cheio de fotos de bonecas antigas e diversos sites que acessara no computador.

Ela fez muitas anotações nos seus diários até terminar de pesquisar e, em seguida, apanhou o copo com Dark Lord e tomou um gole longo e lento. Rory encontrara o que procurava. A sua pesquisa confirmou a autenticidade, e as fotos que baixou da internet demonstraram que a sua seleção precisava muito da sua expertise.

Satisfeita, Rory respirou fundo e tirou um pedaço de papel dobrado do bolso de trás da calça. Ela imprimira o cartão de embarque da American Airlines naquela manhã na preparação para o voo do dia seguinte. Ficar presa em um tubo a dez mil metros de altura, com duzentos outros passageiros, era nauseante. Só de pensar naquilo, uma fina camada de umidade tomou conta de sua testa.

Ela ouviu a porta da frente se abrir e as chaves tinirem quando foram tiradas da fechadura.

— Rory?

— Estou aqui. — Ela recolocou o cartão de embarque no bolso.

Rory não se preocupou em se virar. Percebeu a sua presença junto à porta e depois experimentou a vibração dos seus passos se aproximando. Por fim, sentiu os lábios dele na lateral do pescoço. Rory estendeu o braço para trás e passou a mão no seu cabelo.

— Culpado em todas as acusações — Lane Phillips falou junto ao ouvido dela. — E você disse que não tinha certeza.

— Estava cautelosamente otimista.

— Parabéns! Ótimo trabalho. Você falou com Walter Byrd?

— Sim. — Rory se lembrou do aceno de cabeça que o pai de Camille Byrd lhe fizera no momento em que ela saía da sala do tribunal. Para Rory, aquilo foi uma conversa.

— E agora?

— Agora vou sumir por dois meses — ela afirmou.

— Quanto tempo vai levar até Ron aparecer na varanda?

Com desdém, Rory deu de ombros.

— Ele vai esperar pelo menos duas semanas. Ron sabe que tem que me dar um tempo.

Ron Davidson tinha uma pilha interminável de pastas de homicídios, e precisava da ajuda de Rory. Eram casos que haviam deixado perplexos os seus melhores detetives. Rory era perita em reconstituição criminal, especializada em casos arquivados de homicídios, e a sua expertise residia na sua capacidade de juntar as peças de quebra-cabeças de crimes que ficaram sem solução durante anos. O seu cérebro funcionava de forma diferente dos outros, e a sua mente excepcional via coisas que ninguém mais via. Por mais que tentasse, ela nunca fora capaz de explicar como percebia as peças que faltavam quando assumia um caso arquivado ou adentrava uma cena do crime de anos antes. Rory sabia apenas que, quando apresentada a um mistério não resolvido, algo estalava em sua mente, que a impedia de se esquecer disso até que encontrasse as respostas que tinham escapado de todo o mundo. Um fenômeno similar ocorria sempre que ela pegava uma boneca antiga danificada e arruinada. Sua mente se recusava a se acomodar até que a boneca estivesse perfeita.

O caso de Camille Byrd fez com que Rory passasse dois meses agitados reconstituindo os últimos dias da garota. Ela seguiu os passos do fantasma de Camille até que eles a levassem a respostas. Foi uma rotina desgastante que a deixou esgotada. Ron Davidson conhecia muito bem a sua estrela investigadora e reconhecia a necessidade de Rory descansar após a conclusão de um caso. Ele costumava permitir a ela duas semanas; Rory dava a si mesma dois meses. Os hiatos eram preenchidos com telefonemas frenéticos de Ron, mensagens de texto incessantes, ameaças de encerrar o seu vínculo empregatício com o Departamento de Polícia de Chicago e a inevitável perseguição quando Ron localizava Rory, de um jeito ou de outro, para encurralá-la com um ultimato. Naquela noite, porém, no primeiro dia de sua licença sabática autoconcedida, nada disso estava presente. Parecia o começo das férias de verão quando ela era criança.

— Duas semanas passam rápido — Lane comentou. — Aí, você vai precisar de um lugar para se esconder. Afinal, Ron é um detetive e sabe onde você mora. Não será difícil te encontrar.

Com um sorriso nos lábios, Rory se virou para encarar Lane.

— Algo me diz que você tem um esconderijo.

— Tenho. Fui convidado para participar de um podcast na NBC.

— Sobre o quê?

— O caso da Escola Preparatória de Westmont do ano passado.

— Daqueles jovens que foram mortos em Indiana?

— Sim. O podcast já está rolando, com muito barulho, anunciantes gigantes e um nome de respeito no comando: Mack Carter. Está sendo produzido em Peppermill, Indiana. Os caras devem precisar de mim por cerca de um mês. Talvez mais, dependendo do que Mack descobrir.

— Precisarão de você para o quê?

Lane tomou as mãos de Rory e a puxou para mais perto.

— Há muita coisa que não faz sentido no caso, incluindo os assassinatos, o professor que foi acusado e os alunos que sobreviveram. Existe um grande ângulo psicológico que querem que eu assuma. — Lane a trouxe para ainda mais perto. — Venha comigo.

Surpresa, Rory ergueu as sobrancelhas.

— Ir com você?
— Sim.
— Para *Indiana*?

Lane fez que sim com a cabeça.

Exprimindo aborrecimento, Rory revirou os olhos.

— E eu pensando que você iria me levar para o Caribe.
— É, não é tão fascinante. Mesmo assim, venha comigo, Rory.
— Fazer uma investigação para você de um caso pavoroso? Acabei de encerrar um.

Lane apoiou a testa na dela.

— Eu farei a investigação. Você me faz companhia e se esconde de Ron por algumas semanas. Ele nunca te encontrará em Peppermill.
— Com certeza.
— Ficarei em um pequeno chalé. Eu vi algumas fotos. É bem fofo.

Intrigada, Rory inclinou a cabeça para um lado.

— Com quem exatamente estou falando agora? Você nunca usou a palavra "fofo" na vida. E raramente sai da cidade, a menos que pegue um avião para Nova York.
— Estou tentando te convencer a dizer "sim".
— Você não vai conseguir me convencer usando o "fofo". — Rory se afastou, fazendo um gesto negativo com a cabeça. — Não, Lane. Estou sem saco para isso. Você ficaria trabalhando, e eu, fazendo exatamente *o quê*? Passeios turísticos no nordeste de Indiana? Quero ficar *aqui*. Na minha casa, perto das minhas coisas, e fazendo o que curto por enquanto. Preciso dar um tempo.

Lane assentiu.

— Achei que devia tentar.

A morte do pai, no ano anterior, a deixara com apenas um homem neste planeta que a entendia. O tanto que Rory Moore podia ser entendida.

— Desculpe. Eu só... — Rory apontou para sua bancada e para o catálogo de bonecas aberto, reluzente, sob a luminária de haste curva. — Preciso ficar um pouco sozinha. Para relaxar e endireitar a minha mente.

Lane voltou a assentir.

— Entendi.

Rory acariciou o rosto dele e o beijou.

— Sou um pé no saco, eu sei.

— Ainda te amo. Mesmo que você me faça ir sozinho passar um tempo em um chalé em Indiana.

— Achei que era fofo...

Lane sorriu.

— Essa foi a jogada errada.

— Muito errada. — Rory se virou, fechou o catálogo e pegou a garrafa de Dark Lord. — O caso da escola não foi resolvido? Aberto e encerrado, não? Um dos professores matou aqueles alunos.

— É uma longa história.

— Tenho a noite toda.

Lane apontou para a cerveja de Rory.

— Vou precisar de uma dessas também.

12

RORY GIRAVA OS INTERRUPTORES À MEDIDA QUE ELES CAMI-nhavam; primeiro, a iluminação embutida do corredor e depois as lâmpadas no teto da cozinha. Todas as luzes eram controladas por reguladores de intensidade, que impediam a sua potência total, deixando o ambiente com uma luminosidade âmbar fraca. Como notívaga que era desde a infância — quando saiu pela porta dos fundos da casa de fazenda da tia-avó, aos dez anos de idade, e fez uma grande descoberta —, Rory preferia as sombras de uma casa mal iluminada à fluorescência de enfermaria que testemunhava escapando das janelas dos bangalôs do seu quarteirão.

Ela abriu a adega de cervejas, um refrigerador com porta de vidro embutido na parede ao lado da geladeira. A prateleira superior acomodava seu estoque de Dark Lord: uma dúzia de garrafas de seiscentos e cinquenta mililitros de cerveja preta ao estilo Russian Imperial perfeitamente dispostas em três fileiras retas e justas com as etiquetas para a frente. A única incongruência visível era o lacre de cera que escorria do alto de cada garrafa, como resultado de ter sido molhada na cervejaria. Rory era capaz de viver com essa imperfeição.

Rory sabia que Lane não encarava uma Dark Lord, do mesmo modo que ela não suportava a cerveja *light* preferida por ele. Os dois eram opostos a esse respeito. Assim, ela apanhou uma Corona Light na gaveta de baixo, mantida escondida porque a visão de uma garrafa de vidro transparente cheia de cerveja amarelo-clara insultava a harmonia de sua adega.

Rory abriu a tampa e entregou a Corona a Lane.

— Então, Escola Preparatória de Westmont. Qual é o lance?

Lane tomou um gole.

— Dois alunos foram mortos no verão passado em uma casa abandonada no *campus*. Três dias depois, a polícia chegou a um suspeito: um professor de química chamado Charles Gorman. Eu vou dar uma olhada no aspecto psicológico da história. Mergulhar na cabeça de Gorman.

— Conseguiu permissão para entrevistá-lo?

— Bem que eu gostaria, mas o cara tentou se matar alguns dias depois dos assassinatos, quando a polícia fechou o cerco sobre ele. Pulou na frente de um trem que passa ao lado da antiga casa de hóspedes da escola.

— Tentou?

— Sim, Gorman chegou bem perto de conseguir acabar com a própria vida, pelo que me disseram. Ficou com uma lesão cerebral que o deixa babando o dia todo em um hospital psiquiátrico para criminosos com insanidade mental. Ele não fala desde que saiu do estado de coma, e o eletroencefalograma não mostra nada acontecendo lá em cima.

— Parece um homem culpado querendo escapar dos seus demônios e de uma sentença de prisão.

— Pode ser, mas acho que há mais do que isso. Vou elaborar um perfil do assassino e me certificar de que Gorman corresponde a esse perfil.

— O que te faz achar que há mais do que isso na história?

— No ano passado, três alunos que sobreviveram àquela noite voltaram à casa de hóspedes para pular na frente do mesmo trem usado por Gorman para a mesma finalidade.

Rory parou o copo pouco antes de chegar aos lábios.

Lane arqueou as sobrancelhas.

— Eu te disse que era interessante. — Ele tomou outro gole de cerveja. — Alguma coisa estava acontecendo com aqueles jovens no ano passado e está sendo transferido para hoje. Algo que não contaram para ninguém. A história que rola por aí agora é muito certinha. Professor surtou, professor confessou em uma carta manuscrita, professor tentou se matar. Não me convence, nem a Mack Carter. Então, juntos, investigaremos isso. — Fez uma pausa. — Tem certeza de que não quer vir comigo?

Rory deu um sorriso tímido para ganhar algum tempo. Pensou no catálogo no seu estúdio que mostrava as centenas de bonecas de porcelana antigas que ela pesquisara. Lembrou-se da sensação de equilíbrio que a consulta do catálogo trouxera à sua mente, que trabalhara demais durante muito tempo. Também se lembrou do cartão de embarque no seu bolso para o voo que decolava em cerca de doze horas.

— Tenho — Rory respondeu, por fim.

Mas não tinha. Ouvir a história da Escola Preparatória de Westmont deixou escapar um sussurro suave que ecoou em sua mente. Nas reverberações, a suspeita de que aquelas vítimas que voltaram para se matar tinham uma história para contar.

Rory tomou outro gole de Dark Lord, mas não conseguia deixar de lado as palavras que Lane acabara de verbalizar.

Alguma coisa estava acontecendo com aqueles jovens no ano passado e está sendo transferido para hoje.

ESCOLA PREPARATÓRIA DE WESTMONT

VERÃO DE 2019

Sessão 2
Anotação no diário: O BURACO DA FECHADURA

    Havia um buraco de fechadura na porta do meu quarto.
Era um portal através do qual eu espionava um mundo que
odiava. As coisas que vi através dele nunca foram discutidas.
Eu devia acreditar que nunca aconteceram. Mas aconteceram.
Mesmo que a minha mãe e eu nunca os discutíssemos, aquelas
coisas existiam. Eu as vi, e tenho certeza de que a minha mãe
sabia que eu olhava através daquele buraco. Sempre me
perguntei se o que ocorria dentro da visão limitada da porta
do meu quarto se dava naquele exato local por algum motivo.
Ela estava pedindo a minha ajuda?

    Tirei os olhos do diário. Minha voz falhou quando li a última frase e precisei de um instante para me recompor.

— Desculpe.

A mulher sentada na cadeira à minha frente esperou. Respirei fundo, olhei de volta para o caderno com capa de couro e recomecei a leitura.

    As coisas que vi pelo buraco da fechadura mudaram a
minha vida. Foram as coisas terríveis que se desenrolaram

naquele escopo estreito da minha visão que me fizeram quem eu sou. Gostaria de poder dizer que irrompi por aquela porta e detive o meu pai. Se eu o tivesse feito -- se pelo menos houvesse tentado --, as coisas poderiam ser diferentes. Talvez eu estivesse morto, porque confrontar o meu pai durante os seus acessos de fúria era se jogar na frente de um animal selvagem. Mas nunca abri aquela porta para protegê-la. Eu me encolhia de medo no meu quarto, como a criança fraca e impotente que era, e só saía daquele santuário depois que a carnificina terminava. Eu levava para a minha mãe um saco com gelo para o seu olho ou uma toalha para a sua boca rachada. Às vezes, até a ajudava a se maquiar para esconder os hematomas. Porém, nunca saí do meu quarto para protegê-la. Sair do meu quarto durante o acesso de fúria teria sido mortal, mas morrer teria sido preferível àquilo que realmente aconteceu.

Ouvi o grito da minha mãe e me levantei da cama imediatamente. Ajoelhado, colei o rosto na porta do quarto e espreitei pelo buraco da fechadura. Um pequeno corredor levava à sala de jantar, onde vi a minha mãe correndo para o outro lado da mesa, procurando interpor um obstáculo entre ela e o meu pai. Contudo, não havia nada que o detivesse. Não uma mesa de jantar, com certeza. O corpo dele ingressou no pequeno mundo do meu buraco de fechadura. O meu pai ficou de costas para a minha porta, encarando a minha mãe. O corpo dele tapou a minha visão, de modo que eu não conseguia mais vê-la. Fiquei aliviado por não enxergar mais o seu rosto em pânico. Como se não ver o pavor dela o fizesse desaparecer de alguma forma.

-- Pare! -- a minha mãe pediu. -- Eu vou consertar!

O meu pai estava com os dentes cerrados. Percebi isso na voz dele.

-- Quem... quebrou... aquilo?

De imediato eu soube ao que eles se referiam: o poste de luz lá fora. Ele se quebrara mais cedo, quando eu jogava beisebol com um menino da vizinhança. Acabei fazendo um arremesso errado que se chocou diretamente na placa de vidro,

espatifando-a e espalhando estilhaços em toda a entrada da
garagem. A minha mãe escondeu o estrago o melhor que pôde,
varrendo os estilhaços e esperando que a placa de vidro
ausente passasse despercebida até que ela pudesse
substituí-la. Fora esse o nosso plano. Naquele momento,
ficara óbvio que o plano fracassara.

— Não sei quem quebrou, Raymond. Mas amanhã vou
consertar.

— Você vai consertar?

— Vou ligar para alguém que conserte.

— E quem vai pagar pelo reparo?

O meu pai varreu a mesa da sala de jantar com o braço,
mandando para o chão tudo o que estava sobre o tampo. Para o
meu pai demente, causar estragos dentro de casa e acumular
centenas de dólares de prejuízo foi a resposta apropriada
para a dificuldade financeira de ter que substituir uma placa
de vidro quebrada.

Então, eu devia ter aberto a porta do meu quarto.
Devia ter saído para o corredor e assumido a responsabilidade
pelo que fizera. No entanto, não fiz isso. Continuei
ajoelhado e vi pelo buraco da fechadura quando o meu pai
estendeu a mão sobre a mesa, agarrou a minha mãe pelo cabelo e
a puxou, arrastando-a pelo tampo. Naquela noite, ele bateu
nela. Eu o vi pelo buraco da fechadura. Vi o homem que eu
odiava bater na mulher que eu amava.

No dia seguinte, o meu pai estava morto.

Puxei o marcador de tecido para cima e o coloquei com cuidado no vinco do diário antes de fechá-lo. As minhas mãos tremiam um pouco. Quando finalmente olhei para a mulher à minha frente, percebi compaixão nos seus olhos. Pelo menos foi o que achei que o olhar dela significava.

As minhas mãos se acalmaram, e os meus ombros relaxaram. As sessões de terapia sempre me traziam paz, mesmo que eu expusesse a minha alma e revelasse os meus segredos mais íntimos nelas. Ou, talvez, por causa disso.

— Tenho relutado em me referir a ele. Sei que a senhora está curiosa. Posso falar sobre o meu pai agora?

A mulher piscou algumas vezes. Afinal, não era compaixão, mas piedade o que eu via neles? Ou seria algo mais próximo do medo? De qualquer maneira, aquelas eram as regras. Eu confessaria os meus segredos e exorcizaria os meus demônios. Ela se obrigaria à confidencialidade, guardando silêncio para sempre dos meus pecados. Se isso a assustava, era um efeito colateral infeliz do nosso relacionamento. Porque agora eu não conseguiria parar de me confessar para ela mesmo se quisesse. E eu não queria.

— Vou contar para a senhora como ele morreu. A polícia declarou suicídio, mas não foi, não. Posso falar sobre isso? Seria demais discutir a respeito durante uma sessão?

— Nem um pouco — a mulher afirmou.

Assenti.

— Ótimo. Vejo a senhora na próxima semana. — Com o diário na mão, fiquei de pé e voltei para a escola.

13

SITUADA NO CANTO NORDESTE DE INDIANA, ÀS MARGENS DO lago Michigan, na pacata cidade de Peppermill, a Escola Preparatória de Westmont era um internato de elite, com a reputação de preparar seus alunos para os rigores do ensino superior. As suas práticas eram estritas, as suas expectativas, altas, e o seu histórico era impecável. Cem por cento dos alunos que cursavam a Escola Preparatória de Westmont se formavam e seguiam para uma universidade de quatro anos. Uma grande proeza, considerando os jovens que constituíam o corpo discente.

Além de jovens ricos e esnobes, professores talentosos e superdotados, a disciplina rigorosa encontrada dentro dos muros da Escola Preparatória de Westmont também atraía adolescentes problemáticos e rebeldes que se encontravam na encruzilhada da vida. Havia os adolescentes cujos pais tinham identificado o descaminho desde cedo e os enviado para a Escola Preparatória de Westmont para que se endireitassem antes que fosse tarde demais. Também havia aqueles filhos cujos pais perceberam tarde demais a gravidade da situação e só descobriram a Escola Preparatória de Westmont após algumas séries de acontecimentos os terem levado a certos problemas que exigiam planejamento, negociação e concessões para evitar consequências ao longo da vida.

Os pais fatigados enviavam os filhos para a Westmont porque temiam que, se não fosse um colégio interno, perderiam os jovens para o que poderia ser uma prisão. Ainda assim, apesar dessa mistura de alunos, as práticas e os princípios da Escola Preparatória de Westmont os sujeitavam a se adequar. Isolar e educar era uma prática consagrada dos internatos em todo o país.

A arquitetura do local imitava as escolas preparatórias da costa leste, com os edifícios construídos com calcário de Bedford e cobertos de heras que envolviam as janelas e subiam até os beirais, onde as cornijas pareciam sentinelas vigiando o local. O frontão da biblioteca — o primeiro edifício visível depois de se atravessarem os portões da frente — era uma empena triangular maciça sustentada por colunas grossas e robustas. O lema da escola estava entalhado na pedra: *Veniam solum, relinquatis et*. Chegar sozinhos, sair juntos.

Naquele momento, Gavin Harms e Gwen Montgomery passaram pelo prédio. A noite estava bastante úmida e, apesar de já serem quase dez horas, o longo dia de verão ainda proporcionava as últimas atividades do sol: uma queimadura leve no horizonte, que riscava o céu com pinceladas cor de salmão. Os amigos Theo e Danielle caminhavam ao lado deles. Os quatro viraram amigos desde o Dia do Portão, o momento cerimonial em que os alunos se apresentavam na escola no início de cada ano letivo. Assim que os alunos chegavam aos portões da frente, quer fossem calouros ou quartanistas experientes, ficavam por conta própria. Os pais não tinham permissão para entrar na escola no Dia do Portão. Depois que os alunos atravessavam os portões de ferro forjado, tornavam-se responsáveis por si mesmos. A independência era um mote na Escola Preparatória de Westmont. Os alunos deviam encontrar o seu caminho e desenvolver um novo sistema de apoio dentro daqueles muros. Chegar sozinhos, sair juntos.

Muitos jovens adentravam a Escola Preparatória de Westmont como adolescentes rebeldes que desejavam se libertar das rédeas dos pais. Porém, para alguns, o fechamento cerimonial da entrada no Dia do Portão colocava a realidade claramente em foco. No momento em que os alunos ficavam em um lado dos portões de ferro forjado e os pais do outro, surgia uma série de reações. Alguns jovens choravam. Outros se agarravam às barras de ferro como criminosos em suas celas e imploravam para voltar para casa. Outros ainda riam por conta do simbolismo dramático antes de irem para seus dormitórios. Os espertos faziam amizades e ficavam juntos. Gavin Harms, Gwen Montgomery, Theo Compton e Danielle Landry ficaram juntos desde o início e, naquele momento, estavam entrando no verão antes do penúltimo ano da escola.

Ao se aproximarem do Margery Hall, viraram à direita para evitar a entrada principal, pois lá a zeladora com certeza perguntaria onde eles tinham estado para voltarem ao dormitório tão perto do horário de recolher. A partir daí, a conversa se voltaria para a mochila de Gavin, que estava bastante encorpada por causa das latas de cerveja Budweiser. Sendo assim, eles se dirigiram para a entrada dos fundos. Antes de alcançarem a porta, ela se abriu estrepitosamente, assustando a todos. Era Tanner Landing.

— Conseguiram minha cerveja, pentelhos?

A Escola Preparatória de Westmont gerava uma dicotomia interessante de amizades. Algumas eram orgânicas, construídas a partir de interesses comuns e afeição natural. Outras eram forçadas, criadas pelos limites das atribuições do instituto e do dormitório. Tanner Landing fazia parte desse grupo desde o primeiro ano, quando a maioria dos alunos voltava para casa nas férias, exceto por um pequeno número de jovens cujos pais os obrigavam a ficar para fazerem cursos de verão. Durante o ano letivo, Tanner podia ser evitado. No verão, porém, Gavin e seus amigos ficavam presos a ele.

— Você me deu um puta susto. — Gwen contornou Tanner e entrou no corredor dos fundos do dormitório.

Bridget, namorada de Tanner, desculpou-se pela estupidez dele.

— Ele é um troglodita — ela disse.

Gavin e Theo dividiam um quarto, no qual todos entraram. Em seguida, a porta foi trancada e as persianas foram fechadas. Gavin abriu o zíper da mochila e partilhou as cervejas com todos.

— Vou ler. — Tanner tomou três goles rápidos de cerveja e arrotou. Pegou o celular e leu a mensagem de texto.

O HOMEM DO ESPELHO SOLICITA A SUA PRESENÇA
13:3:5
SÁBADO ÀS 22 HORAS

— É na antiga casa de hóspedes, não é? — Gwen quis saber.

— Sim — Gavin confirmou. — É pelo caminho dos fundos. Sai da Rota 77. A gente vai ter que atravessar a mata e depois ao redor do *campus*. Quem mais foi convidado?

— Só nós seis — Tanner informou.

Gwen olhou em volta e indagou:

— Vamos mesmo fazer isso?

— Somos alunos do terceiro ano. — Tanner engoliu o resto da cerveja e tornou a arrotar. — Pode crer que vamos! É um rito de passagem.

14

MARC MCEVOY ENTROU NO PORÃO. O AR-CONDICIONADO mantinha a temperatura amena no primeiro e no segundo andares da casa, mas, nos meses de verão, ele preferia o porão. O frio da terra se irradiava pela fundação e mantinha aquele local mais fresco do que o resto da casa. No entanto, Marc gostava do porão não só por causa da temperatura. Era ali que ele escondia o seu segredo.

No ano anterior, um pequeno balcão foi construído quando o porão foi concluído. Era onde ele e a sua mulher curtiam recepcionar os amigos nos fins de semana. No inverno anterior, Marc e seus companheiros se sentaram muitas vezes junto à tábua de carvalho revestida com epóxi para assistir aos jogos do Colts.

Naquele momento, ele se dirigiu ao armário atrás do balcão e abriu as portas. No interior dele ficava a coleção de Marc de figurinhas de beisebol. Ele as juntava desde criança, aumentando a coleção a cada ano, que agora abarcava os anos 1970 e 1980, com Johnny Bench e a Big Red Machine; os anos 1990 e o início dos anos 2000, quando os esteroides tomaram conta do pedaço; e os anos da geração atual de jogadores, definida por estatísticas que nunca existiram até alguns anos atrás.

A coleção era legítima: figurinhas antigas que vinham com chicletes quebradiços da Topps, e também aquelas da Goudy Gum Company e da Sporting News. No momento atual, a coleção valia alguma coisa — embora Marc não pretendesse jamais se desfazer das suas preciosas figurinhas. Mas naquela noite, ao tirar a primeira caixa fichário da prateleira, não era nelas que ele pensava. A sua obsessão era outra, algo em que Marc se fixara desde os dias de colégio, na Escola Preparatória de Westmont. Era naquilo que ele estava interessado.

Marc pôs a caixa fichário no balcão, destrancou a tampa e abriu as duas partes para obter acesso à sua coleção. No interior, as figurinhas de beisebol eram organizadas em filas bem apertadas. No topo, havia diversas folhas de plástico laminado com fendas para as figurinhas que ele mantinha em perfeitas condições. Por cima dessas folhas protegidas, achavam-se as suas anotações e a sua pesquisa, que Marc sempre mantivera escondida ali. A sua mulher não se interessava minimamente pela sua coleção, e por isso ele sabia que o segredo que mantinha guardado ali estava seguro.

O primeiro artigo que Marc tirou era do *Peppermill Gazette*, jornal local que tinha poucos leitores na época em que ele estava na Westmont e mais tarde abriu falência. Marc encontrou o artigo na biblioteca da escola quando estava no primeiro ano. Fora publicado originalmente em 1982. Naquele momento, ele começou a lê-lo.

POR DENTRO DA SOCIEDADE SECRETA DA ESCOLA PREPARATÓRIA DE WESTMONT

Se perguntarmos ao diretor da Escola Preparatória de Westmont, ou a qualquer membro do corpo docente, se há alguma verdade no boato de que existe uma sociedade secreta na escola, ouviremos um enfático e categórico "Não". Mas se a pergunta for feita aos alunos, eles dirão que essa sociedade não só existe como também está em grande expansão. No entanto, se pedirmos por detalhes, conseguiremos muito poucos. Na maioria das vezes, ouviremos conjecturas e rumores sobre as desventuras desse clube secreto, que maltrata os seus novos iniciados e prega peças estridentes em alunos e professores desavisados. Fatos concretos ou experiências pessoais são impossíveis de serem encontrados, já que não há alunos que admitam ser membros ativos. O diretor explica essa falta de conhecimento sobre o clube afirmando que a ideia de uma sociedade desse tipo só existe na cabeça dos alunos, e permanece viva por meio do folclore e dos boatos. É, segundo o diretor, fruto da imaginação dos alunos. Ou, poderíamos dizer, a razão pela qual ouvimos tão pouco a respeito do grupo é que os seus membros estão sob juramento de guardar segredo.

Marc colocou o artigo de lado e se voltou para um outro mais recente publicado no *Indianapolis Star*. De autoria de uma jornalista especializada em crimes reais, Ryder Hillier, a extensa matéria relatou a história das sociedades secretas no ensino secundário dos Estados Unidos, abordou brevemente as mais famosas sociedades secretas das universidades da Ivy League da costa leste e, em seguida, dedicou-se a examinar a organização dentro dos muros do colégio interno mais prestigioso de Indiana.

A Escola Preparatória de Westmont era conhecida pela sua disciplina rigorosa e pelos seus professores rígidos. Frequentemente, a instituição era classificada entre as melhores escolas preparatórias, e ostentava uma taxa de cem por cento de alunos que se formavam e seguiam para uma universidade de quatro anos. Ryder Hillier fizera mais progressos em conseguir informações sobre o grupo secreto que existia dentro dos muros da Escola

Preparatória de Westmont do que qualquer outro jornalista de que Marc tivesse conhecimento. De alguma forma, ela até descobrira o nome dele — O Homem do Espelho — e o enigmático local das reuniões, indicado apenas por três números: 13:3:5 — que Marc sabia serem do lugar de acesso à mata, situado na Rota 77, e que levava à antiga casa de hóspedes.

A partir daí, porém, os fatos expostos por Ryder Hillier se esgotaram. O artigo terminou com uma declaração que ela conseguiu obter da atual diretora, dra. Gabriella Hanover, que negou a existência de tal sociedade, sustentando que a Escola Preparatória de Westmont não permitia clubes exclusivos, que promovem o elitismo e o segredo, nem permitiria que uma associação estudantil funcionasse fora da supervisão do corpo docente.

No entanto, Marc estudara lá e, como ex-aluno, sabia muito bem que o clube existia. Ele teve de esperar passar o primeiro e o segundo anos para ter a chance de fazer parte da sociedade, que era composta apenas por terceiranistas e quartanistas. Mas quando chegou ao terceiro ano, Marc foi rejeitado. A rejeição o deixou deprimido. Alguns dos seus amigos mais próximos foram aceitos e, após passarem pela iniciação, eles o abandonaram.

Ele passou o terceiro ano sozinho e isolado e, quando se tornou o alvo das sacanagens do grupo, Marc McEvoy decidiu sair da Westmont, e se transferiu para uma escola pública para cursar o quarto ano. Fora um final triste da sua experiência no ensino médio, e o seu último ano foi desolador, marcado por ideias de suicídio. Marc só conseguiu sair da depressão após encontrar um novo sistema de apoio durante a faculdade. Ele conheceu a sua mulher, formou-se, começou uma carreira profissional e constituiu uma família. No entanto, Marc nunca se esqueceu da sociedade secreta da Escola Preparatória de Westmont. Aquela em que ele quis tanto ingressar. Aquela que o rejeitou. Marc McEvoy não só fora incapaz de se esquecer do Homem do Espelho como também ficou obcecado com isso. Ao longo dos anos, ele agiu para encontrar tudo o que podia sobre o grupo e os seus rituais.

Naquela noite, com a sua família dormindo no andar de cima, Marc recuperou os artigos que mantinha escondidos com a sua coleção de figurinhas de beisebol e os espalhou sobre o balcão. Então, abriu o laptop e digitou "O Homem do Espelho" no mecanismo de busca. Era junho. Marc sabia que a iniciação dos novos membros acontecia no solstício de verão.

Ele navegou pelas páginas da rede. Lera a maioria delas incansavelmente, mas, de vez em quando, deparava com algo novo.

Marc não era mais um adolescente. Coisas assim não deveriam interessá-lo, e a rejeição de tanto tempo atrás não deveria mais doer. No entanto, a sua mente ainda morria de curiosidade, e o seu ego ainda sofria por ter sido negado o seu ingresso na sociedade secreta. Uma pergunta estranha lhe ocorreu, como acontecia no início de cada verão: *O que o impedia de ir à casa abandonada na mata?*

Quando Marc estudava na Escola Preparatória de Westmont, facilmente influenciado e intimidado, o seu medo o mantinha afastado. Porém, naquele momento, ele não sentia nenhum temor. Na verdade, tudo o que sentia era curiosidade de aprender tudo o que podia sobre o mito. Todavia, enquanto folheava a sua pesquisa e navegava pelos sites que descreviam a lenda do Homem do Espelho, Marc se deu conta de que, além da curiosidade, havia algo mais que alimentava a sua fome. Em uma noite quente de verão, no frio do porão, Marc finalmente conseguiu definir a emoção.

Era raiva.

PARTE III
AGOSTO DE 2020

15

A CLAUSTROFOBIA, A FOBIA SOCIAL E A PERSISTENTE NECES- sidade de estar sempre no controle do seu ambiente tornavam as viagens aéreas algo que Rory Moore evitava sempre que possível, pois a faziam penar quando eram obrigatórias. Rory tentara um pouco de tudo ao longo dos anos, incluindo, por exemplo, meditação (que chamou a atenção dos outros passageiros, em vez do resultado oposto desejado), consumo de fármacos (uma combinação de anti-histamínico com sonífero provocou um acesso violento de vômito, que deixou um voo, em particular, mais desagradável do que qualquer outro) e ressaca sentada no assento do meio (uma vez, apenas uma vez, e nunca mais).

Acomodar-se na classe econômica — três passageiros um ao lado do outro, embalados como se fossem sardinhas, arrastando-se um sobre o outro para usar um banheiro minúsculo compartilhado por duzentos outros seres humanos — fora algo inimaginável por anos. Certa ocasião, quando Rory e Lane tiveram de ir para Nova York para um caso relacionado ao Projeto de Controle de Homicídios, um cliente rico concordou em fretar um avião para eles depois que Lane explicou que era a única maneira de levá-los para a costa leste. Claro que Lane poderia ter ido sozinho, num voo comercial no qual leria um livro por duas horas, como todo o mundo. Mas não. Em vez disso, Lane insistiu em um avião fretado e conseguiu.

Rory o amava por algo mais do que a sua boa aparência e a sua mente poderosa. Ele a aceitou, apesar de todas as peculiaridades sufocantes dela.

Lane a amava do jeito que ela era, e jamais tentou mudá-la, como tantas outras pessoas na sua vida tentaram, incluindo psiquiatras, docentes, colegas de quarto e professores da faculdade de direito.

No entanto, quando um avião fretado caríssimo não era uma possibilidade, a primeira classe de um avião comercial era a segunda melhor opção. Rory escolheu o assento da janela e, no momento em que o passageiro do lado se acomodou, ela já se protegera com dois travesseiros e um cobertor. No colo, Rory tinha a tese de doutorado de Lane, e a exibição destacada do seu título — *Uma mulher na escuridão* — era como uma coruja de plástico pendurada na lateral de uma casa para espantar pica-paus. Por via das dúvidas, Rory usava uma máscara cirúrgica. Assim, a passageira da poltrona 2A era a perfeita imagem de uma *serial killer* lendo um manual de instruções à procura de descobrir como manter sob controle os germes que flutuavam no ar reciclado apenas para que pudesse viver o suficiente para matar a sua próxima vítima. Se não isso, ela estava contaminada com a peste.

Rory sabia que não era nenhum prazer se sentar ao lado de alguém em um avião, mas os seus esforços compensaram. O homem do assento 2B se acomodou sem dizer uma palavra, e durante todo o voo de três horas para Miami, em nenhum momento tentou puxar assunto para iniciar uma conversa.

16

RORY ACHOU ENCANTADOR O CONVITE DE LANE PARA SE JUNtar a ele em sua missão em Indiana. Quanto mais pensava nisso dirigindo para o norte, afastando-se do Aeroporto Internacional de Miami, mais as palavras dele provocavam emoções que Rory preferia manter adormecidas. Como ela já não tinha mais família próxima para passar o tempo, a parte clínica e analítica do seu cérebro lhe dizia que era desperdício de energia se sentir culpada por oportunidades perdidas em relação à família. No entanto, o lado emocional da sua mente lhe pedia para não repetir os erros do passado, negligenciando o único relacionamento que lhe restava. Rory se perguntou, após os acontecimentos do ano anterior, se a sua vida precisava de algum cuidado sério. Talvez algum ajuste de prioridades e alguma autorreflexão sobre as coisas que lhe importavam.

"Venha comigo." As palavras de Lane ecoaram no seu íntimo, e Rory foi incapaz de silenciá-las. Tentou direcionar os seus sentimentos para um canto do cérebro onde pudesse encobri-los, guardá-los e mantê-los sob controle, como fazia com outros pensamentos preocupantes que a bombardeavam constantemente e ameaçavam atrapalhar a sua vida. Cada dia significava um novo furacão de emoções, disparando as suas ondas cerebrais. Se ela não estava preocupada, estava obcecada. Se não estava obcecada, estava traçando planos. Sua mente nunca descansava, na verdade. Sempre havia um zumbido de atividades acontecendo nela.

Ao longo dos anos, Rory aprendera a lidar com essa aflição, separando os seus pensamentos em compartimentos. A perturbação obsessiva-compulsiva que lhe implorava para executar tarefas triviais e redundantes, como verificar o velocímetro naquele momento e ter certeza de que os faróis estavam acesos, se achava empacotada em uma parte do cérebro que lhe permitia não tanto ignorar os impulsos, mas guardá-los para um posterior pagamento em prestações. Ela mantinha esses desejos em um lugar da mente que os impedia de interferir no seu cotidiano. Então, mais à frente, Rory tirava a capa protetora quando tinha um lugar para depositar os anseios de maneira organizada. Um lugar onde aqueles pensamentos poderiam correr livres até desaparecerem sem afetá-la mais. Esse processo fez Rory poupar tempo. Permitiu-lhe levar a vida livre das exigências supérfluas da sua mente.

Para esse fim, uma saída usada por Rory era estudar prontuários de casos como perita em reconstituição criminal. As leituras e releituras de transcrições de interrogatórios, as avaliações dos resumos de autópsia até que ela tivesse cada página armazenada como uma imagem em sua mente, as análises atentas das anotações e dos registros de provas dos detetives e os estudos das fotos das cenas dos crimes até que pudesse vê-las com os olhos fechados eram um exercício perfeito que nunca a chateava. No ambiente da reconstituição criminal, a aflição de Rory era uma vantagem.

Fora do trabalho, havia outra saída para a sua perturbação obsessiva-compulsiva. Ela a descobriu quando jovem, antes de entender que a sua mente funcionava de uma maneira que os outros considerariam incomum. Antes de entender que as imagens e o conhecimento que corriam como um rolo de papel interminável através dos seus pensamentos eram a formação da sua memória fotográfica. Antes de saber que a sua inteligência se achava uma escala acima da maioria das outras pessoas. Antes de reconhecer que estar tão avançada em uma área da vida fazia com que outras áreas fossem negligenciadas, como relações pessoais e interações sociais. Antes do diagnóstico de autismo se tornar a corrente predominante da medicina, outra técnica fora utilizada para controlar a sua condição. Rory aprendeu a habilidade quando era jovem e passava algum tempo na casa da fazenda da tia-avó. Naquela noite, enquanto serpenteava pelas ruas de Miami, planejava perseguir o item que lhe permitiria usar o talento que adquirira quando criança. Isso lhe permitiria viver os próximos dois meses sem se preocupar que suas esquisitices e idiossincrasias a desviassem do rumo.

Contudo, Rory se esforçava para compartimentar os sentimentos gerados pelo convite de Lane. Quando mais perto chegava do seu destino, mais a pele coçava de ansiedade, e mais ela se perguntava se os sentimentos em relação ao homem que amava não se destinavam a ser guardados e empacotados junto com os pensamentos perturbadores provocados pelo seu transtorno obsessivo-compulsivo.

Ainda assim, ela tentava. Era como Rory Moore existia.

17

ERA QUASE MEIA-NOITE QUANDO RORY PAGOU QUARENTA E cinco dólares para estacionar em uma garagem de três andares no centro de Miami. A estrutura era iluminada por lâmpadas fluorescentes que Rory teria odiado se estivesse no seu bangalô, mas ali, em uma cidade desconhecida, ela gostou. Com o coração batendo em um ritmo alucinante, as suas axilas e costas grudavam de suor. Ela saiu da garagem e, durante dez minutos, caminhou pelas ruas do centro da cidade.

Rory memorizara o caminho na véspera. O seu relógio tocou. Faltavam dez para a meia-noite, e ela acelerou o passo. As ruas de Miami estavam povoadas por casais e errantes, mas quando Rory saiu da rua principal e entrou em uma secundária, viu-se sozinha. A iluminação da via pública era mínima, e o barulho da pisada dos seus coturnos ecoavam nos prédios de tijolos. Ela avistou a luminosidade de uma marquise à frente e soube que chegara a tempo. Era tão suspeito quanto imaginara. O site não tinha fotos, apenas um endereço e a hora prevista do leilão.

O toldo iluminado, sujo e roto, promovia o lugar em letras vermelhas como "A Casa das Bonecas". A entrada do estabelecimento exigia que Rory descesse quatro degraus a partir da calçada. Ela respirou fundo antes de descer a escada e depois empurrou a porta da frente. Um homem com um pescoço grosso e expressão aborrecida ergueu o queixo quando Rory entrou.

— Estou aqui para o leilão — ela disse.

— Pela porta dos fundos — o homem resmungou a resposta. — Estão um pouco atrasados.

A taverna cavernosa era escura e lúgubre, mas estava bem cheia. O cheiro dos hambúrgueres grelhados empesteava o ar, e as risadas ruidosas das diversas conversas sufocavam o peito de Rory. Ela se esforçou para respirar enquanto examinava o recinto, e detectou a porta nos fundos. Primeiro, Rory se dirigiu ao balcão. A fileira de torneiras apresentava um mostruário desalentador: apenas opções de cervejas *light* aguadas.

— O que vai querer? — o barman quis saber.

— Você tem alguma cerveja da Three Floyds?

— Three o quê?

Rory fez um gesto negativo com a cabeça e examinou as garrafas enfileiradas na prateleira sobre o balcão.

— Lagunitas Pils — ela pediu.

O barman pegou a cerveja pedida no refrigerador e destampou a garrafa, colocando-a na frente de Rory. Ela deixou o dinheiro no balcão e levou a cerveja para a sala dos fundos.

Passava da meia-noite. Outro homem esperava do lado de fora da sala, e Rory mostrou o seu ingresso impresso, que ele pegou como sua admissão. Ao entrar na sala dos fundos, A Casa das Bonecas se tornou mais impactante. A iluminação era mais clara ali, em forte contraste com a taberna. As paredes estavam cheias de armários de vidro, contendo uma variedade de bonecas de porcelana. Todas peças raras de coleção. Outros colecionadores, que sem dúvida aguardavam ali havia horas, ocupavam o recinto. Todos analisavam as opções e pesquisavam as suas histórias. Rory, que já fizera a lição de casa, levou menos de dois minutos para encontrar o que procurava: uma boneca alemã Armand Marseille Kiddiejoy em péssimo estado. Naquele momento, ela olhou para a boneca através do vidro.

Antes que Rory pudesse inspecioná-la, precisou anotar o seu número de identidade na folha de registro. Contou doze números registrados acima do seu, o que significava que haveria disputa no leilão daquela noite. Sem nenhum plano B, aquela boneca Armand Marseille era a sua única opção. Pesquisara a boneca até as suas origens e percorrera quase mil e quinhentas milhas para adquiri-la. E planejava fazer exatamente isso.

Rory chamou a atenção de um dos leiloeiros, que destrancou a caixa de vidro. Ela levantou a boneca do seu local de repouso e, então, a sua mente se iluminou. Não foi bem uma experiência extracorpórea, mas, naquele momento, Rory não estava simplesmente segurando a boneca, mas fazia *parte* dela. A sua visão não parou na superfície de porcelana — penetrou através dela. O rosto de porcelana achava-se coberto por um reticulado de rachaduras e faltava um grande pedaço da bochecha e da orelha esquerdas. Havia uma porção sem cabelo na parte traseira direita da cabeça, onde um restaurador pouco qualificado tentara reparar uma outra rachadura com resultados devastadores. O trabalho foi tão amador que Rory se perguntou como alguém com tão pouca habilidade conseguira uma boneca clássica como aquela. Contudo, mesmo esse insulto flagrante fez Rory sentir um arrepio. A sua visão penetrou na boneca e a viu de dentro para fora. A sua mente ficou cega aos danos, e apenas imaginava as possibilidades. O potencial da boneca a hipnotizou.

— Tudo bem com você? — o leiloeiro perguntou, tirando Rory do transe.

Ela fez que sim com a cabeça e entregou a boneca. Dez minutos depois, Rory se sentou no fundo da sala de leilões, tomou um gole de Lagunitas e esperou. Naquela noite, quatro leilões tinham sido agendados. Aquele era o último. Os lotes de bonecas não estragadas eram vendidos primeiro aos colecionadores que queriam levá-las para casa e exibi-las nas prateleiras com outras bonecas perfeitas. Rory não tinha nenhum interesse naquelas sem defeitos. Elas não tinham histórias, nem guardavam segredos. As suas histórias já tinham sido contadas. Rory buscava bonecas que haviam corrido o mundo e tinham cicatrizes para provar isso. Ela queria as imperfeitas, que tinham perdido a ligação com os seus antigos donos e precisavam de muito carinho e atenção.

Rory terminou a cerveja e pediu mais uma enquanto as bonecas perfeitas eram vendidas, uma após a outra. Ao fim de cada leilão bem-sucedido, a pequena sala subterrânea se esvaziava. Quando as bonecas imperfeitas foram trazidas, havia apenas vinte colecionadores, no máximo, ainda presentes. Era quase uma da manhã.

— A próxima é uma Armand Marseille — o leiloeiro apregoou. — Apresenta alguns danos no rosto e na orelha, mas no seu auge...

— Três mil — Rory disse.

O leiloeiro desviou o olhar da boneca.

— O lance inicial é setecentos e cinquenta.

Rory se levantou da última fila e caminhou até o tablado, com os seus novos coturnos ressoando a cada passo.

— Então, três mil são suficientes para levá-la, não?

O leiloeiro olhou para os colecionadores restantes na sala.

— Dou-lhe uma. Dou-lhe duas. Vendido por três mil dólares para a dama de cinza.

18

LANE PASSOU DOIS DIAS ANALISANDO OS ASSASSINATOS NA Escola Preparatória de Westmont e estudando tudo o que podia sobre o caso. A NBC havia fornecido uma pasta de arquivo de pesquisa, mas ele, que também tinha as suas próprias fontes, investigou o caso a fundo em apenas dois dias. Naquele momento, com o carro atulhado, pegou o rumo sul da cidade.

Duas horas após deixar Chicago, pouco antes do meio-dia, Lane passou pela placa "Bem-vindo a Peppermill, Indiana". Demorou alguns minutos para o GPS mostrar o caminho até a alameda Winston, onde se situava o seu chalé, que ficava em um beco sem saída, no final de um longo caminho que dava para um lago. Lane parou na entrada da garagem e desligou o motor. Na maçaneta da porta da frente havia um cofrinho eletrônico pendurado. Lane digitou os números, o cofre se abriu, e ele apanhou a chave.

A casa era conforme o anunciado: pequena, confortável e escondida. Ideal para tudo o que ele planejara.

O primeiro andar continha uma cozinha, uma sala de estar com lareira e um escritório. No andar superior, um quarto de solteiro e um sótão com uma mesa. Lane deixou a bolsa de viagem na cama e voltou para o carro. Do porta-malas, retirou a caixa que conseguira comprar no caminho após uma negociação difícil e muito cara. Mas para o seu plano funcionar, a aquisição foi necessária. Lane a carregou até a cozinha e foi distribuindo o seu conteúdo, garrafa por garrafa, dentro da geladeira, todas enfileiradas na prateleira superior, em ordem irretocável e com os rótulos visíveis.

Quando terminou, apanhou uma mala no automóvel, atravessou a cozinha e chegou a um solário ligado aos fundos da residência. As janelas panorâmicas ofereciam vista para o lago ao longe. Para Lane, era perfeito. Sobre uma mesa no canto, esvaziou a mala, e novamente ajeitou tudo em fileiras impecáveis. Na sequência, retirou um pacote embrulhado e o colocou no centro do tampo. Por fim, buscou o grande quadro de cortiça que conseguira enfiar no assento de trás, apoiou-o num cavalete e pregou fotos nele.

Trinta minutos depois de sua chegada a Peppermill, a casa estava preparada e pronta.

19

RORY OCUPAVA UM ASSENTO NA PRIMEIRA CLASSE DO VOO 2182 da American Airlines com destino a Chicago. Ela usava a sua máscara cirúrgica, lia o seu manual de instruções e tinha a nova boneca de porcelana acomodada com segurança sob o assento. A sua perna direita tremia e fazia tinir as fivelas de seu coturno. Em geral, a sensação de giração se originava da ansiedade, mas naquela manhã a origem era outra. Entre o encerramento do seu último caso arquivado, a compra havia muito esperada do seu novo coturno e a aquisição da boneca de porcelana Kiddiejoy, Rory Moore se sentiu equilibrada e serena de uma maneira como não se sentira durante meses. Não desde que se aventurou em uma cabana em Starved Rock, Illinois, em busca de resolver o caso para si mesma e para muitas outras pessoas.

Rory fechou os olhos e relaxou um pouco.

Eram sete da noite quando ela se sentou à sua bancada. As persianas estavam fechadas, e o sol do entardecer se esforçava em vão para encontrar uma maneira de contornar as bordas. O estúdio se achava confortavelmente na penumbra, com a luminária de haste curva iluminando a área de trabalho. Rory sentiu os vinte e quatro pares de olhos a fitarem quando ela desembrulhou sua nova compra, como se as bonecas restauradas nas prateleiras estivessem tão interessadas na sua aquisição quanto ela.

Depois de colocar com todo o cuidado a boneca alemã Armand Marseille Kiddiejoy na bancada, Rory deu início ao processo de inspeção da mesma maneira que um médico-legista examinaria um corpo prestes a ser dissecado. No entanto, ela não tinha planos de desmontar aquela boneca. Iria consertá-la meticulosamente, cuidando de uma parte de cada vez. Isso a manteria ocupada por semanas e permitiria que os clamores irritantes e exigentes da sua mente fossem liberados. Rory encaixotara aqueles fardos e os guardara ao longo das últimas semanas por aquele exato motivo. A restauração de bonecas antigas tinha o potencial de propiciar alegria e júbilo, e Rory com certeza experimentara tudo isso. Entretanto, o passatempo também propiciou algo mais. Um portal para um mundo livre de preocupações, em que os pontos fracos se transformavam em pontos fortes, e onde ela podia usar as esquisitices que ameaçavam estragar a sua vida cotidiana.

Na sua área de trabalho, Rory não precisava resistir aos apelos irracionais da sua mente. Ela não lutava contra a necessidade torturante de repetições quase infindáveis até alcançar a perfeição. Naquele lugar protegido, aquelas tendências não só eram permitidas como também necessárias. As atividades repetitivas envolvidas no reparo de bonecas de porcelana antigas eram uma saída para o transtorno obsessivo-compulsivo que outrora governaram a sua existência. Desde que Rory pudesse exorcizar os seus demônios durante as práticas controladas que aconteciam na tranquilidade do seu estúdio, os apelos debilitantes da mente eram silenciados na maioria das outras partes da vida. Era como ela existia. As suas bonecas eram a sua sobrevivência.

Naquela noite, a inspeção era meramente para coleta de informações. Nenhuma restauração seria realizada. Rory teria primeiro de entender a boneca e os seus danos, e planejar um caminho para restaurá-la.

Ela passou a mão pelo rosto da boneca, sentindo o reticulado de rachaduras em forma de teia de aranha que cobriam a porcelana. Usar álcool como solvente, naquele caso, não era recomendável. Os pastéis, material escolhido para a pintura dessas superfícies, nunca eram muito bem absorvidos pela porcelana limpa com álcool, e isso explicava o visual desbotado das bonecas de outros restauradores apresentadas em leilões. A tia-avó de Rory desenvolvera a sua própria fórmula a partir de detergente e vodca; uma solução que Rory vinha usando desde criança e que seria perfeita para aquela nova restauração.

Ela tirou fotos e fez anotações por mais de uma hora antes de admitir que havia algo errado. Antes que aceitasse que alguma coisa a estava impedindo de se concentrar plenamente naquela boneca.

— Droga! — resmungou consigo mesma.

Para quase todos que cruzaram com ela, Rory Moore era um mistério. Para os médicos que tentaram tratá-la na infância e adolescência, para o seu chefe no Departamento de Polícia de Chicago e para os detetives que viam com certa mistura de confusão, admiração e aversão Rory resolver os casos que os tinham desnorteado. Com as mortes do pai e da tia-avó no ano anterior, apenas uma pessoa restou na vida de Rory que entendia os elementos básicos da sua existência. Ela se lembrou das palavras de Lane mais uma vez: "Venha comigo".

De pé junto à bancada, Rory ergueu a boneca Armand Marseille e a recolocou na caixa especial para viagem. No andar de cima, fez uma mala. Antes de sair de casa, parou na cozinha e puxou a nota autoadesiva que Lane deixara na porta da geladeira com o endereço do chalé em Peppermill.

20

HAVIA UMA LATA DE CERVEJA *LIGHT* SOBRE UMA BOLACHA À sua frente e uma pasta de arquivo aberta ao lado dela, com as páginas tombadas no balcão de mogno. Peppermill era uma pequena cidade cheia de bares de esquina.

O primeiro encontro de Lane com Mack Carter fora marcado para as sete da noite em um estabelecimento chamado Tokens, que era composto de um balcão comprido com uma fila de banquetas, além de uma fileira de mesas de centro na altura do peito separando o balcão dos compartimentos que ocupavam a parede oposta. A cerveja estava fria, a comida era gordurosa, e o ambiente, escuro o suficiente para ninguém reconhecer Mack Carter.

Lane bebera metade da sua cerveja quando Mack entrou no bar. Ele usava uma camiseta e um boné do Notre Dame, time de futebol americano — em nada parecido com a sua imagem televisiva. Quando ele se aproximou, os dois apertaram as mãos. Lane estimou que Mack tivesse trinta e poucos anos. O seu sorriso largo, mais uma vez, parecia diferente daquele que Lane viu na tevê.

— Lane Phillips.

— Mack Carter. Prazer em conhecê-lo. Fiquei empolgado ao ouvir que a rede de tevê conseguiu você. O seu nome ajudará muito a dar credibilidade ao podcast, e vou lhe confessar... — Ele olhou em volta como se alguém pudesse estar ouvindo e prosseguiu: — Precisarei de um psiquiatra quando terminar com essa história.

— Ouvi dizer que você teve algumas semanas interessantes.

— "Interessante" é um belo eufemismo. "Piração total" seria mais adequado. Desculpe, acho que não deveria dizer isso a um psiquiatra.

— Não sou um psiquiatra típico.

— Já ouvi dizer. — Mack apontou para a cerveja de Lane e fez o seu pedido ao barman. — Vamos aos fatos.

Eles estavam sentados em banquetas adjacentes. A cerveja de Mack foi servida em uma caneca com a espuma deslizando de um lado.

— Há tanta coisa acontecendo psicologicamente nessa história que você se manterá bastante ocupado. O plano será apresentá-lo no quinto episódio. Faremos uma entrevista formal para fornecer as suas credenciais aos ouvintes. Em seguida, traçaremos um panorama do caso, oferecendo sua expertise em psicologia a respeito do assassino e dos sobreviventes; o que eles sofreram na noite do massacre e o que enfrentaram desde então. Será possível fazer tudo isso no estúdio da casa que a rede alugou para mim.

Lane indicou a pasta diante de si.

— Fiz alguma lição de casa e comecei a elaborar um perfil do assassino.

— Um perfil de Charles Gorman?

— Bem, talvez... mas não é assim que a definição de perfil funciona. Não começamos com um suspeito e reinterpretamos o passado. Isso iria contra o objetivo. Começo com o crime: as vítimas, os métodos usados para matá-las, a cena. Em seguida, crio uma lista de características que o assassino deveria possuir para cometer tal crime. Nesse caso específico, comecei a delinear a mentalidade necessária para gerar esse nível de violência. O que fiz até agora é apenas um começo. Os acréscimos ocorrerão conforme eu for sabendo mais sobre o crime. Também comecei um segundo perfil *distinto* de Charles Gorman. Ao terminar cada perfil, veremos onde eles coincidem, se é que coincidem, ou se são cópias exatas.

— Fascinante. O que tem até agora?

— Algumas anotações iniciais sobre Gorman, obtidas apenas de registros públicos, me dizem que ele era professor de química da Escola Preparatória de Westmont. Era um pouco solitário, socialmente reservado e desajeitado. Tinha uma mente brilhante no que diz respeito à química, mas carecia de traquejo social. Foi um tipo correto por oito anos na escola.

— O que o fez perder o controle? — Mack estreitou os olhos.

— Há muito mais que preciso descobrir para responder a essa pergunta, se é que ela pode ser respondida. Teremos de precisar conversar com os alunos e os professores que o conhecerem. Com os amigos e os familiares. Os seus pais, especificamente, para ver que tipo de vida doméstica ele teve ao crescer. Do que fiquei sabendo até agora, a vida de Gorman foi normal. Contudo, investigar o seu passado me ajudará a ver o que estava acontecendo com ele desde a infância até a fase adulta, culminando com a noite dos assassinatos. Infelizmente, falar com Gorman está fora de questão, pelo que ouvi.

— Ouvi a mesma coisa. Ele não sabe que dia da semana é, e muito menos o que aconteceu naquela mata um ano atrás. Acho que se uma pessoa pula na frente do trem, é melhor que ela termine o trabalho.

— Tenho algum contato no Grantville, o hospital psiquiátrico onde Gorman se encontra. Darei alguns telefonemas para ver se consigo obter mais detalhes sobre o estado dele. — Lane tomou um gole de cerveja. — Fale-me sobre os suicídios.

Mack terminou a sua bebida e pediu outra.

— É aqui que uma história estranha fica ainda mais estranha. Na noite dos assassinatos, dois rapazes foram mortos. Os demais alunos fugiram da casa e escaparam pela mata, mas não antes que muitos vissem o horror de um dos seus colegas de classe empalado no portão de ferro forjado. Então, tenho certeza de que foi bem traumático. Dois meses depois dos assassinatos, no momento em que a escola reiniciava as aulas no outono, uma das garotas voltou para a mata e pulou na frente do trem de carga que passa próximo à casa de hóspedes. Ela foi a primeira. Dois meses depois, aconteceu de novo.

— Outro suicídio?

— Sim — Mack confirmou. — Da mesma maneira. Homem contra trem. Bem, *garota* contra trem, para ser mais específico. Foi outra aluna. E apenas algumas semanas atrás foi a vez de Theo Compton, como tenho certeza de que você soube se foi um dos vinte e poucos milhões de espectadores que assistiram ao vídeo.

— É bizarro. Temos de encontrar uma maneira de conversar com os alunos e tentar entender o que está atraindo tantos deles de volta para aquela casa. Conversar com seus pais e irmãos. E com os professores.

— A escola tem sido bastante receptiva à minha investigação. Não sei dizer se há verdadeira transparência ou se estão tentando me satisfazer porque acham que é o caminho de menor resistência. De qualquer maneira, permitiram que eu visitasse a escola e entrevistasse a diretora, a dra. Gabriella Hanover.

— Theo Compton lhe disse algo sobre não ter sido Charles Gorman que matou os seus colegas. Algum progresso nesse assunto?

— Não, continuo trabalhando nisso. — Mack meneou a cabeça. — E ainda estou confuso a esse respeito. Theo decidiu acabar com a sua vida antes que eu tivesse a chance de falar com ele novamente.

— Parece que o jovem estava muito atormentado, qualquer que fosse o motivo pelo qual ele tivesse se calado. Eu gostaria de ouvir o áudio completo do seu encontro com ele, Mack. E também da noite em que você foi até a casa de hóspedes e o encontrou. Talvez eu possa captar algo que ele disse.

Mack assentiu.

— O que saiu no podcast foi bastante editado porque demorou um pouco para fazê-lo falar. A conversa não editada está no meu laptop, em casa. Mas, para ouvir tudo de novo, precisarei de algo mais forte do que uma cerveja.

— Pegarei uma garrafa no caminho. Um uísque?

— Perfeito. — Mack deixou o dinheiro ao lado das cervejas meio vazias.

21

RORY DEIXOU A I-94, PEGOU A SAÍDA PARA PEPPERMILL E atravessou a cidade enquanto a noite caía e os postes de iluminação se acendiam. Orientada pelo GPS, ela chegou ao bulevar Champion. Ali, no concreto que formava um arco acima do portão de ferro forjado e unia dois pilares de tijolos, estava gravado "Escola Preparatória de Westmont". Para além do portão, um caminho arborizado levava ao *campus* da instituição, onde os prédios estavam sombreados pelo céu que escurecia.

Para Rory, a grandiosidade do *campus* e da escola, os edifícios históricos e o portão fechado, eram uma grande zombaria. Tudo tinha a intenção de demonstrar proteção e inviolabilidade. No interior daquela fortaleza, os jovens estariam protegidos dos perigos do mundo exterior. Os pais enviaram seus filhos ali acreditando naquele mito. Enviaram seus filhos ali para endireitá-los, ensiná-los a ter disciplina ou acreditando realmente que aquele instituto era o melhor lugar para preparar os seus filhos para os desafios do mundo. Que enganação. Se Rory não tivesse ficado sob o olhar vigilante de sua tia-avó Greta, talvez tivesse acabado em um lugar semelhante.

Rory pegou a nota autoadesiva que tirou da porta da geladeira e leu o endereço do chalé de Lane. Ela se afastou da Escola Preparatória de Westmont e se dirigiu para o lado norte da cidade. Precisou de dez minutos para encontrar a fileira de chalés de aluguel. Eles ficavam afastados um do outro e se estendiam até o final de um longo caminho que fazia uma curva para um beco sem saída. As casinhas estavam espalhadas ao redor de um lago. Rory diminuiu a velocidade enquanto se deslocava de casa em casa consultando a numeração. Ao encontrar o chalé de Lane, parou na entrada da garagem; mas as janelas estavam escuras.

Rory saiu do automóvel e percorreu com o olhar a pequena comunidade. Para a viagem desde Chicago, ela decidiu usar short jeans, camiseta regata e os seus novos coturnos Madden Girl.

Ajeitou os óculos de plástico de aros grossos, examinando a fileira de chalés. Surpresas e demonstrações de afeto radicais não eram o seu ponto forte. E diante da casa vazia de Lane, de repente ela desejou ter telefonado antes.

Rory deixou o motor ligado e a porta do lado do motorista aberta ao se encaminhar até o chalé e bater na porta da frente. Sem obter resposta, ela tirou o celular do bolso e ligou para Lane. A surpresa não dera certo. Acabara a brincadeira. Ela dirigira durante duas horas e estava pronta para uma cerveja.

Quando a ligação caiu na caixa postal de Lane, Rory recolocou o celular no bolso de trás do short e ficou olhando para a vizinhança.

Onde diabos você está?!

22

ERAM QUASE NOVE DA NOITE QUANDO LANE PAROU DIANTE da casa alugada de Mack Carter, que ficava no lado oposto de Peppermill, como o seu chalé. O sol estava no fim de sua trajetória de um longo dia de verão, com energia suficiente apenas para jogar as sombras dos bordos sobre o jardim. As cigarras cantarolavam em um zumbido constante, que se misturava à noite úmida.

Mack abriu a porta principal, e Lane o seguiu para dentro.

— Me foram oferecidas ótimas instalações. — Mack atravessou o recinto e entrou na cozinha. — O estúdio é de primeira classe, e fazemos todas as nossas gravações e locuções aqui.

Ali, portas de correr levavam ao estúdio de gravação, onde Lane viu uma pilha de computadores em cima da mesa com microfones e fones de ouvido na frente deles.

— Tudo o que gravo em campo é refeito aqui. Também tenho uma equipe técnica em Nova York que lida com aquilo que não somos capazes de resolver. Como estou fazendo o podcast em tempo real, o pessoal de Nova York intervém quando estamos atrasados em um prazo.

Mack tirou dois copos do armário, serviu dois dedos em cada um do uísque Maker's Mark que Lane comprara no caminho, e seguiu com Lane para o estúdio. Eles colocaram fones de ouvidos quando se sentaram à mesa. Mack preparou a trilha sonora. Em segundos, Lane tomava um gole de uísque ouvindo fascinado a conversa de Mack Carter com Theo Compton. Então, o áudio mudou para a voz trêmula de Mack ao narrar a sua jornada pela Rota 77, a passagem pelo marco que indicava treze milhas, a descoberta do carro abandonado no acostamento, a caminhada de meia milha pela mata até a casa de hóspedes abandonada e, por fim, a descoberta do corpo de Theo Compton ao lado dos trilhos do trem.

Lane fazia anotações, ouvindo a gravação original, sem cortes. Na mesa da cozinha, do lado de fora do estúdio, a tela do seu celular se iluminou com o rosto de Rory. O volume estava ajustado no máximo, e o toque ecoou pela cozinha. Apesar das portas do estúdio estarem abertas, nem Lane nem Mack ouviram o celular. Os fones de ouvido com cancelamento de ruído os impediram de escutar qualquer coisa além da voz de Mack enquanto o áudio era reproduzido. A aparelhagem era tão eficaz que a primeira indicação para Lane de que algo estava errado veio dos seus outros sentidos. O cheiro de gás foi o primeiro a desviar a sua atenção do áudio. Em seguida, a vibração da explosão.

23

SENTADA NO CARRO, AINDA PARADO NA ENTRADA DA GARA-gem do chalé vazio, Rory tentou falar com Lane mais uma vez. Depois de vários toques, a ligação caiu na caixa postal. Finalmente, deslizou a tela do celular até chegar ao aplicativo que ela e Lane compartilhavam, que lhes permitia localizar os seus aparelhos quando extraviados. Rory navegou pela tela e tocou no nome de Lane. Um mapa surgiu com um ícone piscante que indicava a localização. Lane estava em Peppermill, a cerca de três milhas de distância, do outro lado da cidade. Rory tocou no ícone piscante e saiu da entrada da garagem, com o GPS dando as coordenadas.

E à medida que dirigia, todos os problemas com o seu plano foram começando a despontar para ela. Primeiro, aparecer sem aviso prévio nunca foi uma boa ideia. De repente, imaginar-se surpreendendo Lane com um gesto romântico fez com que as palmas das mãos escorregassem do volante enquanto a sua mente processava a situação em que ela se meteu. Segundo, ela se considerava qualificada para muitas coisas, mas perseguição não era uma delas.

Rory se deu conta de que o aplicativo de rastreamento não apresentava um endereço exato, mas apenas uma posição, e ela não estava disposta a ir de porta em porta em uma zona residencial para procurar Lane. Finalmente, o pensamento que mais lhe oprimia o peito era: o que faria se conseguisse localizá-lo? Abriria bem os braços e diria "Achei você!"?

Rory secou as mãos no short, com o olhar alternando entre o celular e o caminho, observando o seu progresso na tela. Pegou uma rua comprida e dirigiu devagar até que os dois ícones piscantes — o dela e o de Lane — coincidiram. No entanto, algo mais chamou a sua atenção e a fez tirar os olhos do mapa no seu celular.

Mais adiante, Rory viu uma casa solitária no final de um beco sem saída. Muita fumaça escapava em ondas do telhado, e chamas crepitavam pelas janelas quando alcançavam a lateral da casa e iluminavam o céu escuro.

24

O CARRO DE RORY DERRAPOU ATÉ PARAR NO MEIO-FIO. HAVIA dois carros na entrada da garagem, e um deles era de Lane. Ela abriu a porta do lado do motorista com um chute e saiu correndo, com os coturnos ressoando com seus passos.

A porta da frente estava trancada. Rory apoiou as mãos na janela lateral e semicerrou os olhos para conseguir enxergar lá dentro, e viu fumaça e chamas nos fundos. Deu um pontapé hesitante na porta da frente, mas ela não cedeu. Com os seus cinquenta quilos, Rory sabia muito bem que outra tentativa, na certa, teria o mesmo resultado. Assim, correu para os fundos da casa.

Uma espessa fumaça preta tingida de amarelo escapava em ondas das janelas do andar inferior, acumulando-se na lateral da casa e se arrastando para a noite escura. Rory alcançou a porta dos fundos e experimentou a maçaneta. Quando a porta se abriu, uma fumaceira enorme quase a engoliu. Ela se agachou sob a onda de cinzas, que girava acima dela como uma criatura deslizando para o lado de fora. Rory olhou para a casa. A porta dava para a cozinha.

— Lane!

Rory esperou por uma resposta, mas tudo o que ouviu foram os sons estranhos do fogo, crepitando, assobiando e gemendo. Ao virar a cabeça em direção ao ar fresco atrás de si, respirou fundo e em seguida correu para dentro da residência em chamas.

Depois de passar pela nuvem inicial de fumaça que ocupava a entrada, Rory percebeu que a maior parte das chamas e da fumaça estava ao nível do teto, cuja visibilidade era satisfatória se ela se mantivesse abaixada rente ao chão. A ardência na garganta e nos pulmões dizia que ela poderia passar apenas um minuto ali dentro. Rory se deslocou rapidamente pelo andar inferior, passando pela cozinha e pelo vestíbulo antes de dar meia-volta. A porta dos fundos aberta e a liberdade que prometia eram um bote salva-vidas do qual ela não queria se afastar muito.

No caminho de volta para a cozinha, Rory avistou as portas de correr à sua direita. Através da fumaça e da bruma, achou ter visto uma forma no piso. Os seus pulmões ardiam, e os seus olhos jorravam lágrimas. Ela levantou a camiseta e colocou o tecido sobre a boca. A fumaça ficou mais densa, e Rory se abaixou ainda mais, passando a engatinhar para continuar a sua aproximação. De imediato, reconheceu Lane estendido inconsciente no chão. Verificou o pulso no pescoço dele, mas o seu coração estava tão disparado que a impediu de registrar as sensações sutis nas pontas dos seus dedos. Ela estendeu as mãos, agarrou-o pelas axilas e o arrastou pelo piso de madeira, para se afastarem do recinto e da cozinha. Rory o conduziu até a porta dos fundos e saiu para a noite quente de verão, movendo-se como se a onda de fumaça a tivesse cuspido para fora da casa. Apesar do calor e da umidade de agosto, o ar do lado de fora estava frio. Rory aspirou o ar fresco como se estivesse engolindo água de uma fonte.

Rory continuou a sua caminhada para trás. As suas pernas estavam cansadas, e os quadríceps, ardendo, no momento em que chegou com Lane à grama do quintal e a uma distância segura da construção. Ajoelhou-se ao lado dele e tocou o seu rosto, sentindo a aderência pegajosa do sangue coagulado. As chamas na casa ofereciam luminosidade suficiente para que pudesse ver que a fonte do sangue era um ferimento em algum lugar no contorno do couro cabeludo.

Enfim, Rory confirmou que Lane respirava. Então, ela olhou de volta para a casa. Havia mais alguém lá dentro, e Rory pensou por um instante em tornar a entrar, mas as chamas se tornaram mais fortes naquele momento. A porta dos fundos era como a boca de um dragão expelindo chamas e fumaça na noite.

25

FOI POUCO ANTES DO AMANHECER QUE RORY SE LEVANTOU da cadeira e alongou os músculos para relaxar a tensão. Ela olhou para Lane. Uma máscara envolvia o nariz e a boca dele, forçando a entrada de oxigênio nos pulmões. Os médicos disseram a Rory que Lane teria morrido se inalasse fumaça por mais alguns minutos. Naquele momento, os pulmões dele cobertos de fuligem e a irritação na traqueia eram preocupações menores em comparação com o ferimento na cabeça. Um dos estilhaços da bomba causou um traumatismo craniano no contorno do couro cabeludo e uma hemorragia cerebral que exigiam monitoração constante. Os médicos se mantinham em vigília para garantir que o inchaço diminuísse e o sangue fosse reabsorvido antes que considerassem o paciente fora de perigo. Alguns dias, provavelmente. Uma semana, no máximo, dependendo de como Lane reagiria aos esteroides e diuréticos.

Rory passou a noite toda pensando no que poderia ter acontecido se não tivesse vindo de Chicago. Uma onda de egoísmo tomou conta dela, produzindo uma coceira e a pondo desconfortável durante as horas solitárias da noite ao considerar como a morte de Lane a deixaria sozinha de verdade neste mundo.

Uma batida leve na porta a afastou das suas emoções. Ao erguer a cabeça, Rory deparou com uma mulher parada na entrada.

— Oi — a mulher a cumprimentou. — Não quero te incomodar.

Rory levou a mão na direção dos óculos, mas lembrou que os tirara antes, quando se sentou ao lado de Lane. Assim, passou a mão pelo cabelo, desejando ter o gorro de malha para protegê-la.

— Sou Ryder Hillier. Eu conhecia Mack Carter.

Depois de o estado de Lane ser considerado estável, um policial uniformizado interrogara Rory sobre os acontecimentos. O policial, jovem e inexperiente, ticara todos os quadrados de um tipo de interrogatório formal e de primeiro nível — preciso, de acordo com as regras, e totalmente inútil em relação à coleta de informações relevantes. Porém, no processo, Rory ficou sabendo que o outro carro na entrada da garagem da casa em chamas pertencia a Mack Carter, e que tinha sido o seu corpo que ela avistara na casa junto com Lane. Mack foi declarado morto no local. Rory relatou a sua decisão de não entrar de novo na casa por causa do calor, do fogo e da fumaça escapando em ondas pela porta dos fundos. O policial afirmou que ela fizera a coisa certa, embora Rory se consolasse pouco com isso.

— Sinto muito pelo sr. Carter — Rory disse.

— Eu era apenas uma conhecida. Não éramos próximos. Trabalhamos juntos de forma indireta no podcast dele. Sou jornalista.

Ryder Hillier.

De repente, Rory se lembrou do nome. Ela era a jornalista especializada em crimes reais que postara na internet o vídeo do aluno morto da Escola Preparatória de Westmont poucas horas depois de ele ter se jogado na frente de um trem.

Rory notou que os olhos da mulher se moveram na direção de Lane.

— Ele vai ficar bem?

Rory assentiu com a cabeça.

— Foi o que me disseram.

— Ouvi falar que o dr. Phillips foi contratado pelo podcast para oferecer sua perícia em mentes criminosas.

Rory focou o olhar em algum lugar acima da cabeça de Ryder. E não respondeu.

— Não tenho certeza de quanto você sabe a respeito do podcast em que Mack Carter vinha trabalhando — Ryder prosseguiu. — Mas essa explosão... a morte dele... É tudo muito suspeito.

Atrás de Ryder Hillier apareceram dois homens. Por seus ternos e suas expressões, Rory soube que eram detetives.

— Com licença — um deles disse. — Estamos aqui para conversar com o dr. Phillips.

— Já estou indo. — Ryder também parecia saber que se tratava de policiais, e Rory percebeu nos olhos da mulher uma súbita vontade de escapar dali. Ryder entregou um cartão de visita a Rory, como uma advogada de porta de cadeia. — Diga ao dr. Phillips para me ligar se ele quiser conversar.

Com o cartão na mão, Rory viu Ryder sumir passando pelos detetives. Então, abriu a sua mochila, enfiou o cartão em uma fenda no bolso da frente, pegou os óculos e os colocou no rosto. Ao empurrá-los para o alto do nariz, sentiu-se um pouco mais invisível.

— Sou o detetive Ott — o homem mais velho se apresentou. — Este é o meu parceiro, o detetive Morris.

Num instante, Rory os avaliou, com a sua mente disparando através das possibilidades, até que se decidiu por aquela que percebeu ser a mais precisa. Ott estava com cerca de sessenta anos. A pele sob seus olhos pendia com uma combinação de idade avançada e experiência, e provavelmente muito álcool. A aposentadoria não iria demorar, e talvez ele tivesse ainda mais alguns bons anos pela frente. Morris era jovem, talvez trinta anos. Embora o seu rosto quase não mostrasse linhas de expressão, a sua carranca deixou claro para Rory que ele era o protegido ansioso demais para provar o seu valor.

— Rory Moore. — Ela desviou o olhar.

— Como está o dr. Phillips?

— Estável. Alguma inalação de fumaça e um ferimento desagradável na cabeça.

— Ele conseguiu falar? — o detetive mais jovem perguntou, com pouca emoção.

— Ainda não. Ele se encontra sedado. Os médicos resolveram esperar que o edema na cabeça diminua e a hemorragia desapareça antes que se animem para deixá-lo acordar.

— Bem, ele está em boas mãos. Os médicos aqui são ótimos — o detetive Ott afirmou.

Rory assentiu em agradecimento. Ela não tinha certeza de quão boa era a assistência médica local, e relutava em comparar o nível presente de assistência recebido por Lane com aquele que ele poderia ter em Chicago. Contudo, os médicos declararam que o quadro de Lane era estável e disseram a Rory que estavam sendo cautelosos durante as primeiras quarenta e oito horas. Garantiram a ela que poderiam transferi-lo, de helicóptero, se necessário, para uma unidade de trauma de nível superior se Lane não progredisse como o esperado.

O detetive Ott tirou um cartão do bolso.

— Você se importaria de nos ligar quando o dr. Phillips estiver bem para uma conversa?

— Vou transmitir o recado.

Em seguida, o detetive Ott tirou um bloco de notas do bolso interno do paletó.

— Tem um minuto para repassar o que aconteceu?

Rory sabia que era uma pergunta retórica e, por isso, não respondeu.

— A senhorita foi a primeira a chegar ao local. Pode nos contar sobre a sua noite?

— Claro. — Rory informou aos detetives sobre a sua viagem não prevista a partir de Chicago, e como localizou Lane na casa alugada por Mack Carter. Falou também a respeito da entrada na casa pela porta dos fundos e da descoberta de Lane no chão, no cômodo perto da cozinha.

— Pode nos dizer o que você e o dr. Phillips estão fazendo em Peppermill?

— Lane estava trabalhando no podcast de Mack Carter sobre a Escola Preparatória de Westmont. Eu vim me juntar a ele para lhe fazer companhia.

Enquanto o detetive Ott anotava rapidamente em seu bloco de notas, houve um instante de silêncio.

— O chefe dos bombeiros disse que a explosão resultou de um vazamento de gás. Considerando os danos sofridos pela casa, o dr. Phillips tem muita sorte de estar vivo. — Ott meneou a cabeça. — Estamos investigando como o vazamento começou. Saberemos mais em breve.

— Iremos pedir amostras das suas impressões digitais. — A entonação usada por Morris se destinava a expressar competência e autoridade, mas tudo o que conseguiu foi fazer Rory pensar que ele estava compensando a falta de ambas.

— Isso pode ser providenciado de acordo com a sua conveniência — Ott informou e olhou para as suas anotações. — Quando chegou à casa do sr. Carter, viu outros carros no local? Ou alguém por perto?

— Não. Ao ver as chamas, corri na direção da residência, e encontrei a porta da frente trancada. Tentei abri-la com um chute antes de correr para os fundos. — Rory olhou para Morris. — Você na certa encontrará a marca da sola do meu sapato ali. Coturnos Madden Girl Eloisee tamanho 37. Não há necessidade de chamar o pessoal da perícia para isso.

Ott fez uma expressão de desaprovação ante o comentário de Rory.

Os detetives passaram dez minutos fazendo perguntas para Rory. Apesar de falar a verdade, ela sentiu uma coceira na região de cada um dos deltoides, logo abaixo dos ombros, implorando que Rory se coçasse e se arranhasse. Ela se recusou a fazê-lo. Não tinha nada a esconder, mas a sua mente não funcionava daquela maneira. Rory era desconfiada por natureza, e quando era ela que estava sendo interrogada, temia que os detetives interpretassem mal a sua linguagem corporal e considerassem a evitação do contato visual como um ardil.

— Onde ficará, srta. Moore? — Ott indagou por fim.

Era uma boa pergunta, e Rory não tinha pensado naquilo até aquele momento.

— Acho que na casa alugada por Lane.

Rory forneceu o endereço e o número do seu celular para os detetives. Depois da saída deles do quarto, ela se colocou ao lado da cama hospitalar. Exceto por um sono irregular na cadeira de cabeceira, ela estava acordada havia quase vinte e quatro horas, desde que despertou em Miami depois do leilão. Apesar de ser de manhã bem cedo, precisava desesperadamente de uma Dark Lord, e talvez de um banho. Assim, Rory pegou a mão de Lane e a apertou antes de sair. Ele não se mexeu.

26

NAQUELE INÍCIO DE MANHÃ, RORY PASSAVA DE CARRO PELAS ruas de Peppermill, avistando, com a luminosidade fraca daquele horário, os seus restaurantes e lojas. Ela alcançou a avenida principal e, finalmente, a alameda Winston, o caminho sombreado onde a sua noite começou quase doze horas antes. Rory via os chalés ladeando toda a alameda enquanto se dirigia para o beco sem saída. Estacionou na entrada da garagem e caminhou até a porta da frente. Empunhou a chave — que ela pegara no bolso de Lane, cujas roupas lhe foram entregues pelas enfermeiras —, girou-a na fechadura e entrou.

Para manter o chalé na penumbra, Rory acendeu apenas um abajur na mesinha da sala. Dedicou algum tempo para examinar o local e entrou na cozinha.

O seu estômago roncou de fome. Assim, Rory abriu a porta da geladeira. Não havia comida, mas, na prateleira superior, encontrou seis garrafas de cerveja preta Dark Lord arrumadas em fileiras perfeitas e com os rótulos visíveis, como se ela mesma as tivesse posto em ordem. Rory abriu um sorriso largo. Lane sabia que ela viria.

Rory tirou uma Dark Lord da geladeira e um copo no armário. Serviu-se, e a bebida formou um colarinho espesso. Para deixar que a cerveja se assentasse, ela carregou o copo consigo quando foi examinar o resto da casa.

Ao chegar ao solário, nos fundos do chalé, parou e olhou para a mesa. Em sua superfície estavam dispostos diversos pastéis usados por ela para colorir as bonecas que restaurava. Ao lado deles, pincéis e hastes flexíveis. Aquilo tudo representava apenas uma fração das ferramentas que Rory utilizava durante uma restauração. O resto do seu equipamento estava embalado no seu carro, junto com a nova boneca Kiddiejoy. O estúdio improvisado ali, isolado dos vizinhos e com janelas panorâmicas com vista para o lago, que retinha a luminosidade sutil do início da manhã, era quase tão convidativo quanto aquele na sua casa.

Ao entrar no solário, Rory notou um presente embrulhado e esperando na mesa. Girou o pacote e viu seu nome escrito na etiqueta com a letra cursiva de Lane. Após remover o papel, ela encontrou uma caixa de pinho do tamanho de um romance de capa dura. Levantou a tampa e deparou com um jogo de pincéis Foldger-Gruden — eles não eram fabricados havia anos, e o jogo atual de Rory pertencera à sua tia-avó. Aqueles pincéis tinham mais valor sentimental do que prático, pois muitos se tornaram imprestáveis após tantos anos de uso em restaurações.

Rory sentiu uma comichão ao ver o jogo novo em folha, o que gerou nela a vontade de ir até o carro, pegar a sua nova boneca e usar os pincéis. Ela tirou um deles do estojo protetor de espuma. O cabo, como a caixa, era feito de pinho. Em uma extremidade, havia cerdas finas de zibelina. Ela acariciou com ele o dorso da mão para sentir a suavidade. Na outra extremidade, o cabo era chanfrado em uma ponta semelhante a uma agulha, o que permitia que se esculpisse com ele. Rory dedicou algum tempo a admirar o jogo de pincéis, que variavam do fino ao largo. Seriam perfeitos para restaurar a sua nova boneca Kiddiejoy.

Apesar de toda a atração provocada pela bancada que Lane providenciara para ela, entretanto, outra coisa chamou a sua atenção no solário. Na parede mais distante, Rory avistou um grande quadro de cortiça apoiado num cavalete, que parecia estranhamente semelhante ao do seu escritório. Aquele famoso quadro de cortiça no seu bangalô de Chicago estava marcado com centenas de furos devido a anos de pregar tachinhas nas fotos das vítimas dos casos arquivados que ela solucionara. Depois de pregar uma foto no quadro de cortiça, Rory fixava a imagem da vítima na mente, de um jeito que a impedia de esquecer o rosto dela até encontrar respostas para o que lhe acontecera. No correr desse processo, um relacionamento começava; um vínculo íntimo entre Rory e o morto que ela nunca fora capaz de explicar a outra alma viva. Era como sua mente funcionava. Era a maneira pela qual ela desvendava casos que ninguém mais conseguia solucionar. Rory se tornou mais próxima das vítimas cujos assassinatos investigava do que de qualquer pessoa viva.

Rory carregou seu copo de Dark Lord pelo solário e olhou para o quadro de cortiça. Pregado nele, achava-se uma foto de Theo Compton, o aluno mais recente da Escola Preparatória de Westmont a voltar para aquela casa de hóspedes e se matar. Outras fotografias estavam pregadas abaixo da de Theo. Ao se aproximar mais do quadro, ela reconheceu os cinco rostos que a encaravam. Rory fizera a sua investigação. Depois que Lane relatara o caso para ela, Rory passou a noite vasculhando a internet e tomando conhecimento de tudo o que podia sobre as mortes na Westmont. Fora uma distração para a angústia de se preparar para embarcar em um avião na manhã seguinte.

Dois dos rostos pertenciam aos alunos que foram mortos no massacre. Os outros três eram dos sobreviventes que voltaram para aquela casa nos últimos meses para se suicidar. Rory se colocou diante do quadro e examinou cada foto, hipnotizada pelos olhos que a fitavam. Por fim, olhou para a mesa ao lado do quadro de cortiça. Uma foto brilhante de 12x18 centímetros estava sobre ela, exibindo outra face com olhos igualmente hipnóticos. Ela segurou a foto e a encarou por um momento. Em seguida, pregou-a na parte superior do quadro, acima das outras. Aquela fotografia era de Charles Gorman, o professor de química que matou os dois primeiros alunos e empalou um deles na cerca de ferro forjado.

Rory deu um passo para trás para captar o quadro inteiro. O solário começava a clarear com o sol nascente. Aproximava-se das seis da manhã quando ela se sentou em uma cadeira diante do quadro de cortiça, com o olhar fixo nas faces que continham o mistério da Escola Preparatória de Westmont. Ergueu o copo e tomou um gole de Dark Lord. Algo sinistro se escondia enterrado naquela casa de hóspedes. O que quer que fosse, Mack Carter começara a desenterrar no lugar certo para descobrir. E se não fosse o ponto exato, ele estivera perto o suficiente para assustar quem queria que aquilo continuasse oculto.

A maior habilidade de Rory era a reconstituição de crimes, para encontrar a verdade escondida neles. Não só como aconteceram, mas por quê. Em um pequeno chalé em Peppermill, Indiana, ela se pressionava a pensar em um caso mais indicado aos seus talentos do que as mortes na Escola Preparatória de Westmont.

Rory se acomodou na cadeira e estudou os rostos diante de si. Os alunos que outrora frequentaram a instituição, mas que agora eram fantasmas na mata. E o professor que se voltou contra eles.

Ela tomou outro gole de Dark Lord e se perguntou o que acontecera naquela escola que causara tantas mortes.

ESCOLA PREPARATÓRIA DE WESTMONT

VERÃO DE 2019

Sessão 3
Anotação no diário: UM CÚMPLICE RELUTANTE

Olhei pelo buraco da fechadura. Depois que o meu pai terminou a sua purgação, houve um longo período de silêncio quando a casa ficou tranquila e silenciosa. A visão através daquele buraco da fechadura só oferecia uma sala de jantar vazia e uma mesa sem nada em cima, já que o meu pai atirara tudo no chão.

Pensei em sair do meu quarto. Queria correr para a minha mãe e ter certeza de que ela estava segura. Pegar gelo para a sua boca rachada. Eu já tinha feito isso antes, e ela sempre me dizia o quanto me amava por causa disso. Mas o espancamento dessa noite foi diferente. O meu pai estava possuído de uma maneira como eu nunca vira antes. O poste de luz quebrado foi simplesmente um catalisador para um problema muito maior que ele queria tirar do seu organismo.

Eu estava com medo de sair do meu quarto. Não tanto porque temia que ele me agredisse, mas porque temia que a minha mãe interviesse e tentasse impedi-lo. Ela fizera isso antes, e o meu pai esvaziara nela o resto da sua raiva. Por mais difícil que fosse olhar pelo buraco da fechadura, outro nível de inadequação sempre se apoderava de mim quando eu o via espancá-la pessoalmente. Pelo buraco da fechadura, eu era anônimo. Lá fora, não. Lá fora, os olhos da minha mãe vez ou outra encontravam os meus no meio daquilo. Ao ficar impotente nas sombras durante aqueles momentos, eu me sentia menos do que um ser humano. Era melhor me manter atrás da porta fechada do meu quarto, olhar pelo meu portal e esperar.

    Finalmente, depois de uma hora espiando pelo buraco da fechadura, vi o meu pai entrar na sala de jantar. Ele parecia apressado ao pegar as coisas no chão e as reorganizar na mesa. Havia algo no seu maneirismo que eu não conseguia identificar. Algo a respeito dele que eu não reconhecia. Após terminar de limpar a bagunça, ele passou a andar de um lado para o outro. Aquela movimentação frenética enfim fez a minha ficha cair. Entendi o que parecia tão estranho. Ele estava tenso. A mesma expressão facial que eu vira tantas vezes na minha mãe, enquanto ela o esperava chegar em casa vindo do trabalho, agora se estampava no rosto do meu pai.

    Antes que eu conseguisse elaborar aquela estranha inversão de papéis, ouvi uma sirene. Em pouco tempo, luzes vermelhas e azuis intermitentes iluminavam as paredes do meu quarto. Então, ouvi portas batendo e vozes conversando. De repente, entendi por que o meu pai estava tenso. Por que a maldade sumira da sua cara e a arrogância abandonara a sua postura. Naquela noite, ele machucara a minha mãe de uma maneira como nunca antes, e chamara uma ambulância em busca de ajuda.

    Fiquei de pé rapidamente e escancarei a porta do meu quarto. Corri pelo corredor e entrei na sala de jantar, chegando no exato momento em que o meu pai atendeu à porta da frente. Ali, na entrada, estavam dois paramédicos carregando uma maca.

    — Aqui — o meu pai disse. — Ela está no pé da escada. Deve ter caído.

    Os paramédicos entraram em silêncio na minha casa e avaliaram a cena. Eu caminhei lentamente em direção à escadaria, diferente da maneira como saí correndo do meu quarto. Dei um passo hesitante de cada vez. Um após o outro, até que deixei para trás a sala de jantar e tive uma visão clara do vestíbulo. A minha mãe estava caída no pé da escada, com os olhos fechados como se dormisse, mas o resto dela se achava posicionado em ângulos estranhos. Um braço estava sobre o rosto, e o outro, enfiado inacreditavelmente debaixo do corpo. Uma perna se achava reta, mas a outra, com o joelho dobrado.

— Está tudo bem — o meu pai me disse.

Eu não me lembrava da última vez em que ele falara comigo.

— A sua mãe sofreu um acidente. Eu voltei para casa e a encontrei desse jeito. Você a viu cair?

Encarei o meu pai com uma expressão vazia. Não respondi. Os paramédicos cuidavam da minha mãe quando um deles me olhou.

— Você ouviu alguma coisa? Ouviu a sua mãe cair? — ele me perguntou.

Inexplicavelmente, eu confirmei com um movimento de cabeça.

— Sim — falei. — Eu não sabia que barulho tinha sido aquele. Estava no meu quarto fazendo a minha lição de casa.

— Não faz mal — o meu pai me consolou. — Os paramédicos estão aqui. Eles vão cuidar dela.

Os dois se viraram para ajudar a minha mãe e carregaram o corpo imóvel dela, colocando-o na maca. Em seguida, levaram-na para a ambulância. Vi alguns vizinhos no jardim sob a luminosidade vermelha da luz da sirene da ambulância. Eles olhavam para a minha mãe quando ela foi colocada no veículo. Eu não a vi se mexer nenhuma vez, e os seus olhos em momento algum se abriram.

Então, notei outro par de olhos. Eram os do meu pai. Ele me encarava. Embora não tivesse dito uma única palavra, o seu olhar penetrante me comunicou tudo o que ele queria que eu soubesse. Finalmente, ele saiu de casa para ir com a minha mãe para o hospital. A sra. Peterson, vizinha do lado, conversou com o meu pai no jardim e depois caminhou na direção da porta da frente aberta da minha casa. Ela passaria a noite comigo.

Antes que a porta se fechasse, o meu pai acenou com a cabeça para mim. Como se fôssemos cúmplices. Como se eu tivesse planejado guardar o segredo dele. Como se apenas ele e eu fôssemos saber a verdade sobre como eu perdi a minha mãe. Ele acreditou que acenava com a cabeça para a criança fraca e impotente que ficava olhando pelo buraco da fechadura, com medo demais para sair do quarto. Mas ele estava enganado. Aquela criança não existia mais. Aquela criança morreu quando a minha mãe foi embarcada em uma ambulância e nunca mais voltou.

No entanto, o meu pai tinha razão numa coisa. Jamais contei a ninguém o que ele fez. Eu o matei no dia seguinte. Portanto, não havia nenhum motivo real para contar para quem quer que fosse.

Coloquei o marcador de tecido no vinco da lombada e fechei o diário. Levantei o rosto, e os nossos olhares se encontraram. Ela não disse nada. Em geral, eu procurava um *insight* quando terminava de ler o meu diário. Contudo, depois da sessão de hoje, nada precisava ser dito. O nosso relacionamento era pouco ortodoxo. Alguns podem até dizer que era inadequado. Mas funcionava para nós. Funcionava para mim, pelo menos. Eu não seria capaz de sobreviver sem ela.

Nós nos encaramos por um longo momento.

Por ora, é o suficiente.

27

SÁBADO À TARDE, UM DIA DEPOIS QUE OS SEIS SE ENCONTRA-ram para tomar cerveja Budweiser quente e discutir o misterioso convite que todos tinham recebido, Gwen, sentada no dormitório de Gavin, consultava uma pilha de envelopes e parou no meio.

— Aqui está uma da sua mãe.

Aborrecido, Gavin revirou os olhos.

— Ela não é minha mãe.

— Desculpe, esqueci.

Apesar de namorarem desde o primeiro ano, Gwen nunca conseguiu saber a história completa por trás da vida familiar de Gavin ou por que os seus tios haviam assumido a guarda exclusiva dele. Ela sabia que o irmão dele morrera em um acidente alguns anos antes e que a sua família nunca se recuperara disso completamente. Foi tudo o que ela fora capaz de arrancar de Gavin. Gwen tentara algumas vezes ir mais a fundo na vida dele fora da Escola Preparatória de Westmont, mas Gavin Harms nunca falou sobre o irmão morto ou a família. Jamais comentou sobre a tia ou o tio. Era como ele agia. Pegar ou largar.

A sua incapacidade de superar a resistência de Gavin era o tema mais frequente no diário de Gwen, e o assunto mais comum de discussão durante as suas sessões com o dr. Casper.

— Ela se recusa a se comunicar comigo de outra maneira, Gwen. Só por meio de cartas enviadas pelo correio. É isso.

— Correio tradicional é divertido, Gavin. Nunca recebi uma carta. Posso ler?

— Pouco me importa. Sei o que diz. É a mesma coisa que ela escreveu no verão passado. É por isso que não abri a carta este ano.

Gwen rasgou o envelope e retirou a única folha de papel que estava dobrada em três. Pigarreou e começou a falar com a voz excessivamente polida de uma mãe dando más notícias para o filho:

— "Querido Gavin. Espero que esta carta o encontre bem" — Gwen olhou por cima da folha, com os olhos arregalados em estilo emoji. — Ah, meu Deus...

— Ela é um robô. É assim que começa todas as cartas que me envia.

Gwen voltou à leitura:

— "Espero que esta carta o encontre bem. E atarefado. As notas no seu último boletim foram excelentes. Estou muito orgulhosa de você. É por isso que escrevo, para informá-lo de que tomamos providências para você passar o verão em Westmont no programa de estudos avançados. Foi uma decisão muito difícil para nós, mas acreditamos que ela proporcionará a melhor chance para você alcançar os seus objetivos. O programa tem um custo enorme, tanto financeiro quanto emocional. Você sabe que desafio isso é para nós, mas acreditamos que será um dinheiro bem gasto. Embora adorássemos passar o verão em sua companhia, essa oportunidade contribuirá mais para o seu futuro do que poderíamos oferecer em casa. Boa sorte para você neste verão. Tenho certeza de que nos falaremos em breve e com frequência. Com amor."

Gwen ergueu o rosto e encolheu os ombros, expressando dúvida.

— Quer dizer... exceto pela abertura careta, é uma carta mais ou menos legal.

— Quem liga?

— Ah, guarde o seu beicinho para a dra. Hanover... Sabemos muito bem que você não queria ir para casa neste verão.

Houve uma pausa, e Gwen temia fazer a próxima pergunta.

— Como você está indo com a dra. Hanover?

— Bem. — Gavin deu de ombros.

Gwen, também acostumada a tirar pouco de Gavin sobre as suas sessões de terapia, decidiu não pressionar. Em vez disso, subiu na cama e se aconchegou ao lado dele, beijando-lhe o pescoço.

— Não é assim tão ruim. Você ficará aqui o verão inteiro comigo. Não é bom?

— Sim — ele afirmou, um tanto distraído. — É bom.

Gwen se deitou de costas e pôs o celular na frente do rosto, apoiando a cabeça no braço de Gavin.

— Qual é o plano para hoje à noite? — ela quis saber.

— Esperar até escurecer e depois sair.

— Você já esteve na casa de hóspedes abandonada?

— Nunca.

— Está com medo, Gavin?

— Você está?

Gwen se virou e o encarou.

— Sim.

28

— SE ALGUÉM ME TOCAR OU TENTAR ME BATER, VOU REVIDAR
— Gavin disse enquanto caminhavam no escuro.

Passaram pela estrutura gótica do prédio da biblioteca, pela exibição vistosa do lema da escola e pelo local onde eles ficavam todos os anos no Dia do Portão.

— Qual é? — Gwen deu risada. — Ninguém vai nos bater. Existem leis contra essas coisas.

— É Andrew Gross e seu grupo de brutamontes. Não temos como saber o que nos aguarda.

— Ignorem esse cara — Gwen se dirigiu a Theo e Danielle. — Ele está de mau humor desde que começou a fazer terapia com a dra. Hanover, que é conhecida...

— ... por ser um grande pé no saco — Danielle completou a frase de Gwen. — Por que ele foi transferido? Não deveríamos ir para as mãos da dra. Hanover só no último ano?

— A doutora pediu que a transferência de Gavin para ela fosse antecipada. — Gwen deu de ombros.

— Ah! Ela deve achar que você está mesmo ferrado, Gavin.

— Sou superdotado, acho. — Gavin franziu o nariz.

— Não sei o que farei quando me transferirem — Gwen afirmou. — O dr. Casper conhece toda a minha história de vida. Sem chance de contar para a dra. Hanover metade do que conto para o dr. Casper.

— Você não deveria revelar nada para o seu *terapeuta*, e sim para o seu *diário*.

Eles riram desse comentário de Gavin. Manter um diário era um item básico da Escola Preparatória de Westmont, e todas as sessões de terapia incluíam uma parte em que se esperava que os alunos lessem um trecho do que escreviam.

— Vamos combinar que não incluiremos o que estamos prestes a fazer em nenhum dos nossos diários. — Em seguida, Theo apontou para um lugar na trilha logo adiante. — Aí está.

Os quatro pararam quando alcançaram o caminho que desaparecia no interior da mata. Fizeram uma pausa, percorrendo com o olhar o terreno silencioso e examinando os prédios vazios, que esperavam o início dos cursos de verão na segunda-feira. Os holofotes ao nível do solo iluminavam as construções e captavam os exteriores cobertos de hera em triângulos ampliados de luminosidade, enquanto a luz solar agonizante silhuetava as cornijas e as fazia parecer espinhos de uma coroa nas cumeeiras dos telhados.

— Estamos esperando Tanner e Bridget? — Theo quis saber.

— Tanner disse que eles iam para a Rota 77 sozinhos e que era para a gente se encontrar com eles lá — Gavin informou.

Todos assentiram com a cabeça um para o outro, sem dizer mais nada, cada um sentindo algum nível de hesitação e torcendo para que um deles desistisse daquela ideia. Mas ninguém comentou nada. Então, finalmente, entraram na mata.

O caminho de terra batida era bem largo. A cobertura cerrada de vegetação bloqueava os restos do anoitecer. Assim, eles acenderam as lanternas dos celulares para iluminar por onde andavam. Indo para o terceiro ano da escola, já não eram mais novatos. Naquele momento, eles estavam quase no topo da cadeia alimentar, e foram convidados a conhecer a casa de hóspedes abandonada. Embora muitos alunos soubessem da existência desse lugar, só alguns se achavam a par dos detalhes do que acontecia ali. E mesmo que quase todos os alunos tivessem ouvido falar do Homem do Espelho — os rumores eram muitos e exagerados, e o folclore era lendário —, poucos tinham conhecimento de pormenores específicos. Isso porque ser membro desse grupo era algo muito restrito, as exigências de sua irmandade eram grandes, e o juramento para manter o segredo era absoluto.

Ao se deslocarem pela floresta, os seus passos eram alimentados por uma dose constante de apreensão e curiosidade. Eles tinham apenas que lidar com os alunos do último ano, atravessar o verão e conquistar a iniciação.

29

ELES SEGUIRAM PELO CAMINHO DE TERRA BATIDA ATÉ ALCAN- çar uma clareira que ia dar numa estrada de duas pistas, que todos sabiam ser a Rota 77. Viraram à direita e caminharam pelo acostamento escuro, esmagando o cascalho com os pés.

— Aí está. — Gwen apontou mais adiante.

O marco que indicava treze milhas ficava à frente deles, sombreado, mas visível quando os números 1 e 3 capturavam o luar.

— Treze, três, cinco — Theo disse quando chegaram ao marco. — Deve estar a um terço de milha de distância agora.

— Isso está me apavorando. — Um arrepio subiu pela coluna de Danielle.

Gavin acenou para eles.

— Vamos nos apressar. Não haverá onde nos escondermos se um carro aparecer, e já passamos do horário de recolher.

Em uma fila única, os quatro caminharam rápido pelo acostamento estreito. Cerca de um terço de milha depois do marco, avistaram um acesso para a floresta. Os arbustos se separavam e ofereciam um buraco negro na vegetação. Eles desceram o barranco e se dirigiram até a passagem.

— Buu!

A voz soou alta e ofensiva. Todos se assustaram e recuaram. As garotas gritaram. Em seguida, ouviram a gargalhada de Tanner Landing, que saiu do limite do matagal.

— Tanner, você é um puta idiota! — Gwen reclamou, zangada.

Tanner, curvado para a frente, como na noite anterior, ria e apontava para eles.

— Vocês tinham que ver as suas caras. Isso iria viralizar se eu tivesse gravado.

— Desculpem. — Bridget seguiu Tanner para fora da escuridão da mata. — Ele achou que seria engraçado se esperássemos por vocês aqui.

— Divertidíssimo. — Gavin estava nervosíssimo. — Estou muito feliz que tenha nos esperado, Tanner. Estou mesmo exultante por você estar aqui esta noite. Não tenho certeza do que teríamos feito sem você.

Tanner se endireitou e aos poucos parou de rir.

— Como a sua namorada atura o seu mau humor?

— Como a sua atura a sua babaquice?

Isso fez com que os outros rissem dissimuladamente.

— Desculpe, Bridget.

— Não precisa se desculpar, Gavin. Tanner é um babaca. Ele não se importa.

Todos entraram na floresta para concluir a meia milha final da jornada. Sob uma vegetação espessa, seguiram o caminho de terra batida, tentando calcular a distância que percorriam. Quando chegaram ao limite da mata, uma corrente pendia como se estivesse sorrindo entre dois postes, e tinha presa nela uma placa que dizia "Propriedade Particular". Depois dela, a mítica casa de hóspedes apareceu. Estava envolta em sombras, mas de dentro da casa uma luminosidade estranha e obscurecida escapava pelas janelas e caía no chão do lado de fora. Ao estudarem as janelas, os garotos perceberam que a iluminação interior era embotada pela tinta spray preta que cobria as vidraças.

O exterior da construção seguia a mesma tradição dos edifícios principais da escola: calcário de Bedford coberto de hera. Mas ali as coisas estavam desleixadas. A hera crescia descuidada em grandes ondas ao redor das janelas e caía sobre si mesma quando alcançava as calhas. Diversas estações de folhas secas se acumulavam nas bordas da casa e ao redor dos troncos das árvores que a ladeavam. Havia um carvalho imponente no jardim, com galhos inferiores robustos se expandindo horizontalmente, como os braços de um crucifixo.

— E agora? — Gwen indagou.

Danielle pegou o celular, navegou pelas mensagens de texto até chegar ao convite que cada um deles recebera e leu:

— "O Homem do Espelho pede a sua presença em treze-três-cinco. Na chegada, siga até o jardim e aguarde novas instruções."

— Não sei se quero fazer isso. — Gwen esfregou os braços com as mãos.

Tanner sorriu.

— Nós já estamos fazendo. Vamos ver do que se trata todo esse falatório.

30

ELES DEIXARAM O LIMITE DA MATA E SE DIRIGIRAM À CLAREIRA na frente da casa de hóspedes. Então, o grupo todo passou pelo vão do portão de ferro forjado que a circundava. Assim que alcançaram o jardim, algumas figuras se materializaram na escuridão e começaram lentamente a fechar o cerco sobre eles. Envoltos em capas pretas com capuz, os fantasmas mudaram de forma sob as sombras das heras que escalavam as paredes. Saíram pela porta principal e emergiram como feiticeiros da floresta que cercava a casa. Aproximaram-se rápido, e Gwen sentiu a visão escurecer quando uma venda de náilon cobriu os seus olhos e foi amarrada na parte posterior da sua cabeça.

— Essa casa de hóspedes abandonada... — alguém disse atrás dela.

Gwen reconheceu a voz de Andrew Gross. Andrew era um aluno do último ano que todos acreditavam estar por trás do convite. Fazia muito tempo que havia rumores de que ele estava envolvido nos desafios do Homem do Espelho sobre os quais tantos colegas de classe fofocavam.

— ... não é para qualquer um que decide vir. É para os escolhidos. Todos vocês foram convidados a se juntar ao Homem do Espelho, um grupo pequeno e exclusivo da Escola Preparatória de Westmont. Se vocês aceitam esse convite ou não ainda precisa ser decidido.

Gwen sentiu uma mão pegar o seu cotovelo, que a guiou pela grama e depois por um caminho de cascalho. Após alguns poucos momentos sem visão, ela ficou desorientada em relação aos arredores. Tropeçou em um aterro, e a mão segurou o seu cotovelo com mais força para mantê-la na posição vertical. Por fim, a mão se deslocou do cotovelo para o ombro e a forçou a se sentar em uma cadeira de madeira bem dura.

— Todos vocês já ouviram falar do Homem do Espelho e dos desafios que ele apresenta. Neste verão, haverá uma série deles. Hoje à noite, será o primeiro de vocês. Trata-se de um desafio simples. Fiquem sentados onde estão. Isso é tudo. O primeiro que se levantar da cadeira perde, e eu digo: você não quer ser um perdedor.

Gwen ouviu passos esmagando o cascalho e as folhas enquanto Andrew e os demais caras do último ano se retiravam. Enfim, o barulho dos passos desapareceu e tudo o que restou foi o cantarolar das cigarras. Então, Gwen chamou:

— Gavin? — Ela não sabia ao certo por que sussurrava, mas todos fizeram o mesmo.

— Aqui — Gavin respondeu. — Acho que estou bem ao seu lado.

Gwen sentiu o braço estendido dele tocar o seu ombro. Isso a assustou. Em seguida, ela agarrou a mão dele e a apertou.

— Fala sério, isto é ferrado! — Theo afirmou. — Vamos ficar sentados aqui a noite toda?

— Isso mesmo — Tanner disse. — Ficarei uma semana se for preciso. Mas vocês se sintam à vontade para serem os primeiros a desistir.

Silêncio.

— E aí? — Tanner os instigou.

Desde o Dia do Portão do primeiro ano, o desespero de Tanner para se enturmar era evidente. Gwen sabia disso. Ele era um alpinista social, pulando de grupo em grupo, buscando aceitação e aprovação de quem as oferecesse. O fato de ele ter sido incluído naquele pequeno grupo que foi convidado a se juntar à seita secreta bastante conhecida pelos alunos da Westmont era a sua passagem para a amizade e popularidade. Gwen sabia que Tanner não estava blefando. Ele ficaria mesmo sentado ali a noite toda se isso significasse que os quartanistas o incluiriam no círculo social deles.

— E aí? — Tanner repetiu.

— Tanner, será que dá para calar a boca? — Assim que as palavras escaparam da boca de Gavin, um barulho veio de longe.

Um apito abafado que interrompeu o cricrilar dos grilos.

— O que foi isso? — Gwen apertou a mão de Gavin com mais força.

Veio de novo. Dessa vez, mais alto.

— Devemos sair? — ela perguntou.

— Não sei — Gavin respondeu.

Outro apito, ainda mais alto. Então, um estrondo. As cadeiras vibraram. Por fim, ouviram o som de um trem que se aproximava. Com os olhos vendados e nada além de escuridão em sua visão, o trem surgiu do nada.

— Gavin? — Gwen insistiu.

— Dane-se! — Gavin exclamou. — Vamos embora!

Gwen tirou a venda dos olhos e constatou que eles estavam enfileirados ao lado dos trilhos, com os encostos das cadeiras perigosamente próximos da via férrea. Ao olhar para a esquerda, ela viu o farol de um trem vindo na sua direção, e soltou um grito que fez com que os outros cinco puxassem as vendas para baixo. Todos se levantaram rapidamente dos assentos e desceram correndo o aterro ante a aproximação da locomotiva em alta velocidade. Tanner, ao se levantar, esbarrou o calcanhar em um dos pés da cadeira, fazendo-a tombar nos trilhos. Quando o trem bateu nela, a cadeira se despedaçou em mil pedaços.

Durante a passagem da locomotiva, os seis permaneceram na vala pouco funda, ofegantes devido ao choque e à adrenalina, e quase surdos por causa do estrondo do metal contra metal. O trem ricocheteou um pedaço destroçado da cadeira de Tanner, que pousou aos pés deles. Todos olharam fixamente para aquilo.

Era 8 de junho. Treze dias depois, o massacre se desenrolaria na casa de hóspedes atrás deles.

31

MARC MCEVOY TINHA UM PLANO. ELE IRIA PARA PEPPERMILL em 21 de junho. Pegaria a Rota 77. Seguiria as coordenadas de que muitos dos seus colegas de classe falaram — 13:3:5 — e encontraria a casa de hóspedes abandonada. Faria isso naquele verão, da maneira como deveria ter feito durante o seu penúltimo ano na Escola Preparatória de Westmont — por desafio, para provar que os alunos que escolhiam apenas alguns poucos eleitos para se juntar à sua panelinha não tinham mais domínio sobre a escola do que os colegas que rejeitavam. Se Marc tivesse tido a mesma coragem como terceiranista que tinha atualmente, grande parte da sua raiva e curiosidade teria desaparecido. Em vez disso, ele era um homem de vinte e cinco anos ainda marcado pela rejeição e ainda perseguindo um sonho de aceitação, que corria atrás da necessidade de fazer parte de um grupo que o excluíra anos atrás.

Marc precisava manter a sua viagem para Peppermill em segredo. Sua mulher não poderia saber nada a respeito. Assim, diria a ela que viajaria a negócios e que ficaria fora apenas por uma noite.

Ele seguiria de carro para o aeroporto e o deixaria no amplo estacionamento intermodal, certificando-se de guardar o recibo. Dali, pegaria o trem da South Shore Line da Metra. Eram apenas duas estações a partir do aeroporto de South Bend — Hudson Lake e Carroll Avenue — antes que o trem chegasse às margens do lago Michigan e à cidade de Peppermill. Sua mulher pagava as contas do casal e, assim, ele teria que usar dinheiro vivo para não deixar para trás rastros de despesas de cartão de crédito. Uma vez em Peppermill, Marc tomaria um drinque em um bar de esquina, esperaria até a hora certa, seguiria pela Rota 77 e começaria a jornada que deveria ter feito anos atrás. Finalmente, veria no que consistiam os boatos. Ficaria nas sombras. Ninguém o veria. Ele seria invisível.

Marc tinha consciência da possibilidade de decepção. Sabia muito bem que, durante os seus anos na Westmont, ele tornara a iniciação ligada ao Homem do Espelho um acontecimento maior do que era de fato. Naquele momento, quase uma década depois, era possível que o que viesse a encontrar na casa abandonada não correspondesse às suas expectativas, não estivesse à altura dos seus pensamentos sobre o que se desenrolava na mata escura à meia-noite de cada solstício de verão. A excursão talvez não satisfizesse as suas fantasias. Contudo, ele poderia tornar realidade aquelas fantasias. Afinal, não era mais um adolescente assustado. As regras não o prendiam mais. Ele poderia fazer qualquer coisa que preferisse depois que chegasse àquela casa.

Era 8 de junho. Marc tinha treze dias para aperfeiçoar o seu plano.

PARTE IV
AGOSTO DE 2020

32

A CADEIRA DE CABECEIRA PARECIA DE GRANITO. POR ISSO RORY optara por se sentar na base da janela saliente, que pelo menos tinha uma almofada. Ela se acomodara com as costas apoiadas na parede lateral, com as pernas estendidas e o coturno direito cruzado sobre o esquerdo. Sempre o direito sobre o esquerdo, nunca o contrário. A sua mente não permitia.

A outra janela estava à sua esquerda, e a lagoa e a fonte, quatro andares abaixo, eram visíveis, mas durante a leitura Rory as ignorava. No seu colo, o caderno de anotações de Lane, que continha a pesquisa inicial dele sobre os assassinatos na Escola Preparatória de Westmont. Naquelas anotações, incluíam-se o perfil preliminar de Charles Gorman e outro perfil que especificava as características prováveis da pessoa que assassinara os alunos.

O perfil de Gorman descrevia um professor de ciências reservado, que se destacava em química. Homem introvertido, com tendência a ser tímido em situações públicas fora da sala de aula, sempre cumprira com as regras e nunca recebera uma observação grave contra si, nem na Escola Preparatória de Westmont, nem na escola pública em que lecionou por mais de uma década antes de chegar a Peppermill. Gorman pertencia a uma família tradicional, que ainda estava íntegra. Os seus pais continuavam casados, ambos professores aposentados que viviam das suas aposentadorias e moravam na mesma casa em Ohio onde criaram seus três filhos. Gorman era o filho do meio e, segundo todos os relatos — de acordo com a pesquisa de Lane —, tivera uma infância normal. Nenhum incidente de violência na escola primária, na escola secundária ou na faculdade.

Nenhum sinal de alerta indicando que ele era um homem à beira de um acesso de fúria ou de tramar um terrível massacre.

Charles Gorman era solteiro, e a pesquisa de Lane descobrira apenas uma área curiosa do passado dele que chamou a sua atenção. Isso estava marcado nas anotações com três estrelas vermelhas e dois traços que sublinhavam o título "Relacionamentos". Uma ex-namorada, no local de trabalho anterior de Gorman, o denunciara ao departamento de recursos humanos da escola depois que terminaram uma relação de oito meses. O relatório dizia que a colega, professora de educação cívica, se sentiu "desconfortável" com a insistência e a atenção contínua de que eles resolvessem as coisas. Após uma reunião com o departamento de recursos humanos e o representante do sindicato dos professores, o caso foi resolvido e nada mais aconteceu entre as duas partes. Gorman deixou a escola no final do semestre e começou a lecionar na Escola Preparatória de Westmont no ano seguinte.

O nome da mulher era Adrian Fang, nome que Lane também sublinhara duas vezes, o que significava que pretendia falar com ela para reforçar o seu perfil de Charles Gorman. Do mesmo modo, Lane listara os nomes dos dois irmãos e dos pais de Gorman como fontes para conversar. No final da página, Lane incluíra os seus contatos no Hospital Psiquiátrico de Grantville, onde Gorman estava sendo mantido. Rory fez uma dobra na página e virou para a próxima.

A frase "O MASSACRE NA CASA DE HÓSPEDES" estava escrita no alto em letras maiúsculas. Na sequência, o perfil incluía as características do assassino dos alunos da escola, segundo Lane. O esboço descrevia um criminoso organizado, com base nas poucas provas encontradas no local. Além dos corpos, o assassino não deixara impressões digitais, fibras ou pegadas. Um homicida desorganizado — alguém que tinha um acesso de fúria e matava por reação, e não por cálculo — costumava deixar uma cena de crime repleta de provas, e muitas vezes oferecia uma tentativa medíocre de esterilizá-la. A suposição de Lane era de que o banho de sangue na casa de hóspedes havia sido planejado com antecedência e realizado com todo o cuidado por um predador habilidoso.

O único descuido descoberto na cena do crime foi o vestígio de sangue que não pertencia a nenhuma das duas vítimas. O DNA de todos os alunos e professores foi coletado, incluindo o de Charles Gorman. O sangue não identificado não pertencia a nenhum deles.

"DE QUEM ERA O SANGUE NO LOCAL?", Lane escrevera em letras maiúsculas.

Somando-se à teoria de um matador organizado, que planejara cuidadosamente os assassinatos, havia a maneira pela qual cada um dos alunos fora morto: um por um golpe único que cortou a jugular direita, e o outro por um ferimento na garganta que seccionou a traqueia e causou asfixia. A ausência de feridas defensivas nas mãos ou nos braços das vítimas sugeria um elemento de surpresa. O ataque original ocorrera dentro de um dos aposentos da casa e, em seguida, um dos alunos foi arrastado para fora e empalado na cerca de ferro forjado. Lane deduziu que isso representava um ato simbólico de vingança.

Rory leu que, provavelmente, a pessoa era alguém com um passado problemático e uma infância com abusos ou com uma família desestruturada. O fato de que nenhuma aluna havia sido lesionada dava a entender que talvez o assassino tivesse sentimentos negativos em relação aos homens, quem sabe o próprio pai. O fato de existir uma aluna presente no local, mas sem ferimentos, viabilizava a ideia de que o assassino era alguém próximo da mãe, ou pelo menos tinha uma forte influência materna em sua vida. Nesse trecho, Lane fez duas observações: ou o assassino viveu com a mãe durante a vida adulta e tinha um relacionamento anormalmente íntimo com ela e, por padrão, era solteiro, ou perdera a mãe ainda jovem ou por um acontecimento traumático que o levou a desenvolver uma memória antinatural e exagerada da figura materna como uma divindade da qual as outras mulheres não podiam estar à altura.

Provavelmente, a violência fazia parte do passado da pessoa, ou contra si ou contra alguém que ele amava. O trauma dessa violência fora internalizado e mais tarde projetado contra os demais. Os alunos da Escola Preparatória de Westmont podiam não ter sido as primeiras vítimas do assassino. Ele poderia ter matado antes. O criminoso tinha que ter força física, com capacidade para erguer um adolescente de mais de setenta quilos sobre a cerca. A probabilidade de que essa pessoa fosse do sexo masculino era muito grande.

Ao virar a página, Rory viu que Lane tinha desenhado um diagrama de Venn que incluía todas as característica de cada perfil: o de Charles Gorman e o do assassino. Os círculos se sobrepunham no meio, criando um oval onde os dois perfis coincidiam. Poucas características estavam listadas ali. O oval incluía que o criminoso tinha conhecimento da casa de hóspedes abandonada e sabia que os alunos estariam ali na noite dos assassinatos. Era provável que o homicida fosse alguém conhecido das vítimas, talvez com baixa autoestima, mas com inteligência acima da média. O assassino era forte o suficiente para subjugar rapazes saudáveis.

Rory ergueu o rosto e olhou pela janela. A sua mente estava agitada de ansiedade, com uma vontade descontrolada de começar os cálculos redundantes necessários para decifrar as peças de um crime. Charles Gorman correspondia ao perfil do assassino de Lane mais ou menos tão bem quanto qualquer professor aleatório da Escola Preparatória de Westmont. Rory sabia que havia mais coisas na história. Uma energia inquieta tomou conta dela.

Rory se levantou da base da janela e foi até a cama, colocou a mão na testa de Lane e se inclinou para que os seus lábios ficassem perto do ouvido dele.

— Preciso de você, então, vê se acorda, tá legal?

33

RYDER HILLIER QUASE NUNCA IA ATÉ A SEDE DO *INDIANAPOLIS* *Star*. Ela recebia a maioria das suas tarefas por e-mail e enviava os artigos da mesma maneira. As reuniões de equipe exigiam a sua presença duas vezes por mês, mas, fora isso, ela era uma repórter policial que corria atrás de histórias por conta própria e esperava a aprovação do editor depois de encontrar uma de que gostasse. Em geral, os seus artigos eram recebidos com elogios entusiásticos. O seu histórico lhe conferira grande liberdade.

Naquele dia, porém, o seu editor queria frear o seu ímpeto. A sua presença na sede não era decorrente de uma reunião de equipe ou de um prazo vencido para o qual Ryder precisava obter uma prorrogação. Ela estava ali porque se achava em apuros.

Na melhor das hipóteses, a decisão de postar o vídeo de Theo Compton fora equivocada, e Ryder reconhecia que os seus motivos foram influenciados pela oportunidade de derrotar Mack Carter em um furo de reportagem. A postagem do vídeo era a sua maneira de mostrar ao mundo sua vitória. O tiro saíra pela culatra de maneira espetacular. Naquela noite, ela convidara Mack por imaginar que, se algo significativo acontecesse na casa de hóspedes abandonada, ele não teria escolha a não ser incluí-la no seu podcast. Claro que Ryder não tinha ideia do que a esperava ali. Jamais pensou que encontraria um garoto morto. Mas quando isso aconteceu, ela soube que o mistério da Escola Preparatória de Westmont era maior do que se supunha. Os jovens vinham tirando a própria vida por um motivo, e ela estava determinada a descobrir qual.

Sem levar em conta as repercussões, Ryder decidiu postar o vídeo no seu canal no YouTube às duas e vinte e cinco da manhã, logo depois de prestar seu depoimento à polícia. Ela imaginou que chegaria à frente do podcast de Mack, passando-lhe a perna. De qualquer maneira, o golpe foi bastante eficaz. Às seis da manhã, o vídeo já tinha mais de cem mil visualizações. Como a sua base de seguidores o compartilhou, o vídeo acumulou centenas de milhares de novas visualizações e, mais à frente, milhões. Até que foi tirado do ar, junto com todo o seu canal.

Se Ryder tivesse sido tão bem protegida como Mack Carter, estaria em uma situação muito melhor do que estava naquele momento. Mack Carter tinha advogados poderosos e uma rede de tevê para protegê-lo. É provável que os superiores dissessem a Mack para ficar o mais longe possível do vídeo de Theo Compton. Porém, ainda assim esperavam que ele atacasse o enfoque. E ele atacou, com enorme sucesso. Seu podcast nunca se vinculou diretamente ao vídeo do corpo de Theo, mas gerou o diabo a partir da jornada de Mack até a casa abandonada depois de uma "dica não identificada". É claro que editaram o telefonema de Ryder, manipulando a história para sugerir que fora o próprio Mack quem vira a mensagem de Theo e decidira ir até 13:3:5. O fato de haver outra repórter presente na casa naquela noite — descrita no episódio do podcast como uma "detetive amadora" — foi mero acaso. O fato de aquela detetive amadora ter tomado a infeliz decisão de registrar o que eles encontraram perto dos trilhos do trem foi um problema que caiu direto sobre os ombros de Ryder Hillier. Mack saiu limpo da história. Melhor que limpo, ele saiu mais popular do que nunca. O quarto episódio do podcast foi baixado milhões de vezes. No entanto, o golpe de gênio de Mack Carter foi que, para se distanciar do vídeo, ele teria que mencionar a sua existência. O que ele fez muitas e muitas vezes.

Sempre que Mack repreendia a "detetive amadora" por postar um vídeo tão hediondo, Mack Carter sabia que estava incitando os ouvintes do seu podcast a procurar a gravação. Mesmo sem links diretos para o blog ou o canal no YouTube de Ryder, ela observava o aumento do tráfego na rede e sabia que os ouvintes de Mack vinham pesquisando o seu site em busca do vídeo. Mack recebera o benefício da gravação sem nenhum desdobramento legal. Ryder teve que admitir que foi uma jogada genial de marketing.

— Suspenda — o editor de Ryder ordenou-lhe.

— Já foi suspenso — ela informou, sentada diante da mesa dele. — O YouTube tirou o vídeo do ar e fez o possível para eliminar a sua existência. O meu canal foi banido, e quando voltarem a ativá-lo na certa será desmonetizado.

— Não só o vídeo, Ryder. Suspenda tudo. Tudo. A cobertura do caso da escola acabou.

— Nunca escrevi para o jornal nada relacionado à Escola Preparatória de Westmont. — Ryder não o fizera. O seu fascínio pelos assassinatos na Escola Preparatória de Westmont era fruto do seu próprio esforço, e seu blog e seu canal no YouTube eram projetos independentes, produzidos por conta própria, sem jamais gastar um centavo do jornal, e sem nunca perder um prazo devido ao seu trabalho no caso.

— E nunca escreverá. Isso inclui qualquer matéria sobre a morte de Mack Carter.

— Eu é quem deveria escrever sobre Mack. Era eu quem estava com ele algumas noites antes da sua morte. E sua morte deve estar relacionada com o caso da escola.

— Fique longe disso, Ryder. Já designei outro jornalista para cuidar do caso. E se quiser continuar escrevendo para este jornal, deverá se desligar do material paralelo. No mínimo, você está de castigo do trabalho paralelo até tomarmos conhecimento da profundidade e do peso dos desdobramentos legais da sua última façanha. E se você for formalmente acusada e condenada por qualquer delito, obviamente o seu tempo aqui terá chegado ao fim. Por enquanto, mantenha-se ocupada e invisível. Nenhuma assinatura sua até que essa outra bagunça seja resolvida.

— Nenhuma assinatura? Você está eliminando a minha coluna?

— Dando um tempo.

— Veja, Mack Carter chega a Peppermill e começa a bisbilhotar um caso de um ano atrás — Ryder tentava amenizar a conversa. — Pouco depois, ele morre. As circunstâncias em torno de sua morte são muito suspeitas. Estou profundamente familiarizada com o caso que ele vinha investigando, e agora você me diz que não posso me envolver? Eu poderia escrever um artigo para o jornal que seria um tremendo sucesso. E se o *Star* não confia em mim, alguém confiará. Desde quando você escolhe abrir mão de uma matéria?

— Desde o momento em que temo que o jornal venha a ser o próximo a ter de encarar um processo. Os nossos advogados consideram que o único motivo pelo qual ainda não fomos processados é porque não há vínculos diretos entre nós e a história da escola. Você está no meio do caminho, e os predadores se mantêm à espera de uma maneira de apanhar o jornal. Não permitirei que isso aconteça. Você está oficialmente fora. Não há mais discussão sobre isso.

Ele olhou para o computador e escreveu algo em uma folha de papel. Em seguida, entregou-a para Ryder. O papel continha diversos nomes e endereços.

— Aí estão vários casos. Uma garota desaparecida em Evansville. Um assalto a uma loja de conveniência em Carmel. Uma briga em um jogo de futebol americano da pré-temporada na Universidade de Indiana. Uma acusação de estupro na Notre Dame. — Ele tornou a olhar para a tela. — Ah! E um cara que levou um tiro na bunda quando invadiu a casa de uma senhora de oitenta anos. Entreviste essa mulher. Eu a quero na primeira página do caderno de cidades.

Ryder olhou para a lista de casos. No final dela estava o nome do homem de South Bend que desaparecera no ano anterior.

— Já cobri o caso do cara de South Bend. Ninguém sabe o que aconteceu com ele. A história já esfriou e é muito chata.

— Então, dê um jeito de esquentar. — O editor acenou para que ela saísse. — Me traga algo interessante a respeito de todos esses casos. Isso vai mantê-la ocupada por dias.

— E então o quê? Ir atrás desses casos e fazer o que com eles? Você disse que não assinarei nenhuma matéria.

— Exato. Você não vai escrever nada por enquanto. Traga o seu caderno de anotações aqui, preenchido com as suas investigações, e entregue a outro jornalista para que ele redija a matéria.

— Sério que você está fazendo isso comigo?

— Você fez isso consigo mesma, Ryder. Se quer escrever artigos para este jornal de novo, volte a trabalhar nas trincheiras até que as suas dores de cabeça legais desapareçam. Considere-se com sorte por ainda ter um emprego. Nenhum outro jornal te pegaria no momento.

Ryder apanhou o papel, amassou-o na palma da mão ao se levantar, girou nos calcanhares e saiu da sala.

34

HAVIA MUITO TEMPO RORY SE PERGUNTAVA SOBRE O SEU FAS-cínio pela restauração de bonecas de porcelana. Ela usava a obsessão como uma saída para os pensamentos reprimidos do trivial e redundante que atuavam para perturbar a sua vida. Rory a usara para administrar a sua aflição durante a infância. Na fase adulta, ela se apoiara na distração como uma maneira de permanecer ligada à sua tia-avó Greta, que a apresentara ao passatempo da restauração de bonecas de porcelana. No processo, Greta salvou Rory de uma existência de autodestruição.

Apesar desses usos válidos e admitidos, Rory também se perguntava se ela encontrava consolo em restaurar bonecas antigas porque isso lhe permitia consertar as partes quebradas delas que ela nunca conseguia consertar em si mesma. Era contraditório que as suas próprias falhas e deficiências fossem as próprias ferramentas que ela utilizava para reparar os defeitos e as imperfeições das bonecas. Se canalizadas corretamente, as desvantagens da perturbação obsessiva-compulsiva e de algum transtorno do espectro autista podiam ser usadas para restaurar as bonecas e deixá-las perfeitas. Apesar de Rory sempre ter sido alguém fragmentado que jamais pôde ser totalmente reparado, as bonecas a tornaram tão inteira quanto possível.

Sentada no solário do chalé, Rory preparou um lote de papel machê. O cheiro trouxe de volta memórias da sua infância na casa de fazenda de tia Greta, onde ela passou os verões da sua juventude aprendendo as fórmulas e técnicas secretas da velha senhora, que, quando aplicadas de forma adequada, podiam transformar os destroços de uma boneca alemã antiga em uma obra-prima. Quando o papel machê alcançou a consistência correta, ela pegou uma quantidade pequena e começou a reconstruir a orelha da boneca, onde a maior parte da porcelana original tinha rachado e caído, deixando uma cratera escancarada. Depois de criar uma base resistente, Rory secou o papel machê com um soprador térmico elétrico. Em seguida, tirou um lote de argila de porcelana fria de um saco hermético, colocou uma grande quantidade no meio da área do papel machê e a moldou aproximadamente na forma que desejava. Utilizou suas ferramentas para esculpir a porcelana em uma nova orelha e bochecha e, na sequência, aqueceu a porcelana para endurecê-la. Ela abriu o novo jogo de pincéis Foldger-Gruden que Lane lhe dera, tirou um pincel e tocou a extremidade sem cerdas com o dedo. Cada cabo de pincel era feito de pinho, e a ponta podia ser usada como um cinzel de escultor. As pontas dos cabos variavam em afiamento, desde cega até perfurante. Rory escolheu um com a ponta cega, para o trabalho grosseiro que era necessário durante a escultura inicial da argila de porcelana. Posteriormente, usaria pontas mais afiadas e semelhantes a agulhas para a moldagem delicada dos traços sutis do ouvido, da bochecha e do canto lateral do olho esquerdo.

Rory trabalhou duas horas sem parar, purgando as suas ansiedades armazenadas, liberando pensamentos reprimidos de redundância e dissipando a vontade constante de repetir as atividades que concluíra recentemente. Quando terminou, colocou a boneca Kiddiejoy de volta na caixa, tomando cuidado para não atrapalhar o seu progresso. Em seguida, trancou o chalé e foi ver Lane, sentindo-se mais leve do que horas antes.

Rory deparou com Lane de olhos abertos quando entrou no quarto do hospital. Eles estavam úmidos e injetados de sangue por causa das drogas que gotejavam da bolsa de soro.

— Oi — Rory o cumprimentou.

— Não foi assim que planejei trazê-la até aqui.

Rory sorriu e pôs a mão no rosto dele.

— Você me deu o maior susto.

— Merda... — Lane fez uma careta.

Rory viu um copo de isopor ao lado da cama e o entregou para Lane, que tomou um gole por meio do canudo.

— A garganta parece cascalho.

— O que os médicos te disseram?

— Ainda não passaram para falar comigo, mas dois detetives estavam aqui quando acordei.

— Sim, já falei com eles.

— A minha garganta não cooperou, então não consegui contar a eles muita coisa. Também não fui capaz de fazer nenhuma pergunta. Credo, Rory, o que aconteceu?

— Acho que acordar em uma cama de hospital deixa muitos espaços em branco.

Rory sentou-se ao lado da cama e informou Lane sobre tudo, incluindo a sua viagem para o leilão em Miami, a sua decisão de vir até Peppermill, o rastreamento até a casa de Mack Carter e o incêndio que encontrou ali. Também informou sobre a morte de Mack Carter na explosão, o incêndio subsequente e a suspeita dos detetives Ott e Morris sobre as circunstâncias, para dizer o mínimo.

— Pensei a noite toda em como eu teria enlouquecido se você tivesse morrido.

— Há uma mulher quente e confusa que eu amo. — Lane chupou a água gelada pelo canudo.

— Como está a sua cabeça?

— Doendo.

— Consegue usá-la?

Lane assentiu.

— Ótimo. Li os seus perfis a respeito do assassino da escola. Precisamos conversar.

35

UM DIA DEPOIS DE LANE TER ABERTO OS OLHOS, NUMA TARDE ensolarada de domingo, ele recebeu alta do hospital. A hemorragia subdural estava desaparecendo, e os pulmões funcionavam com oitenta por cento de eficiência. Ele recebeu uma lista de restrições, determinadas principalmente pela sua concussão. Entre as restrições, incluíam-se dirigir, andar de carro por mais de duas ou três milhas, usar computador e ler. Lane deixou o hospital com a sugestão de isolamento em um quarto escuro, sem estímulos, até que a sua dor de cabeça passasse. Ele concordou com tudo e assinou os papéis de alta hospitalar. Teria assinado qualquer coisa para sair daquela cama.

Naquele momento, Rory o apoiava enquanto ele arrastava os pés na entrada da garagem no chalé da alameda Winston. Lane vislumbrou, pelo reflexo na janela do carro, a sua imagem, cuja cabeça se achava envolta em gaze branca.

— Meu Deus, estou parecendo o Homem Elefante...

Rory o pegou por baixo do braço.

— A bandagem deve ficar até a retirada dos grampos. Será melhor ficarmos presos em Peppermill, porque aqui poderei te controlar melhor.

Eles subiram os degraus da porta da frente.

— O que achou do lugar, Rory? Eu te disse que era bem fofo.

— Gostei das Dark Lord na geladeira. Como você conseguiu?

— Parei em Munster e falei com Kip. Disse a ele o que eu precisava e que estava disposto a pagar uma fortuna para comprar algumas garrafas. A minha cabeça está começando a latejar. Talvez eu beba uma para acalmar o latejamento.

— Nem pensar. — Rory ajudou Lane a se sentar no sofá. O pincel Foldger-Gruden que usara mais cedo na boneca Kiddiejoy se projetou do bolso da sua camisa.

— Vejo que encontrou os pincéis. — Lane se acomodou.

— Encontrei. Tenho certeza de que eles também custaram uma fortuna. Não são fabricados há duas décadas.

— É possível encontrar qualquer coisa na internet. Só depende de quanto aceitamos gastar. Tudo isso foi dinheiro bem aplicado, com o objetivo proposital e transparente de suborná-la para ficar aqui por um ou dois dias.

— Terei de ficar por mais tempo que isso, dr. Phillips. Estamos presos em Peppermill até que você seja autorizado a dirigir. Ou andar em um carro, aliás. Os médicos disseram pelo menos duas semanas.

Lane apoiou a cabeça na almofada do sofá e cerrou as pálpebras.

— Se você estivesse ansiosa para ir embora, me colocaria no seu carro e voltaria correndo para Chicago, com buracos na estrada e tudo. Estamos cumprindo as regras e ficando nesta cidadezinha porque você foi capturada pelo caso da escola.

Rory sentou-se ao lado dele.

— Sem dúvida alguma, o quadro de cortiça no outro recinto me chamou a atenção.

— E enquanto eu dormia tranquilamente no hospital, você leu o perfil que fiz do assassino da Westmont. Até este momento, o que acha?

— Algo nesse caso parece estranho. — Rory deu de ombros.

Lane abriu os olhos e a fitou, alerta.

— Continue.

— A primeira coisa que pensei é que Charles Gorman não corresponde ao seu perfil do assassino. Exceto por algumas sobreposições em geografia e conhecimentos básicos sobre os alunos, o que se aplicaria a *qualquer* membro do corpo docente, Gorman não parece ter muitas características do assassino descrito por você.

— Vamos revisar o que sabemos. — Lane apontou para a cabeça enfaixada. — Estou confuso.

— A cena do crime.

— Isolada. Sombria. Algo que alguém poderia controlar com facilidade, ainda mais se estivesse familiarizado com a casa.

— Sem chance de alguém tropeçar inesperadamente no assassino — Rory afirmou.

Era assim que Rory e Lane atuavam no seu relacionamento profissional: à vontade e com fluidez, trabalhando os pensamentos um do outro e muitas vezes terminando as frases um do outro.

— Além dos alunos que se encontravam na mata, não havia nenhuma possibilidade de espectadores indesejados verem alguma coisa — ela disse.

— Exato. E nenhuma possibilidade de que algo fosse captado por uma câmera de vídeo de vigilância. Um ambiente muito controlado — Lane acrescentou. — Um lugar onde ele poderia se manter à espera. A falta de qualquer ferida defensiva nas vítimas significa que o assassino as surpreendeu. Ele estava na casa quando os dois rapazes chegaram.

— Organizado. Planejado antecipadamente. Ele escolheu o local, escolheu o método, escolheu a arma.

Por um momento, os dois fizeram uma pausa.

— Fale-me sobre o assassino, Lane. Descreva a sua mentalidade e de onde veio esse tipo de violência.

— Bem, comecemos com o que sabemos sobre as vítimas. Os dois eram alunos. Ambos do sexo masculino. Um deles estava ingressando no penúltimo ano, e outro no último. Nenhuma droga foi encontrada nos seus corpos. O criminoso os queria mortos por algum motivo. Os assassinatos não foram aleatórios. Foram planejados. Que tipo de pessoa iria querer matar dois adolescentes? Alguém com um passado problemático. Alguém com ressentimento contra os homens. A garota no local ficou ilesa. Supondo que ela deparou com o criminoso e foi autorizada a viver, o assassino tendia a ser próximo da mãe.

— O seu perfil sugeriu um forte vínculo materno.

Lane assentiu.

— Forte, mas talvez fraturado de alguma forma. O vínculo dele com a mãe não é natural. Talvez enraizado no amor, mas que se transformou em algo anormal e doentio. E um relacionamento tóxico ou inexistente com o pai. Ou a figura paterna em sua vida estava ausente, e o criminoso se sentia desprezado por ela, ou o seu relacionamento com o pai era abusivo, e por esse motivo o criminoso se sentia ofendido e ressentido. Precisamos saber mais sobre as vítimas. Eram boa gente? Praticavam *bullying*? Afetaram a vida do assassino de maneira a desencadear os seus pensamentos íntimos sobre o pai?

Eles fizeram uma nova pausa, com cada um revisando os cenários.

— Então, nós sabemos *o que* aconteceu — Lane disse. — Dois garotos foram mortos dentro de uma casa de hóspedes abandonada. Sabemos *como* aconteceu: eles foram emboscados, e as suas gargantas, cortadas.

— Mas para descobrir *por que* e *quem*, teremos de investigar muito.

Rory desviou o olhar para o solário, onde as fotos das vítimas estavam pregadas no quadro de cortiça. Os dois alunos assassinados e os três que se mataram. Naquele momento, ela quis ir até o quadro e contemplar as fotografias. Rory ansiava por aquele sentimento de intimidade com as almas perdidas que invocava sempre que reconstituía um homicídio.

— Os jovens que estão se matando talvez estejam fazendo isso para escapar do seu sofrimento — Rory disse. — Talvez a culpa os esteja atraindo de volta para a cena do crime, e a morte parece ser a única opção deles.

— Eles estão se sentindo culpados do quê?

Rory não desviava o olhar do solário.

— Um segredo? — ela sugeriu. — Os segredos têm uma maneira de comer as pessoas vivas.

— Sem dúvida o jovem Compton tinha algo que queria desabafar quando procurou Mack Carter.

— Então, se concordamos que o retrato do assassino não se assemelha a Charles Gorman e se trabalhamos com a hipótese de que há um grupo de alunos que sabe mais sobre aquela noite do que disse à polícia, então é uma conclusão lógica que a culpa dos alunos procede do que realmente aconteceu na casa de hóspedes abandonada naquela noite. E essa culpa os está atraindo de volta àquela casa e aos trilhos do trem para acabar com as próprias vidas.

36

GAVIN HARMS CAMINHAVA PELO BULEVAR QUE HAVIA NA frente da entrada principal da escola. Os cursos de verão estavam terminando, e o último ano começaria oficialmente em breve. Não tinha ninguém à vista. Os alunos que ficaram para passar o verão na Escola Preparatória de Westmont achavam-se enfurnados nos seus dormitórios ou na biblioteca estudando para as provas finais. O local se encontrava bem mais silencioso do que o normal, mesmo para o verão. O número de matrículas caiu depois dos assassinatos na casa de hóspedes. Foi a primeira redução na história da instituição. A Escola Preparatória de Westmont sempre estivera confortavelmente cheia, e as matrículas sempre precisaram ser limitadas, com o excedente sendo colocado em uma lista de espera longa e duvidosa. Contudo, desde os assassinatos na casa de hóspedes abandonada no verão anterior, muitos alunos simplesmente nunca retornaram para o período letivo de outono. Foram aqueles que saíram de imediato do instituto quando o ano chegou ao fim, deixando escassas as matrículas para o período letivo de verão. Junho marcara o aniversário de um ano, e Gavin estava entre alguns poucos estudantes que fizeram o curso de férias. Que Deus o livrasse de seus tios permitirem a sua volta para casa no verão.

Os balaústres robustos do prestigioso prédio da biblioteca se erguiam para apoiar o frontão triangular onde o lema da escola estava escrito: "Chegar sozinhos, sair juntos". Gavin nunca acreditara na sentença. Nem quando era um calouro ingênuo, nem nesse momento, quando faltavam apenas nove meses para a formatura. Gavin se sentia mais sozinho agora do que jamais antes. No entanto, grande parte desse sentimento resultava das suas decisões ao longo do ano anterior. Muito dele provinha do segredo que Gavin guardava. Um segredo que o preocupava e que ficaria escondido por apenas mais um curto período. Gavin empreendera todos os esforços para impedi-lo de vir à tona. Fizera coisas das quais se arrependia. Como seria maravilhoso poder voltar atrás...

Chegar sozinho, sair juntos.

Gavin se perguntava se ele e Gwen seriam capazes de sair juntos daquele lugar ou se cada um deles partiria sozinho e em direções diferentes. Agarrou a mochila com mais força ao passar pela biblioteca em direção ao seu dormitório. Uma vez ali, trancou a porta, abriu o laptop e procurou o blog de Ryder Hillier.

Desde que o podcast de Mack Carter fora interrompido por tempo indeterminado, o site de Ryder se tornara a sua única fonte de atualizações. Gavin ouvira dizer que Ryder estava muito encrencada por ter postado o vídeo do cadáver de Theo estendido ao lado dos trilhos. Os pais do garoto a estavam processando e, com alguma sorte, o seu site também seria desativado em breve. Então, a Escola Preparatória de Westmont ficaria protegida do mundo e, se Deus quisesse, tudo do seu passado desapareceria da memória. Quanto menos atenção o resto do país prestasse a Peppermill, Indiana, melhor. Tudo o que Gavin precisava era superar aquela última tempestade, concluir o quarto ano e deixar aquele lugar para trás. Então, as coisas ficariam melhores.

Enquanto o blog de Ryder continuasse existindo, Gavin o usaria para atualizações. Naquele dia, porém, ela não postou nenhuma novidade. O fórum de discussão estava repleto de teorias conspiratórias sobre a casa de hóspedes, o trem que passava ao seu lado, o Homem do Espelho e o motivo pelo qual os alunos continuavam se matando. A última teoria entre os fanáticos por crimes reais era que os dois jovens da Escola Preparatória de Westmont morreram em uma situação de homicídio e suicídio, com aquele que matou o outro pendurando-o no portão e depois voltando para a casa de hóspedes abandonada para cortar a própria garganta. Os demais alunos que voltaram para a casa para se matar seguiam alguma mensagem em código que foi deixada para trás. Essa teoria fora refutada pelo laudo do médico-legista, que concluiu que nenhum ferimento no pescoço fora autoinfligido. Ainda assim, os doidos por crimes reais usavam essa teoria e diziam que a polícia escondia a verdade.

Todas as teorias malucas e exageradas a respeito da Escola Preparatória de Westmont foram causadas pelo fato de o caso ter sido encerrado com muita rapidez. Quando a polícia encontrou tantas provas condenatórias contra o sr. Gorman poucos dias após o massacre, a opinião pública em geral recebeu poucos detalhes sobre o que acontecera naquela noite na mata. A opinião pública soube apenas que um professor sofrera um surto psicótico e assassinara dois alunos depois de escrever um manifesto a respeito das suas fantasias sádicas. Em seguida, quando a polícia fechou o cerco sobre ele, o sr. Gorman voltou ao local do crime e tentou se matar. Grande parte da história não fora contada, o que fazia com que os fanáticos por crimes reais deixassem a imaginação correr solta.

Sem o podcast de Mack Carter, Gavin consultava o blog de Ryder de vez em quando para ver se alguém tinha esbarrado acidentalmente em um pedaço da verdade. Até aquele momento, nada. Claro que Gavin sabia muito pouco a respeito da investigação policial em andamento ou quanto da verdade a polícia de fato descobrira. Naquele momento, as autoridades pareciam satisfeitas em apoiar a sua conclusão original sobre o sr. Gorman e os seus motivos. Porém, o suicídio de Theo levara a polícia a recomeçar as investigações para descobrir o que ela deixara passar. Gavin temia o que as autoridades poderiam encontrar.

Ao ouvir uma batida na porta, Gavin rapidamente saiu do site de Ryder e fechou o laptop. Foi atender, e deparou com Gwen no corredor. Gavin ainda não se acostumara com a aparência dela. No último ano, desde a noite dos assassinatos, Gwen tinha perdido quase sete quilos de um corpo que nunca fora dos mais avantajados. Resultado: um rosto esquelético e omoplatas cadavéricas. Aluna com notas excelentes desde sempre, Gwen viu a sua média despencar durante o terceiro ano. Mais alarmante que a sua aparência ou as suas notas era o seu desinteresse. Gwen não só não dava a mínima para os estudos como também se retraiu de quase tudo em sua vida, incluindo o seu relacionamento com Gavin. Isso era o mais perigoso. Quanto mais Gwen se afastava dele, menos Gavin sabia das ações dela. Naquele momento, mais do que nunca, eles tinham que ficar juntos. Tinham que manter a boca fechada. Só por mais um ano. Só até se formarem na Westmont e irem para a faculdade. Então, as coisas melhorariam. As imagens daquela noite desapareceriam. As suas consciências iriam se curar. Eles iriam esquecer. O segredo deles seria preservado, e tudo voltar ao normal.

Nos primeiros seis meses após o massacre, Gavin tentara salvar o seu relacionamento com Gwen. Mas ele sentiu tudo se esvaindo. Depois do suicídio de Danielle, as coisas chegaram ao fundo do poço, e naquele momento Gavin e Gwen conversavam só quando necessário. Geralmente, aquelas ocasiões consistiam em situações como as daquela noite, quando Gavin tinha que tentar acalmá-la e mantê-la calada.

Gavin fez um gesto para ela entrar e olhou para os dois lados do corredor, para garantir que Gwen estava sozinha.

— Como está se sentindo? — Gavin perguntou ao fechar a porta.
— Péssima.
— Você precisa comer alguma coisa, Gwen. Sério.
— A mãe de Theo me mandou uma mensagem.
— O que ela queria?
— Disse que não consegue entrar em contato com você e que quer conversar com a gente.
— Não retorne a mensagem.
— Gavin, o filho dela morreu. Ela quer respostas e, é óbvio, acha que podemos fornecê-las.
— O que diremos para ela? A mãe do Theo quer saber o que estava acontecendo. Não só nos últimos tempos, mas também no ano passado. Se começarmos a espalhar o que sabemos, mais cedo ou mais tarde um de nós revelará algo que não devemos. É isso o que você quer? Está querendo que a polícia recomece a nos interrogar sobre aquela noite? Você se lembra de *todos os detalhes* que contou para os policiais? Porque *eles* lembram. E eles vão querer saber por que agora, um ano depois, você se recorda dos fatos de maneira diferente. E assim que ferrarmos a nossa história, eles recomeçarão a bisbilhotar. Quer que a polícia comece a analisar o que houve naquela noite?

Gwen fez que não com a cabeça.
— Então não fale com ninguém, tá bom?
— Tudo bem, Gavin. Você viu o site de Ryder Hillier?
— Sim, nada de novo.

Lágrimas escapavam dos olhos de Gwen.
— Não sei por quanto tempo mais conseguirei aguentar isso.

Gavin passou a mão pelo cabelo, encarou Gwen e temeu que ela não suportasse nem até o fim do ano.

— Acalme-se — Gavin disse, por fim. — Vou dar um jeito.

ESCOLA PREPARATÓRIA DE WESTMONT

VERÃO DE 2019

Sessão 4
Anotação no diário: SUICÍDIO ASSISTIDO

    Fui para o meu quarto depois que a ambulância levou a minha mãe e fiquei lá. A sra. Peterson bateu na porta algumas vezes para falar comigo. Eu me mantive calado, sentado no chão, com as costas apoiadas contra a porta, até que ela enfim desistiu. O meu pai chegou no meio da noite, e eu me esforcei para ouvir a sua breve conversa com a sra. Peterson. Não consegui escutar muita coisa. Assim que a porta da frente se fechou e a sra. Peterson se foi, meti-me debaixo das cobertas, certo de que o meu pai viria me atualizar. Mas ele não veio. Simplesmente subiu a escada e foi dormir.
    Algum tempo depois, aproximei-me da porta do quarto e olhei pelo buraco da fechadura até ter certeza de que ele estava dormindo. Algo se armou no meu peito na noite em que meu pai me ignorou, nem se dando ao trabalho de me informar sobre o estado da minha mãe. A desconsideração dele inflamou o que se achava em lenta combustão no meu íntimo, e quando, dias depois, fiquei sabendo que a mãe que eu adorava se fora para sempre, aquele fogo ardeu como um incêndio descontrolado e que nunca se apagou.
    A porta do meu quarto rangeu um pouco quando eu a abri. Eu sabia do que precisava e sabia exatamente onde encontrar. Tinha planejado aquilo muitas vezes, mas nunca fora capaz de reunir a coragem para ir até o fim. Naquela época, quando

planejava, eu fazia isso com a promessa de que continuaria com o meu plano se a minha mãe precisasse. Mas era apenas uma fantasia. Uma mentira descarada que eu repetia para me enganar. Eu usara aquela época fictícia no futuro, quando colocaria um fim naquela coisa de o meu pai aterrorizar a minha mãe, como uma maneira de ignorar a covardia que dominava a minha vida. A trapaça me permitia rechaçar o quão fraco e impotente eu me sentia toda vez que olhava pelo buraco da fechadura e o via bater nela. Funcionou durante algum tempo. Muito tempo, na verdade, porque permitira que ele abusasse dela pela última vez.

Enfim, saí do meu quarto, desci a escada para o porão e fui até o canto dos fundos, onde ficavam as ferramentas que eu queria. Originalmente, eu pensara que teria que fazer isso com a minha mãe em casa. Mas sem ela ali, seria muito mais fácil. De volta ao andar de cima, parei no corredor. À minha esquerda, estava a porta aberta do meu quarto; à minha direita, o lugar onde o meu pai puxara a minha mãe por cima da mesa da sala de jantar mais cedo, naquela noite. Passei pela mesa e alcancei o pé da escadaria, onde ela jazia quando da chegada da ambulância. Subi um degrau de cada vez. Eles rangeram baixinho sob o meu corpo de catorze anos, mas de repente não senti medo. Um senso de propósito se apossou de mim enquanto carregava a corda grossa nas minhas mãos enluvadas. Senti uma resolução me dizendo que, mesmo que o meu pai acordasse, eu seria capaz de realizar tudo conforme o planejado. Não havia nada que pudesse me deter.

Quando abri a porta do quarto de casal, a luz do corredor iluminou o seu corpo adormecido. Ele roncava, como sempre acontecia depois de beber. O meu pai estava deitado de costas, e eu não perdi tempo. Com cuidado, coloquei a corda em torno do seu pescoço. Ele engoliu em seco nesse instante, e o seu ronco parou por um momento. Fiquei estático até que recomeçasse. Em seguida, rastejei para debaixo da cama. Estava escuro ali, sem a luz do corredor para me guiar. Apalpei as extremidades da corda e as puxei para baixo, para que pairassem perto das minhas orelhas, e as enrolei cuidadosamente em torno das minhas mãos. Eu usava as luvas de jardinagem que apanhei no porão para evitar queimaduras da corda. Encolhi os joelhos para cima, para que ficassem contra o meu peito. Ficou um pouco apertado e, para ganhar a força de que precisava, tive de levantar um pouco o colchão. Quando fiz isso, o meu pai se mexeu. Receei que ele estivesse prestes a acordar. Não havia tempo para me posicionar.

Assim, puxei cada extremidade da corda. Ao mesmo tempo, me inclinei para trás, junto às tábuas do assoalho, com os meus joelhos se apoiando firmemente contra o colchão acima de mim. Fechei os olhos quando ouvi o meu pai tossir e o senti se contorcer. Queria tapar os ouvidos, mas tinha de ouvi-lo morrer, para ter certeza. O colchão pinoteava loucamente à medida que ele se debatia acima de mim. Segurei a corda com toda a minha força. Cinco minutos seguidos. Até sentir cãibra nos músculos dos braços e ardência nas costas. Até as pernas ficarem dormentes e o meu pai finalmente parar de se mexer. Forcei-me a segurar a corda com força por mais cinco minutos.

Quando resolvi soltá-la, os músculos se recusaram a relaxar. Permaneceram tensos e contraídos, e uma dor intensa tomou conta dos joelhos quando os endireitei. Esperei mais alguns minutos, mas o único barulho que ouvi foi o da minha respiração. Saí de debaixo da cama e dei uma olhada rápida no meu pai. Sabia que ele estava morto. Não precisava checar. Em vez disso, amarrei as extremidades da corda no topo da cabeceira e empurrei o seu corpo inanimado até que pendesse da beira do leito. Verifiquei se não havia nada no quarto que denunciasse a minha presença ali naquela noite. Em seguida, voltei para o porão e joguei as luvas de jardinagem no canto onde as encontrei, subi a escada, fui para o meu quarto e fechei a porta. Fiquei olhando pelo buraco da fechadura a noite toda, até que as sombras escuras foram substituídas pelo amanhecer. O meu pai nunca mais apareceu no buraco da fechadura. Era um novo dia.

Puxei o marcador de tecido, coloquei-o entre as páginas e fechei o meu diário.

— Na época, eu era muito jovem para entender como me sentia, mas as nossas sessões esclareceram as coisas para mim. Foi asco o que senti. Naquele dia passei a compreender que os fracos não têm lugar nesta terra e que aqueles que os atacam são igualmente dignos de extinção.

Ficamos nos encarando como costumávamos fazer após eu terminar a leitura do meu diário.

— Você discorda? — perguntei.

— Nem um pouco — ela disse, balançando a cabeça.

— Ótimo. Então, quero falar sobre o que planejei aqui na escola, que cuidará dos pateticamente frágeis e dos praticantes de *bullying* que se aproveitam deles. Só você entenderia e, como você não pode contar a ninguém o que discutimos durante as nossas sessões, sei que guardará o meu segredo.

37

NA LONGA HISTÓRIA DA ESCOLA PREPARATÓRIA DE WESTMONT, nenhum aluno foi expulso. Depois que a Westmont aceitava o indivíduo, a instituição arcava com o desafio de orientá-lo, reformulá-lo e de mudar a sua vida. Fazia isso com disciplina, estrutura e terapia. Muita terapia.

Christian Casper era formado em psiquiatria e se especializara em psicoterapia de crianças e adolescentes por meio de uma bolsa de estudos. Junto com Gabriella Hanover, o dr. Casper era codiretor de terapia na Escola Preparatória de Westmont. O dr. Casper e a dra. Hanover supervisionavam os assistentes sociais que faziam todo o possível para orientar os adolescentes que passavam os seus anos de formação no instituto. A maioria dos adolescentes que ultrapassavam os portões da Westmont deixava a escola como seres humanos melhores e mais capazes de enfrentar os desafios do mundo do que antes da sua chegada.

Do mesmo modo que boa parte do corpo docente, o dr. Casper tinha uma residência no local. Além da sua função como terapeuta, ele dava um curso de estudo histórico avançado dos Estados Unidos. Era uma função permanente à qual tinha se dedicado nos últimos dez anos. Ele morava na casa geminada de número 18, na Fileira dos Professores, que também era seu consultório. Naquele momento, Gwen Montgomery estava sentada diante dele. A sessão chegava ao fim.

— Você não tem trazido o seu diário nas nossas sessões ultimamente — o dr. Casper disse. — Não tem escrito nele?

— Não tanto quanto de costume.

O dr. Casper ficou calado. Depois de anos de sessão com ele, Gwen sabia que o doutor não estava satisfeito com a sua resposta.

— É que não tenho mais pensado sobre aquelas coisas. Tipo, *minhas* coisas. Fiquei distraída a semana toda.

— Pelo quê?

Em dúvida, Gwen encolheu os ombros.

— Estou me acostumando a ser uma aluna do terceiro ano e tudo o que vem junto com isso.

— O que há de tão diferente no terceiro ano? — o dr. Casper quis saber.

— Coisas de terceiranistas e quartanistas.

— Deixe-me adivinhar: você começou a ir à casa de hóspedes abandonada.

Gwen desviou o olhar, e o dr. Casper deu uma risada.

— É o segredo mais mal guardado da escola. A casa velha na mata, onde os terceiranistas e quartanistas bebem cerveja e fazem outras idiotices? Isso já acontecia muito antes de você chegar aqui, e continuará acontecendo muito depois. Ou pelo menos até que decidam demolir aquela porcaria. No ano que vem, quando você estiver no seu último, fará a mesma coisa com os terceiranistas inocentes, Gwen.

— Farei o quê?

O dr. Casper pegou seu laptop.

— Vai sacaneá-los. É uma tradição que os quartanistas importunem os terceiranistas.

Gwen se perguntou se a definição do dr. Casper de "importunar" incluía ser vendada e posta ao lado dos trilhos do trem. E mesmo que o dr. Casper soubesse da reunião na casa de hóspedes abandonada, Gwen tinha certeza de que ele ignorava os detalhes do que ocorria ali. Ela estava simplesmente tomando conhecimento deles por si mesma.

— Coloque isso no seu diário, Gwen. Anote as suas experiências e o que há nelas que te incomoda. Falaremos sobre isso na próxima vez. Combinado?

Gwen assentiu.

O dr. Casper digitou algo no teclado.

— Precisa de receita para reposição dos medicamentos?

Gwen nada disse.

O dr. Casper olhou para ela, que acabou assentindo.

— Sim. Preciso.

— Vou enviá-la agora, e você poderá pegá-los na enfermaria amanhã.

Gwen ficou em silêncio até que o dr. Casper parou de digitar no computador e tornou a fitá-la.

— É verão — ele disse. — Espero que você quebre algumas regras. Ficaria preocupado se não fizesse isso. Só não se empolgue.

38

A PRIMEIRA SEMANA DOS CURSOS DE VERÃO ESTAVA EM andamento e, após um único dia de aulas, elas se comprovavam tão terríveis quando o previsto. Os alunos olhavam pelas janelas da sala de aula sonhando em estar em qualquer outro lugar, romantizando o verão que perdiam, imaginando os seus colegas de classe fora dali tomando sol em festas na praia e rindo em torno de fogueiras à noite. O único aspecto positivo era que o programa dos cursos era leve, com cada aluno precisando fazer apenas duas matérias. Estrategicamente, Gavin e Gwen planejaram seguir a mesma programação: curso de química, com o sr. Gorman, e curso de estudo histórico avançado dos Estados Unidos, com o dr. Casper.

O curso do sr. Gorman tinha uma carga horária adicional de três horas de laboratório na terça e na quinta-feira, além de aulas na segunda, quarta e sexta-feira. Tirando isso da frente e lidando com apenas um outro curso, era uma desculpa relutantemente legítima para ficar preso em Westmont durante o verão, como a tia de Gavin mencionara na carta que Gwen havia lido.

No laboratório, Gwen e Gavin, um ao lado do outro, usavam óculos de segurança para proteger os olhos, com tubos de ensaio e provetas diante de si. Do outro lado da bancada, estavam Theo e Danielle. Na bancada vizinha, Tanner Landing e Bridget Matthews, que haviam formado parceria com Andrew Gross e outro veterano. Na frente, o sr. Gorman falava de forma enfadonha sobre a reação química prestes a ocorrer.

— Que tal ir para Chicago um fim de semana neste verão para assistir a um jogo do Cubs, Tanner?

Tanner quase babou com o convite de Andrew.

— Uau! Que demais! — exclamou, assentindo vigorosamente.

— Ótimo — Andrew abriu um sorriso. — Ouvi dizer que há um trem que vai até o estádio de Wrigley Field. Vou ver se consigo um assento para você.

Os outros veteranos riram, na bancada ao lado.

— Mas dessa vez arranjarei um assento para você que não fique tão despedaçado.

Tanner sorriu, porque não sabia mais o que fazer, e ficou vermelho.

O sr. Gorman se acercou da bancada de Gwen.

— A srta. Montgomery demonstrará para nós a reação química, e depois vocês repetirão o processo nas suas próprias bancadas. Aproximem-se.

Havia apenas doze alunos no laboratório, três grupos de quatro, e todos se dirigiram até a bancada de Gwen. Ela despejou um líquido cor-de-rosa de uma proveta em um frasco de Florença, cujo pescoço Gavin segurava com uma pinça, e que estava com o fundo sobre a chama de um bico de Bunsen. Dentro do frasco, os cristais começaram a girar quando o líquido ferveu com o calor. Gwen segurava uma pipeta sobre o frasco. Quando ela dosou uma única gota no líquido cor-de-rosa fervente, gerou um barulho de estouro muito alto antes de uma névoa gasosa branca e espessa se formar dentro do frasco, que cresceu em intensidade até o gás transbordar sobre a borda e escorrer pela lateral.

— Sr. Landing, pode explicar por que o vapor está se movendo para baixo pelo exterior do frasco, em vez de flutuar no ar?

— Porque tem aquela coisa cor-de-rosa nele?

O sr. Gorman percorreu o laboratório com os olhos.

— Srta. Montgomery?

— Porque o vapor de iodo tem uma densidade maior do que a do ar. Basicamente, é pesado e, assim, desce.

— Exato. Sr. Landing, vamos tentar de novo. Fale-me sobre a reação que está ocorrendo entre a amônia e o iodo. O que são esses estalos que ouvimos?

Tanner olhou para o fluido borbulhante cor-de-rosa, que chiava e cuspia mais vapor.

— Hum... é algo explosivo?

— Muito engraçado. Pode nos dizer o que está acontecendo com a química?

— Algum tipo de reação que é bem legal.

— Srta. Montgomery?

— O tri-iodeto de nitrogênio é instável porque os átomos de nitrogênio e o iodo são de tamanhos diferentes. As ligações que conectam os núcleos estão se rompendo, o que provoca o ruído de estalo. Quando as ligações iônicas se rompem, liberam a névoa ou o vapor.

— Excelente, srta. Montgomery. Quem sabe você consiga mostrar ao sr. Landing onde essas informações estão no compêndio que ele com certeza ainda não abriu. Agora, vamos adicionar a outra substância no frasco fumacento.

Gwen dosou algumas gotas de uma segunda pipeta no frasco que Gavin segurava. Assim que a substância encontrou o fluido dentro do frasco, a névoa se dissipou.

— Estraga-prazeres... — Tanner comentou, dando um sorriso estúpido. — Eu me pergunto o que aconteceria se engolíssemos essa coisa.

Isso arrancou algumas risadinhas dos veteranos.

— Você perderia mais neurônios do que aqueles que ainda tem para oferecer, sr. Landing.

A réplica mordaz do sr. Gorman fez com que toda a classe caísse na gargalhada. Gavin riu tanto que teve que segurar o frasco com as duas mãos para evitar um transbordamento.

— Acalmem-se — o sr. Gorman pediu. — Todos de volta aos seus grupos para realizar a experiência. Descartem tudo nas pias. O resumo da resenha deverá ser entregue no final da aula.

O sr. Gorman foi para a frente do laboratório e se sentou à mesa para folhear alguns papéis.

— Hoje à noite — Andrew disse, perto da bancada de Gwen. — Treze, três, cinco. Às onze.

Gwen e Gavin se entreolharam e depois olharam para os demais.

— É um dia de semana. — Gwen franziu a testa. — O horário de recolher é às nove.

— Então não se deixe apanhar. — Andrew sorriu.

39

O TRAJETO ENTRE SOUTH BEND E PEPPERMILL LEVAVA POUCO menos de uma hora. Marc McEvoy fez a viagem após uma manhã atarefada no escritório, de onde saiu sob o ardil de um almoço de negócios com um cliente. Na realidade, porém, naquele dia a jornada era de reconhecimento.

Marc pegou a Rota 2 a oeste de South Bend, que era uma linha reta até Peppermill, e, depois de uma hora, entrou no estacionamento da estação da Metra. No seu carro estacionado, ele esperou cinco minutos até o trem chegar. Então, ficou vendo os passageiros desembarcarem na plataforma e se dispersarem.

Em seguida, Marc dirigiu até o Motel 6, na avenida Grand, medindo a distância no hodômetro do carro: meia milha da estação de trem. Uma caminhada fácil. Então, ele rumou para o norte, até chegar à Rota 77. Deu mais uma milha — também uma caminhada fácil, em caso de necessidade. Por fim, pegou a Rota 77 até que viu o marco de treze milhas. Depois dele, Marc reduziu a velocidade para vinte milhas por hora, observando a vegetação à direita. Localizou o lugar na mata onde entraria. Dali, ele sabia que seria mais meia milha até o seu destino.

No cômputo geral, desde a estação de trem, Marc teria de percorrer cerca duas milhas e meia a pé na noite do Homem do Espelho. Sem problemas.

Para ter certeza de que conhecia o percurso sem nenhuma dúvida, Marc deu meia-volta e retornou ao Motel 6 para ensaiar o percurso mais uma vez. Quando a noite chegasse, ele não queria surpresas.

40

NA TERÇA-FEIRA, O GRUPO CHEGOU AO LIMITE DA FLORESTA às vinte e duas horas, depois de seguir a mesma rota 13:3:5 que seguira no sábado. A placa que dizia "Propriedade Particular" estava presa na corrente que pendia entre dois postes. A casa de hóspedes, diante deles. A iluminação interior tentava escapar pelas janelas pintadas e resultava em uma luminosidade embotada, que se dissipava na noite escura como breu.

Andrew Gross saiu pela porta da frente e parou no patamar.

— Todos os seis voltaram. — Ele encolheu os ombros. — Espantoso que o trem não tenha levado nenhum de vocês a desistir. Mas não se preocupem. Temos o verão inteiro.

Andrew voltou para o interior da casa. Por um momento, Gwen e os demais aguardaram antes de se dirigirem para a casa. Subir a escada da entrada parecia algo mítico. Eles tinham ouvido falar do lugar por tanto tempo que entrar nele parecia um sonho. Embora ligadas à rede elétrica, as lâmpadas do teto haviam queimado fazia muito tempo, e ficavam em uma altura muito elevada para serem trocadas com segurança. A ausência delas deixava na escuridão a escada e o teto muito alto do vestíbulo.

Holofotes embutidos em caixas de proteção cor de laranja, utilizados na construção civil, se achavam sobre um tripé e iluminavam a grande sala da frente perto da entrada. Os cantos da sala estavam repletos de latas de cerveja e de energético vazias e garrafas descartadas de vodca.

Andrew, na frente do grupo de quartanistas que esperavam na sala da frente — os dois grupos, quartanistas de um lado e terceiranistas do outro, se encaravam —, começou:

— Dentro dos muros da Escola Preparatória de Westmont existe um grupo particular. Muitos já ouviram falar dele, mas poucos sabem algo a seu respeito. O corpo docente nega a sua existência, e não adeptos tentam penetrar em seus segredos há anos. Agora vocês estão olhando para os superiores. Calouros e segundanistas não são dignos o suficiente para serem incluídos, e apenas terceiranistas selecionados são considerados para iniciação. Vocês seis são os únicos a merecer um convite. No entanto, a aceitação nas fileiras de elite da nossa sociedade exige que vocês passem por uma série de desafios. O não cumprimento de um desafio resulta na expulsão do grupo. Os desafios culminam na noite que vocês certamente já ouviram falar: aquela em que os novos iniciados deparam com o Homem do Espelho. Isso acontece no dia mais longo do verão: 21 de junho. A tradição do solstício de verão remonta ao ano inaugural, quando a Westmont abriu as portas em 1937. Aquilo que acontece nesta casa de hóspedes abandonada fica apenas entre os membros da sociedade, e não pode ser discutido com nenhum não membro. O segredo é um dos nossos maiores juramentos. Cada ano, a sociedade escolhe um professor para os novos iniciados terem como alvo. No verão passado, foi a sra. Rasmussen. Como alunos do terceiro ano, fomos incumbidos de certos desafios direcionados contra ela. Vocês todos se lembram da bomba de fumaça que explodiu durante o seu discurso de formatura? O guaxinim morto na gaveta da sua mesa? O dia em que ela ficou trancada no banheiro até o corpo de bombeiros resgatá-la? O dia em que a sua casa na Fileira dos Professores foi invadida e levemente vandalizada? A polícia foi chamada, e os alunos foram interrogados.

Andrew abriu os braços para indicar o grupo de quartanistas atrás de si e prosseguiu:

— Nenhum de nós foi implicado em nenhum dos incidentes. Por quê? Por causa do nosso juramento de segredo. Vocês serão incumbidos de levar a cabo desafios semelhantes neste verão. O alvo de vocês nunca deve ver o ataque chegando. Nunca deve saber quem o realizou. Trabalhamos nas sombras e, embora grande parte do corpo discente saiba que a sociedade está por trás de uma brincadeira específica, ninguém deve ser capaz de identificar nenhum membro do nosso grupo. Se um membro for pego durante um dos desafios, o sigilo da nossa organização exige que ele assuma a culpa.

Andrew deu dois passos em direção a eles.

— Entenderam todas essas regras?

Gwen e o resto do grupo assentiram, embora nenhum deles compreendesse completamente com o que estava concordando, ainda confusos com a realidade de se encontrarem no interior da famosa casa de hóspedes.

— Ótimo. Neste verão, o alvo é o sr. Gorman. Em poucas palavras, vocês tornarão o verão bastante desagradável para ele. Tanner, você tem suficientes neurônios restantes para entender isso?

Alguns dos quartanistas atrás de Andrew riram.

— Depois de concluírem os desafios com sucesso, vocês terão a chance de se tornar membros plenos. Essa oportunidade se apresentará no dia 21 de junho, quando todos vocês se reunirão na mata atrás desta casa na noite do Homem do Espelho. Todos já devem ter ouvido rumores sobre o que acontece no solstício de verão, mas acreditem quando digo que tudo o que ouviram não é nada em comparação com a realidade. Aqueles que conseguem passar pela iniciação se tornam membros vitalícios.

Andrew olhou nos olhos de cada um dos terceiranistas e indagou:

— Alguma pergunta?

Se havia alguma, não tiveram a chance de perguntar. Assim que Andrew terminou de falar, o apito da locomotiva ecoou ao longe.

— O trem! — um dos quartanistas disse.

— Hora de se mexer. — Andrew sorriu.

Um estrondo sacudiu as paredes. Então, um rugido veio em seguida com a aproximação do trem.

— Abram as janelas! — Andrew ordenou. — Abram tudo!

Rapidamente, os quartanistas puseram-se a trabalhar, abrindo as janelas pintadas com tinta spray da sala da frente. Outros correram pela casa fazendo o mesmo. As portas de todos os aposentos foram escancaradas, bem como as portas dos armários e das despensas da cozinha.

Gwen conhecia o folclore. O trem que passava próximo da casa de hóspedes abandonada carregava os espíritos daqueles que tinham sido invocados pelo Homem do Espelho. Os espíritos entravam na casa, mas só podiam permanecer nos aposentos com janelas e portas que permanecessem fechadas. Armários, cômodas, guarda-roupas. Os espíritos podiam permanecer em qualquer lugar que estivesse fechado.

Gwen saiu correndo escada acima. Ela não sabia dizer se o que lhe ia no peito era uma sensação de pavor ou apenas uma excitação boba por fazer parte do mito sobre o qual muito ouvira falar durante os seus dois primeiros anos na Escola Preparatória de Westmont. Danielle seguiu atrás dela, e as duas entraram no primeiro quarto e abriram as janelas. No mesmo instante, o rugido do trem de carga que passava ficou mais alto. Elas abriram as portas do armário embutido e dos armarinhos do banheiro, e um baú velho no canto. Foram de aposento em aposento trabalhando até terem certeza de que tudo estava aberto.

Ao chegarem ao andar de baixo, os outros voltavam de diferentes partes da casa. Na sala da frente, Andrew puxava uma lona sobre um espelho de chão bem alto situado no canto. Os espíritos também eram capazes de permanecer nos espelhos descobertos, Gwen sabia. E até o trem passar completamente, ninguém, em hipótese alguma, deveria olhar para o próprio reflexo.

O apito do trem soou no exato momento em que Andrew encobriu o espelho. Antes que ele o tivesse coberto completamente, Gwen deu uma olhada na superfície por uma fração de segundo. Como se encontrava em um ângulo agudo, ela não podia ver o próprio reflexo, mas teve uma visão clara do reflexo de Tanner. O garoto mirava o mesmo ponto no espelho. Gwen fechou os olhos e apertou as pálpebras com força.

Era 11 de junho. Dez dias depois, Andrew Gross iria jazer morto naquela sala, e Tanner Landing seria empalado na cerca de ferro forjado do lado de fora.

PARTE V
AGOSTO DE 2020

41

JÁ ERA NOITE QUANDO A CAMPAINHA TOCOU. RORY E LANE discutiram ideias durante toda a tarde até Lane se sentir exausto. Ele estava no sofá com a cabeça apoiada na almofada. Pela janela da frente, Rory viu uma viatura descaracterizada parada na entrada da garagem e estacionada atrás do seu carro.

— É um dos detetives. — Rory ajeitou instintivamente os óculos. — Você está bem o suficiente para conversar?

— Para ele aparecer aqui num domingo, acho que não temos escolha.

Rory se dirigiu à porta, enterrando o gorro de malha na cabeça para cobrir a testa antes de girar a maçaneta.

— Srta. Moore — o detetive Ott a cumprimentou.

— Detetive. Entre.

Rory se afastou para dar passagem ao detetive no chalé. De pé, com as pernas bambas, Lane apertou a mão de Ott.

— Dr. Phillips. Henry Ott.

— Prazer em conhecê-lo, detetive.

— Na verdade, nós já nos conhecemos no hospital, mas a sua recuperação ainda estava no início.

— Isso mesmo, e infelizmente a minha cabeça ainda está zumbindo. Importa-se que eu me sente?

— Sem problemas. Serei breve. Ou podemos fazer isso outro dia, quando estiver se sentindo melhor.

— Vamos tirar isso do caminho agora. — Lane sorriu.

Eles foram para perto da mesa da sala da frente. Rory e Lane se sentaram no sofá, e o detetive, na poltrona adjacente. Lane falou para o detetive Ott sobre a sua presença em Peppermill, o podcast e a sua associação com Mack Carter. Relembrou passo a passo os seus três dias em Peppermill, terminando com a noite em que fora até a casa de Mack para analisar o áudio da ocasião em que Mack descobrira o corpo de Theo Compton ao lado dos trilhos, perto da casa de hóspedes abandonada.

Ott ouviu atentamente, fazendo algumas perguntas. Ele apresentou a Rory algumas investigações suplementares desleixadas realizadas desde o primeiro encontro deles. Ela relatou a sua versão dos acontecimentos mais uma vez. Além de não ter nada a esconder, Rory também tinha memória fotográfica. Portanto, o seu segundo relato foi uma versão literal do primeiro. Algo que consolidou a sua honestidade ou a tornou duvidosa.

— Você é o único detetive com quem já conversei que não faz anotações — Lane comentou.

Ott se mexeu no assento como se aquilo que estava prestes a dizer fosse incômodo.

— Sim, acho que a minha visita é tanto profissional quanto pessoal. Prefiro não documentá-la, para o caso de o que estou prestes a perguntar não cair muito bem.

— Pergunte à vontade. — Lane acenou com a cabeça.

— Oficialmente, o caso dos assassinatos na Escola Preparatória de Westmont está encerrado há um ano. Charles Gorman foi acusado e, apesar de não ter sido condenado tecnicamente pelo sistema judicial, ele é o nosso cara. Gorman entendeu o que fez e tentou se safar pulando na frente daquele trem. No dia seguinte, nós o colocamos sob custódia e o acusamos formalmente na sua cama no hospital, enquanto ele entrava em coma. É provável que nunca venha a ser julgado, mas oficialmente é um caso encerrado.

— Oficialmente — Rory afirmou.

Ott passou a palma da mão na barba por fazer.

— Sim. Oficialmente o caso está encerrado. No entanto, extraoficialmente, algo a seu respeito nunca me caiu bem. Na noite do crime, quando me dirigi à escola, atravessei a mata em um carrinho de golfe e me aproximei daquela cena terrível, as coisas se encaixaram perfeitamente. *Muito* perfeitamente. Não me interpretem mal, fiquei feliz em encerrar o caso, e quase todas as provas que reunimos nos levaram a Gorman. Porém, cada vez que outro aluno se suicida, questiono tudo o que já soube sobre o caso.

— Como o quê? — A postura de Rory mudara. Ela não estava mais afundada no sofá esperando que as almofadas a escondessem. Naquele momento, tinha as costas aprumadas, e se colocara alerta. A sua mente permitiu que os seus pensamentos se movessem apenas em direção àquilo que não fazia sentido.

A maioria das pessoas evitava a confusão e o caos. Rory se sentia atraída por eles. O enigmático e o não explicado a intrigavam, e ela não podia ignorá-los, assim como uma mariposa não consegue resistir a uma fonte de luz.

— Bem, a principal pergunta que me faço é se pegamos o cara certo ou se algo mais aconteceu naquela noite. Alguma coisa *ainda* está acontecendo?

— Isso é o que Mack Carter vinha tentando descobrir — Lane comentou.

— Sim, bem, isso é cultura pop. — Ott abanou a mão, desdenhoso. — Ele era um famoso da tevê produzindo um podcast em busca de sensacionalismo, audiência, lucro e celebridade. É por isso que eu nunca fazia nenhum comentário quando Carter pedia. Prefiro trabalhar nas sombras. Não quero que o público saiba cada passo que dou no caso ou cada pista que encontro. E, com certeza, não preciso de detetives cidadãos correndo atrás dessas pistas. Agora, porém, Mack está morto, e tenho um chefe dos bombeiros achando que o vazamento de gás na sua casa foi fabricado.

Rory e Lane se entreolharam. Eles ainda não tinham verbalizado os seus receios sobre o que acontecera na casa da Mack Carter, mas ambos pressentiam as perguntas não verbalizadas que flutuavam entre eles.

— Alguém queria impedir Mack Carter de investigar esse caso?

— Acho que essa é a pergunta de um milhão de dólares, srta. Moore. — Ott esticou o queixo para a frente.

— O último jovem a se matar... Compton, não é? — Lane estreitou os olhos. — Ele falou com Mack. Parte da conversa foi transmitida no podcast. Compton deu a entender que havia alguns alunos na escola que sabiam algo sobre aquela noite e que mantinham aquilo em segredo. Ele disse que Gorman não matou os seus colegas. Não com essas palavras, mas insinuou a ideia.

— Se esses alunos existem, não querem falar. Interroguei todos os adolescentes da instituição. Muitos deles mais de uma vez. Nenhum tem nada de novo a revelar. Portanto, se há um grupo de jovens escondendo algo, todos continuam de bico fechado.

— Ou se matando — Rory sugeriu.

Houve um breve momento de silêncio na sala antes de Ott, enfim, olhar para Rory e falar:

— Acho que é por isso que estou aqui hoje.

— Você tem uma teoria diferente em relação ao que aconteceu? — Rory quis saber.

— Não. Se eu recapitulo o caso, o que faço sempre que outro jovem da escola se suicida, quase tudo ainda aponta para Charles Gorman.

— Como você chegou a Gorman? — Lane franziu a testa. — Pelo que fiquei sabendo até agora, não foi encontrada prova física que o ligasse à cena do crime.

— De fato, mas havia muitas provas circunstanciais que apontavam para ele.

— Você disse que *quase* tudo apontava para Gorman — Rory comentou. — O que não se encaixava?

O detetive Ott se inclinou para a frente para apoiar os cotovelos nos joelhos.

— Esse é o meu principal problema. — Ele se dirigiu a Lane. — Tem algo para beber?

— Infelizmente, não muita coisa. Só estou aqui há alguns dias.

— Temos cerveja — Rory ofereceu.

— Pode me dar uma?

— Claro que sim. — Rory fazia o possível para agir com calma.

Porém, ao se dirigir à cozinha para encher uma caneca com Dark Lord, as suas mãos tremiam de impaciência, e a sua mente estava faminta por informações.

42

— **CHEGUEI À CASA DE HÓSPEDES DE MADRUGADA.** — O DETEtive Ott segurava uma caneca de Dark Lord, recostado na poltrona. — Três ou quatro da manhã. Encontrei dois jovens mortos. Um, empalado no portão do lado de fora; o outro, em uma poça do próprio sangue em um dos aposentos da casa. Apenas uma aluna continuava ali, uma garota chamada Gwen Montgomery, em estado de choque, sentada no chão perto do rapaz no portão. Estava coberta de sangue e, a princípio, achei que estivesse ferida. Mas grande parte do sangue era de Tanner Landing. — Respirou fundo. — Ela disse que tentou puxá-lo para baixo do portão antes de perceber que era inútil. Tanner tinha sido empalado radicalmente. Assim, Gwen se sentou ao lado dele, ligou para o serviço de emergência e ficou lá, se balançando para a frente e para trás até a chegada dos socorristas. Estava tão fora de si que os policiais permitiram que ela permanecesse sentada no chão até eu aparecer.

Alerta, Ott mordeu o lábio inferior antes de balançar a cabeça e olhar para Rory.

— Aquela garota é a única coisa que não faz sentido. — Ele tomou um longo gole de cerveja preta. — A maior parte do sangue nas mãos e no peito pertencia a Tanner Landing, mas outra fração permanece não identificada. Nunca fomos capazes de identificar, jamais descobrimos de quem é aquele sangue.

— O que a garota disse? — Lane, também atento, se inclinou para o detetive.

— Que atravessou a mata para ir até a casa, onde todos os alunos planejavam se encontrar. Ao chegar, encontrou Tanner sobre o portão e tentou tirá-lo, manchando-se de sangue no processo. Ela afirmou que em momento algum entrou na casa. O sangue não identificado também foi encontrado no corpo de Tanner Landing. Não muito, apenas vestígios. E havia muito sangue no local. Parecia um maldito massacre. Landing teve a garganta cortada e foi empalado pelo queixo até o rosto. A maior parte do sangue era dele.

— Então, esse sangue não identificado pode pertencer ao assassino?
— Pode sim — o detetive Ott respondeu para Rory.
— Mas o sangue não correspondia ao de Charles Gorman?
Ott tomou outro longo gole de cerveja.
— Não correspondia ao sangue de ninguém. Gorman, Gwen Montgomery ou qualquer um dos alunos. Também analisamos o sangue de todo o corpo docente. Nenhuma correspondência.
— Vocês analisaram o sangue de todos? — Rory quis saber. — Todo o pessoal de escritório, zeladores, funcionários de meio período?
— O sangue de toda e qualquer pessoa que colocou os pés naquela escola foi analisado. Nada.
— Então, como chegou a Gorman tão rápido?
— Depois que examinei o local, permiti que os caras da cena do crime fizessem o seu trabalho e documentassem tudo: fotos e vídeos. A casa, os corpos, a mata, os trilhos do trem. Enquanto eles trabalhavam, retornei aos edifícios principais do instituto e passei a colher informações. Toda a escola estava acordada àquela hora, talvez cinco ou seis da manhã, com sussurros sobre o que ocorrera na casa de hóspedes abandonada. Eu tinha a diretora, a dra. Gabriella Hanover, ao meu lado. Ela me acompanhou pelos dormitórios. Interroguei todos os alunos naquela manhã. De modo rápido e informal, só para ter uma ideia do que acontecera. A maioria nunca estivera na casa de hóspedes, mas alguns deles, sim. Eles pegaram o caminho dos fundos e atravessaram a floresta. Ao chegarem, viram o corpo de Tanner Landing no portão, entraram em pânico e voltaram correndo para a escola para pedir ajuda. O *timing* das ligações faz sentido. Gwen Montgomery foi a primeira a ligar e, na sequência, uma série de telefonemas. Li todas as transcrições do serviço de emergência e ouvi as gravações. Todas as vozes parecem de adolescentes desesperados. Nenhuma das histórias dos alunos pareceu suspeita, embora todas fossem parecidas demais para o meu gosto. Ninguém estava na minha mira naquele momento. Gwen Montgomery foi a única aluna que não interroguei naquela madrugada. Os paramédicos a transportaram de ambulância para o hospital, onde ela passou o dia e a noite seguinte antes de receber alta. Àquela altura, a minha investigação tinha vinte e quatro horas e eu já estava no rastro de Gorman. Conversei com o corpo docente naquela

manhã após interrogar os alunos. Falei com o diretor assistente, o dr. Christian Casper, e com dois professores. Havia poucos professores, porque era verão e a maioria deles estava de férias. Nada me interessou nessas entrevistas até que bati na porta da casa 14.

— A casa de Gorman — Lane disse.

— Assim que ele atendeu, senti que algo estava errado. Ele se mostrava muito nervoso, e as suas respostas foram bastante evasivas. Havia muitas inconsistências a respeito de onde ele estivera na noite anterior e com quem. Eu o coloquei no topo da minha lista inicial e contei ao meu supervisor sobre as minhas suspeitas. Foi no final do dia, depois que tiramos Tanner Landing da cerca e o levamos ao necrotério, que obtivemos acesso ao celular do garoto e descobrimos um vídeo que dava a impressão de ter sido gravado pela janela de um quarto. O vídeo mostrava Charles Gorman...

Ott deu uma olhada rápida para Rory e tomou outro gole de cerveja.

— Ahn... no meio de um coito e em estado de êxtase.

— Transando? — Lane arqueou as sobrancelhas.

— Sim. O vídeo mostrava Gorman transando em seu quarto, e era... — O detetive Ott olhou para o teto, procurando por palavras novamente. — O vídeo era uma total violação da privacidade, e podia ser considerado bastante embaraçoso. Mais tarde ficamos sabendo que Landing carregara o vídeo em uma rede social. A linha do tempo revela que ele fez isso algumas horas antes de ser morto.

Rory e Lane se entreolharam. Parceiros profissionais havia quinze anos e namorados por mais de uma década, eles precisavam apenas de contato visual para saber o que o outro estava pensando. O perfil de Lane do assassino incluía a probabilidade de a morte de Tanner Landing — uma lança de ferro forjado através da cabeça — ter sido um ato de vingança. A notícia desse vídeo fez crescer um pouco mais o pequeno oval do diagrama de Venn de Lane, o que incluía as características sobrepostas de Gorman e do assassino da Escola Preparatória de Westmont.

— Consegui um mandado de busca no dia seguinte. Gorman não estava em casa quando a dra. Hanover e o dr. Casper abriram a porta da frente para nós. Ao revistar a residência, encontramos o manifesto de Gorman escondido em um cofre de parede em seu escritório.

— Manifesto? — Rory estranhou.

— Três páginas manuscritas descrevendo em detalhes exatos o que ele planejava fazer com Tanner Landing e Andrew Gross. Era uma descrição literal da cena do crime. Ele nomeou as suas vítimas. Descreveu a maneira como mataria cada uma. Posteriormente, descobri que Gorman fora alvo de algum tipo de trote por parte desses dois alunos. O vídeo, que deve tê-lo enfurecido, decerto foi a gota d'água. Com o manifesto em mãos, tínhamos o suficiente para prendê-lo. O único problema foi que não conseguimos encontrá-lo. Achamos que ele havia fugido. Então, começamos a procurá-lo. Emitimos um alerta para localizá-lo.

— Quando o localizaram?

— Um dos nossos policiais se achava na cena do crime, na casa de hóspedes abandonada. Àquela altura, ainda coletávamos provas. Quando ele fez uma varredura na área ao redor da construção, encontrou Gorman perto dos trilhos. Ele pulara na frente do trem. Num primeiro momento, o meu homem achou que estivesse morto, mas não estava. O socorro chegou, e ele foi mantido vivo. No hospital, estabilizaram-no, mas Gorman ficou em coma durante semanas antes de finalmente abrir os olhos. Porém, Charles Gorman nunca voltou para nós. A sua mente se foi. O traumatismo cranioencefálico o deixou em um estado vegetativo permanente. Gorman acabou sendo transferido para o Hospital Psiquiátrico de Grantville para criminosos com insanidade mental. Em catorze meses, ele nunca pronunciou sequer uma palavra. Os médicos dizem que nunca o fará. De vez em quando, vou vê-lo. Costumava ir para ter certeza de que ele sabia que eu o peguei. Ultimamente, porém, eu o visito com a esperança de que me diga o que eu entendi errado. Gorman mal pisca quando estou no quarto. Segui algumas pistas depois que ele tentou se matar, apenas para amarrar as pontas soltas. Jamais levaram a nenhum lugar. Gorman era o nosso homem, e ponto final.

— Isso resulta em um caso circunstancial bastante convincente. — Rory voltou a ajeitar os óculos. — Um homem com motivo para vingança e um manifesto que é quase uma confissão.

— E achamos que Gorman entendeu isso, e por esse motivo tentou acabar com a própria vida.

— A única coisa que nunca fez sentido foi o sangue não identificado?

O detetive Ott inclinou a cabeça para trás e bebeu o resto de sua Dark Lord.

— E os jovens que continuam se jogando na frente dos trens.

43

RORY LEVOU PARA A COZINHA A CANECA VAZIA DO DETETIVE Ott e voltou a enchê-la com outra Dark Lord. Também serviu uma para si mesma.

— Obrigado — Ott disse quando Rory entregou-lhe a caneca com cerveja preta, entornada com habilidade para deixar um colarinho espesso de espuma.

— Estou com a impressão de que você não veio aqui esta noite para interrogar Lane.

— Não, eu vim por outro motivo. — Ott encarou Rory. — E vim sozinho por uma razão.

Rory quis desviar o olhar, como faria normalmente quando alguém forçava um contato visual. Mas naquela noite não o fez. Naquela noite, ela sustentou o olhar do detetive porque sabia o que Ott buscava.

— Sim. Eu notei a ausência do seu pequeno pitbull.

— Morris é um bom detetive, mas é jovem, inexperiente e segue estritamente as regras.

— Mas você quebra as regras? — Lane indagou.

— Quando preciso. — Ott continuava encarando Rory. — Transparência total. Depois que falei com você no hospital, reconheci o seu nome e fiz algumas pesquisas. Em seguida, liguei para o seu chefe em Chicago. Ron Davidson e eu temos uma pequena história juntos, e ele foi muito convincente quando me disse que você é muito boa no que faz. Sei que o pessoal daqui do estado de Indiana trabalhou com você e o dr. Phillips no Projeto de Controle de Homicídios.

O Projeto de Controle de Homicídios foi criado por Lane para identificar *serial killers*. Ele desenvolvera um algoritmo que rastreava características específicas de homicídios de todo o país e encontrava pontos em comum entre eles. Quando marcadores suficientes apareciam, um hotpost era criado, e uma análise mais detalhada era realizada para ver se as tags detectadas pelo algoritmo apontavam para uma única pessoa que cometeu os assassinatos. Até o momento, o Projeto de Controle de Homicídios era responsável por descobrir diversos *serial killers*, e o software vinha sendo desenvolvido e licenciado para os departamentos de polícia norte-americanos.

— O seu trabalho em reconstituição criminal é lendário, srta. Moore. E, sinceramente, eu preciso de ajuda. Quero que alguém dê uma olhada no caso da Escola Preparatória de Westmont e o aborde de uma nova perspectiva. Preciso de alguém capaz de reconstituir casos não resolvidos e descobrir o que os outros deixaram passar. — Ott endireitou os ombros e expandiu o peito. — Sou um homem orgulhoso e um bom detetive. Acredito que fiz tudo o que pude em relação ao caso da escola. Mas se outro jovem for até aquela casa e pular na frente de um trem, vou desmoronar.

Rory sentiu a nuca molhada de suor e perdeu o fôlego por um momento.

— Eu terei de ter acesso a tudo — Rory disse antes de saber que as palavras estavam nos seus pensamentos. — Se for para ajudá-lo, vou precisar de tudo.

Ott concordou com um gesto de cabeça, como se já tivesse levado aquilo em consideração.

— Quero ver o local do crime. Caminhar por ele. — Rory não mencionou que seguir os passos dos mortos era a sua maneira de obter acesso às vítimas cujas almas esperavam pelo encerramento do caso que ela poderia proporcionar.

Rory tinha os seus próprios métodos e as suas próprias filosofias quando se tratava de analisar um homicídio que ela jamais tentara explicar aos outros. Sabia apenas que a sua rotina lhe permitia ver o que todos os outros viram e pensar no que ninguém mais pensou.

Ott voltou a assentir.

— Posso dar um jeito.

— E vou precisar dos arquivos do caso. Não só aqueles que você quer me fornecer; aqueles que você tornaria públicos. Se quer que eu encontre algo que talvez tenha deixado passar, terá de me fornecer tudo o que você tem. Sobre a escola, sobre os jovens, sobre Gorman. Sem esconder nada.

Avaliando aquele pedido, Ott passou a língua pelo interior da bochecha.

— Oficialmente, no que diz respeito ao público, pegamos o nosso homem. Se a minha investigação sobre a morte de Mack Carter me disser o contrário, tudo bem. Mas neste exato momento, o caso da escola está encerrado. O caso de Carter vem sendo tratado como morte suspeita, e o meu departamento investiga todas as pistas disponíveis. É como o meu chefe quer, e entendo o seu raciocínio. Se fôssemos reabrir formalmente a investigação dos assassinatos na Escola Preparatória de Westmont, os dominós começariam a cair. Além disso, o temor da população de que um assassino esteja entre nós teria repercussões legais. Ações judiciais das famílias das vítimas. Da família de Gorman. Cabeças rolariam, e a minha seria uma delas. Mas só entre nós? Algo nesse caso cheira mal, e preciso de ajuda para descobrir o que é.

Rory olhou para Lane para verificar se ele estava prestando atenção à conversa. Porém, mesmo antes de os seus olhares se encontrarem, ela sabia que sim. Para começo de conversa, fora por esse motivo que ele viera a Peppermill e tentara convencer Rory a acompanhá-lo. Por isso ele tinha abastecido a geladeira com garrafas de Dark Lord e criado uma réplica do estúdio dela no solário.

— Os doidos por crimes reais que seguiam o podcast de Mack vão ter as suas próprias teorias sobre o que aconteceu — Lane afirmou.

— Sim, bem... atualmente todos aqueles que se interessam por crimes acham que podem ser duas vezes melhores que os detetives, e com metade das informações. Que os amadores criem todas as teorias que quiserem. Dois terços do que esses paspalhões acham que sabem é totalmente errado, e o outro terço é impreciso.

— Ainda assim, o podcast de Mack tinha uma grande audiência. As pessoas vão falar, ainda mais agora. Outros jornalistas podem até aparecer para terminar o que Mack começou.

— É por isso que estou aqui esta noite, doutor. Para tentar me manter na frente disso. Tenho de ver se consigo descobrir o que está acontecendo antes que o time B apareça e mande pelos ares essa coisa. Vocês dois estão nessa comigo?

Rory ajeitou os óculos e notou que a sua perna direita tremia, fazendo com que os ilhoses do seu coturno chocalhassem.

— Quando pode me entregar seus arquivos? — ela perguntou.

44

EM UMA DESAGRADÁVEL MANHÃ DE SEGUNDA-FEIRA, RYDER parou o carro no meio-fio, em frente à casa de South Bend pertencente à mulher do homem que havia desaparecido mais de um ano atrás. Tratava-se de um dos casos incluídos na lista de merda que o seu editor lhe entregara na sexta-feira anterior.

A história não era nova para Ryder, que fizera uma investigação sobre o misterioso caso do pai de duas meninas que saiu um dia em uma viagem de negócios e nunca mais voltou. Originalmente, Ryder escrevera sobre isso no seu blog no ano anterior, uma postagem intitulada "Morador local desaparece sem deixar rastros". O seu blog tratava exatamente desse tipo de coisa. Os fãs de crimes reais que a seguiam ansiavam por conversar sobre casos não resolvidos e seguir pistas das quais a polícia e os detetives tinham desistido. Qualquer mínima evidência que os detetives cidadãos descobriam que pudesse ajudar na solução do mistério era considerada um sucesso.

No entanto, o interesse pelo homem desaparecido de South Bend morreu depois que as notícias dos assassinatos na Escola Preparatória de Westmont passaram a ocupar as primeiras páginas de todos os jornais de Indiana. Conforme surgiam os detalhes macabros da cena do crime na instituição, o interesse só aumentava, e todo o país começou a acompanhar o caso. Em apenas dois dias, os noticiários dos canais jornalísticos da tevê a cabo começaram a se dedicar quase exclusivamente à cobertura das mortes da escola, que se tornou protagonista dos programas matinais da tevê aberta. A própria rainha da programação matinal — Dante Campbell — se dirigira à outrora desconhecida cidade de Peppermill.

Com a mídia analisando exageradamente todos os detalhes da história, quando surgiu a primeira pista do caso — a descoberta do manifesto do professor no cofre de parede descrevendo os pormenores do massacre ocorrido na casa de hóspedes abandonada —, a notícia se espalhou como fogo. Quando o professor Charles Gorman tentou suicídio, a cobertura dos assassinatos na Escola Preparatória de Westmont, em Peppermill, Indiana, alcançou índices de audiência inacreditáveis. Assim, o pai desaparecido de duas meninas de South Bend foi esquecido. O interesse no seu paradeiro sumiu, do mesmo modo que o homem.

Ryder era tão culpada disso quanto qualquer outro jornalista. Ela entrara na onda do caso da Escola Preparatória de Westmont junto com todos os seus colegas. A única diferença era que Ryder não aceitara com tanta facilidade o que a polícia apresentara sobre os assassinatos na Westmont. Quando Dante Campbell e as demais celebridades da mídia noticiosa partiram para novas histórias e novos ultrajes, Ryder permaneceu em Peppermill. Ela e os seus seguidores acharam que havia mais coisas naquilo tudo, e Ryder passara quase um ano correndo atrás de pistas e descobrindo inconsistências no caso. Todo o resultado do seu trabalho árduo foi Mack Carter conseguindo o seu próprio podcast e roubando a história dela. Naquele momento, além de Mack e seu podcast não mais existirem, a chance de Ryder de descobrir algo mais sobre a Escola Preparatória de Westmont estava se esvaindo.

Ryder pensara muito sobre a melhor maneira de responder ao seu rebaixamento. A sua primeira reação foi querer se demitir. Se ela ainda pudesse contar com a receita do seu canal no YouTube, teria mandado o chefe à merda. Entretanto, o YouTube excluíra o seu canal, e era improvável que ela tirasse algum outro centavo dele. Ryder precisava do seu bico no jornal para pagar as contas, e não tinha certeza de que tipo de dores de cabeça financeiras a esperavam como resultado da ação judicial que os pais de Theo Compton decidiram mover contra ela. Não fazia diferença como ela considerava as coisas; naquele momento, Ryder Hillier estava presa, fazendo o trabalho pesado para os outros jornalistas.

E aquele trabalho começou em uma casinha em South Bend, lar de um homem desaparecido chamado Marc McEvoy.

45

DEPOIS QUE O CASO DA ESCOLA PREPARATÓRIA DE WESTMONT arrefeceu, Ryder voltara para as suas outras reportagens. Uma delas envolvia Marc McEvoy, homem de vinte e cinco anos, pai de duas meninas, que partira em uma viagem de negócios certa tarde e nunca voltara. O seu carro fora encontrado no Aeroporto Internacional de South Bend, mas ele nunca mais foi visto. Além das postagens que fizera a respeito no seu blog, Ryder também escrevera artigos para o *Star* que narravam o mistério referente a Marc McEvoy. Na sua maioria, os artigos eram atualizações breves sobre um caso estagnado e a repetição de detalhes antigos, mas nunca nada de substancial ou original. Desde o início, havia pouca coisa a seguir. O homem simplesmente evaporara.

No entanto, na falta de detalhes, abundavam os rumores. Eles variavam bastante, desde o boato de que Marc McEvoy escapara de um casamento fracassado até o de que fugira com a amante, passando pela história de que a esposa o matara e se desfizera do corpo. Contudo, Ryder sabia que as mulheres não costumavam matar um homem por paixão, e até aquele momento não havia provas de que McEvoy tivesse um caso. Também era raro encontrar alguma moradora de subúrbio com habilidade suficiente para assassinar alguém de maneira tão limpa e precisa, sem deixar nenhuma prova para trás. O maluco que assassinara a mulher e os dois filhos alguns verões antes no Colorado foi preso pouco depois de concordar em ser entrevistado na tevê, onde implorou para que a sua família voltasse para casa. O seu olhar matreiro e as suas frases gaguejantes eram indícios reveladores que até os piores jogadores de pôquer podiam captar. Depois de ele praticamente se condenar na entrevista, a polícia revistou a sua casa. O homem deixou tantas provas físicas para trás que ele logo foi preso. Mesmo um assassino diabólico como Robert Durst fizera um péssimo trabalho ao se desfazer do cadáver do vizinho que ele matou. Após desmembrar o corpo, Durst tentou afundar as partes do corpo na baía de Galveston, mas não se deu conta de que os sacos plásticos pretos nos quais colocara os membros logo se encheriam de gás quando os pés e as mãos começassem a se decompor. Não muito tempo depois que Durst afundou as provas, os sacos inflados vieram à tona e foram trazidos até terra firme. Então, um transeunte desavisado rasgou um saco. Durst foi preso no dia seguinte. Portanto, a teoria de que a mulher de Marc McEvoy, professora do ensino básico e membro do coral da igreja, cometera um homicídio tão perfeito e escondera o corpo no ano anterior era bastante improvável. Ryder vinha trabalhando com a hipótese de que Marc McEvoy continuava vivo e por aí em algum lugar. Se ela conseguisse encontrá-lo, haveria uma chance de salvar a sua carreira.

A única novidade de verdade — Ryder relutava em chamar de pista a informação — era a descoberta de que a mulher de Marc McEvoy vinha tentando cobrar uma apólice de seguro de um milhão de dólares. A informação não era grande coisa, mas talvez valesse a pena uma investigação. Ryder subiu os degraus da frente da casa e bateu na porta. Um momento depois, uma mulher atendeu.

— Brianna McEvoy?

— Sim?

— Sou Ryder Hillier, repórter do *Indianapolis Star*. Eu gostaria de lhe fazer algumas perguntas sobre o seu marido.

Na defensiva, a mulher cruzou os braços.

— O que quer saber?

— Estou escrevendo um artigo complementar sobre o seu marido, e a polícia divulgou detalhes sobre uma apólice de seguro de vida.

Impaciente, Brianna McEvoy olhou em volta.

— Tenho duas filhas e estou tentando descobrir como criá-las sozinha. Não faço a menor ideia do que dizer a elas quando perguntam onde está o papai. Você acha mesmo que me importo com o que as pessoas pensam a respeito de uma apólice de seguro de vida? Marc a fez três anos atrás. Não é uma notícia fresca. Estou tentando cobrá-la, porque não consigo chegar ao fim do mês só com o salário de professora.

Brianna deu um passo à frente e encarou Ryder.

— Acha que uma mãe de duas meninas que leciona na comunidade mataria o marido, o pai das suas filhas, por causa do pagamento de um seguro de vida? A minha sugestão para a polícia e para todos os jornalistas é que parem de ver tanta televisão e dediquem algum tempo para descobrir o que aconteceu com Marc.

Ryder sentiu uma corrente de ar quando a mulher de Marc McEvoy bateu a porta na sua cara. Ela se lembrou do motivo pelo qual detestava o trabalho pesado de procurar pistas. Enfiou o seu cartão de vista na fenda do batente da porta, voltou para o carro e se acomodou atrás da direção.

A folha de papel amassada com a lista de casos estava no assento do passageiro. Ryder fechou os olhos por um instante e suspirou. Que merda tudo aquilo. Poucos dias antes, ela escrevia com satisfação sobre crimes para um dos maiores jornais de Indiana. Tinha um blog consagrado sobre crimes reais e um canal no YouTube que complementava bem a sua renda. Naquele momento, a sua carreira tinha ido para o inferno. Ela estava correndo atrás de histórias sem futuro e entregando qualquer coisa útil para outros jornalistas redigirem as matérias.

O celular vibrou. Ela não reconheceu o número.

— Ryder Hillier.

Ninguém falou do outro lado da linha.

— Alô? Você ligou para Ryder Hillier.

Uma mulher pigarreou.

— Aqui é Paige Compton. Mãe de Theo.

Surpresa, Ryder ergueu as sobrancelhas e olhou ao redor, para fora do carro, como se tivesse acabado de ser flagrada fazendo algo ilegal.

— Olá.

— Preciso falar com você.

— Sra. Compton, quero me desculpar por ter filmado o seu filho. Fui irresponsável e bastante inadequada em postar o vídeo na internet. Essa atitude mostrou uma completa falta de discernimento da minha parte.

Houve um longo silêncio. Achando que a ligação caíra, Ryder olhou para o celular, para verificar se o marcador de tempo da chamada ainda estava ativo.

— Além disso, quero que a senhora saiba que o meu jornal não teve nada a ver... — Ryder prosseguiu.

— Não quero saber do vídeo — a sra. Compton a interrompeu. — A ação judicial não foi minha ideia. Foi sugestão do meu advogado. Ele disse que eu deveria ir atrás do jornal porque havia uma boa chance de o caso ser resolvido fora do tribunal. Ele me falou que eu tinha que ir atrás de você primeiro, mas não estou interessada em nada disso. Nenhum dinheiro trará o meu filho de volta. Até desistirei da ação se você concordar em me ajudar.

Ryder pressionou o celular com mais força contra o ouvido.

— Ajudá-la com o quê?

Mais silêncio.

— Sra. Compton? Ajudá-la com o quê?

— Theo me ligou na noite anterior à sua... morte. Ele queria me avisar.

Ryder se inclinou para a frente em seu assento, com a visão focada em um ponto do painel.

— Sobre o quê?

— Ele e os seus amigos tinham se metido em uma confusão.

— Que tipo de confusão?

A sra. Compton tornou a pigarrear.

— Não quero falar sobre isso pelo telefone. Podemos conversar pessoalmente?

— Quando? — Ryder não hesitou.

— Agora, ou assim que você puder vir até aqui.

— Onde é "aqui", senhora?

— Cincinnati.

Cincinnati ficava a quatro horas de distância de carro. Ryder repassou uma lista mental de prazos que precisava cumprir para manter o emprego. Correr atrás da história de Theo Compton e dos assassinatos na Escola Preparatória de Westmont não estavam naquela lista.

— Posso ir este fim de semana. — Ryder escreveu o endereço em uma folha autoadesiva, e anotou rapidamente os outros casos que tinha sido encarregada de ir atrás. Sublinhou o endereço e riscou o nome de Marc McEvoy.

46

AS PERNAS DE GWEN MONTGOMERY SE CONTRAÍRAM DURANTE o sono. Em seu sonho ela tentava correr pela mata escura, mas tudo o que conseguia era dar um ou dois passos antes de os pés afundarem na lama espessa. Com grande esforço, puxou um pé da terra, criando um ruído sonoro de sucção. Em seguida, tentou correr novamente. Assim que transferiu o peso para o pé, ele mergulhou no solo macio. Seu progresso era angustiosamente lento até que Gwen, enfim, alcançou o limite da mata. Ali, viu a casa de hóspedes. Sentiu a viscosidade do sangue nas mãos e no peito. Desejou ir para dentro da casa e se lavar, enfiar as mãos sob a corrente de água da torneira da cozinha e deixar o sangue escorrer das mãos e escoar pelo ralo da pia em um redemoinho. Então, o sangue desapareceria, e ela nunca mais teria que pensar na sua origem.

De repente, os seus pés se livraram da lama, e Gwen correu para a casa. Então, viu o portão de ferro forjado e o corpo empalado nele. A luz da lua iluminou o rosto inchado e desfigurado de Tanner Landing, com a lança do portão se projetando no alto da cabeça e os olhos entreabertos revelando o olhar vazio da morte. Ela deixou escapar um grito gutural e disparou até para tentar erguê-lo do portão. O corpo de Tanner estava molhado e, quando Gwen olhou para as suas mãos, as viu cobertas com mais sangue do que quando ela saiu da mata.

Gwen chamou Gavin. Ele não respondeu. Tornou a chamá-lo repetidas vezes até que os seus esforços finalmente a acordaram. Ao se sentar na cama, ela sabia que estava acontecendo outra vez. A taquicardia no peito, o suor no pescoço e nas costas, a incapacidade de lidar até mesmo com os estímulos mais rotineiros. Gwen se assustou quando ouviu duas colegas de classe rindo no corredor ao passar pelo seu dormitório.

Ofegante, ela se levantou da cama e caminhou pelo quarto. Um ataque de pânico era iminente. Pensou em conversar com Gavin. Ele tinha conhecimento dos pesadelos. Gavin sabia de tudo. Mas a sua voz outrora reconfortante perdera o seu efeito nos últimos meses. Eles eram os únicos que restavam, e tinham viajado muito longe por aquele caminho escuro. Tão longe, de fato, que Gwen não tinha certeza de que eles encontrariam uma saída algum dia. Ou se a saída era o que ela realmente queria. Naquele momento, sair daquele caminho não seria jubiloso. Levaria a um outro, diferente, que era muito mais escuro e ameaçador do que o atual. Mas aquele caminho em que eles se encontravam — aquele que todos tinham pego naquela noite na mata — estava provando não só ser insalubre, mas também perigoso.

Gwen prendeu o cabelo em um rabo de cavalo e vestiu jeans e camiseta regata. Saiu do Margery Hall e correu até a Fileira dos Professores. Bateu na porta da casa número 4. Pouco depois, a dra. Hanover atendeu:

— Gwen, o que foi?

Desde os eventos de 21 de junho do ano anterior, quando Tanner e Andrew foram mortos, todos os alunos da Escola Preparatória de Westmont vinham sendo observados de perto. Depois que Bridget Matthews pulou na frente do trem, aqueles do seu círculo mais próximo ficaram sob escrutínio atento. Gwen, com o seu comportamento nervoso, as crises de depressão, a perda de peso e os ataques de pânico, fora monitorada ainda mais de perto do que qualquer outro jovem. Em uma reunião com os pais dela e o dr. Casper, a dra. Hanover comunicara que iria transferir Gwen para os seus horários de terapia. Como diretora da Escola Preparatória de Westmont, a dra. Gabriella Hanover não queria mais nenhuma tragédia atrás dos muros da instituição. Apesar dos esforços da dra. Hanover e do dr. Casper, no entanto, após o suicídio de Bridget, os de Danielle e Theo logo se seguiram. O estado de Gwen continuava a piorar.

Ali, do lado de fora da casa da dra. Hanover, Gwen deu um tapa no peito.

— Não consigo respirar. Não consigo raciocinar. Estou pirando!

— Entre. — A dra. Hanover se moveu para o lado. — Vai ficar tudo bem.

No consultório, Gwen se sentou no seu lugar habitual, a poltrona defronte à dra. Hanover.

— Respire fundo e me diga o que está acontecendo — a dra. Hanover pediu com a sua voz suave.

— Tive outro sonho. Estou tendo um ataque de pânico e estou sem o calmante.

— O tranquilizante era uma muleta, Gwen, e eu concordei com o seu uso apenas no começo. O plano era levá-la a controlar melhor a sua ansiedade sem medicação. Conte-me sobre o sonho.

Gwen fez um gesto negativo com a cabeça. Era ali que ela sempre precisava ter cuidado. Gwen não se sentia à vontade conversando com a dra.

Hanover e nunca conseguia ser tão aberta naquelas sessões como quando fazia terapia com o dr. Casper.

— Eu estava na floresta. De volta àquela casa. Vi Tanner no... portão.

— É natural ter recordações fortes, ainda mais quando você dorme. Faz parte do processo. A sua mente está expurgando esses pensamentos. De início, você os bloqueou. Agora a sua mente trabalha para eliminá-los. E o seu diário? Você não tem escrito?

Gwen voltou a fazer um gesto negativo com a cabeça.

— O seu diário é onde você pode se preocupar — a dra. Hanover disse. — O seu diário é onde você pode se estressar. Você deve armazenar toda a sua ansiedade, a sua raiva e o seu medo naquelas páginas, de modo que, ao fechar o diário, todas essas coisas fiquem lá e não sejam capazes de interferir na sua vida cotidiana.

Mas elas interferiam, Gwen sabia. Purgar as suas preocupações nas páginas do diário as tornaria reais. Traria de volta à vida as coisas que ela fizera, quando naquele momento podia fazer de conta que elas não existiam. Apenas em ocasiões como aquelas, quando a realidade do que eles tinham feito a assombrava de maneira tão intensa, ela se arriscava a se expor. Gwen passara um ano inteiro lutando contra a flutuabilidade do seu segredo, esforçando-se todos os dias para mantê-lo escondido sob a superfície.

— Tudo bem — Gwen finalmente disse, com uma entonação desanimada e pouco convincente. — Eu vou tentar.

— Ótimo. Escreva todo o seu sonho. Tudo o que você consegue lembrar. Vou verificar hoje à noite, e iremos discutir tudo.

Gwen assentiu e se dirigiu à porta.

— Gwen?

Ela se virou antes de sair.

— Você vai se surpreender com a utilidade de manter um diário. Todos os meus alunos se beneficiaram com isso.

Gwen deu um sorriso fraco. Assim que saiu, ela expeliu o ar com força. Correu pela Fileira dos Professores e subiu os degraus da casa número 18, onde tocou a campainha. Pouco depois, o dr. Casper abriu a porta.

— Gwen! A que devo a visita? Fazia um tempo que eu não a via.

— Preciso conversar.

Intrigado, o dr. Casper semicerrou os olhos.

— Claro. Sobre o quê?

Gwen mordeu o lábio inferior, considerando o que estava prestes a dizer.

— O verão passado, e tudo o que aconteceu.

Surpreso, o dr. Casper ergueu um pouco as sobrancelhas.

— Você não tem falado com a dra. Hanover a esse respeito? Todos nós decidimos que era melhor para você fazer terapia com ela depois dos eventos.

— Não fomos todos nós que decidimos. A dra. Hanover e os meus pais decidiram. Você concordou, e eu não tive voz nisso.

A expressão do dr. Casper se suavizou.

— Mesmo assim, Gwen, a decisão foi tomada, e acho que será melhor se nós a mantivermos. Fale com a dra. Hanover. Ela é uma médica muito qualificada.

— Não posso contar tudo para ela.

Atento, o dr. Casper semicerrou os olhos.

— Como o quê?

Um momento tenso de silêncio preencheu o espaço entre os dois.

— Não contamos tudo sobre aquela noite para a polícia.

— Quem não contou?

— Meus amigos e eu. — Gwen passou a mão pelo alto da cabeça e depois pelo rabo de cavalo. — Posso entrar?

Após um momento de hesitação, o dr. Casper fez que sim com a cabeça, e Gwen passou por ele e entrou na casa.

ESCOLA PREPARATÓRIA DE WESTMONT

VERÃO DE 2019

Sessão 5
Anotação no diário: ORIENTAÇÃO

    Respondi a todas as perguntas deles a respeito do meu pai. Eu era um garoto e estava em estado de choque. A minha mãe se fora, e agora o meu pai tirara a própria vida. Que tragédia terrível. Todos olhavam para mim com compaixão e tristeza. Acreditavam que eu não teria chance em uma vida que me tratara com uma mão tão trágica em uma idade tão tenra. Aceitei a compaixão deles e absorvi a sua tristeza, mas reconheci o que realmente era: fraqueza. A polícia, os assistentes sociais e o advogado especial nomeado pelo tribunal olhavam para mim -- a criança subitamente órfã -- com tanta fraqueza que fiquei enojado.
    Disfarçaram a sua aflição e tentaram repassá-la como simpatia. Mas eu sabia que sob os seus sorrisos tristonhos e por trás dos seus olhares pesarosos havia medo. Lidar comigo era como lidar com um leproso. Como se ao chegar muito perto pudessem pegar qualquer maldição que tivesse se abatido sobre mim. Eu sentia a fraqueza deles e a reconheci de imediato. Era algo que me atormentara em outro tempo. Eu tomara a decisão de nunca permitir que esse sentimento me dominasse de novo. Nunca mais seria o covarde que olhava pelo buraco da fechadura. Prometi me elevar acima de tudo, para que pudesse levar a minha nova perspectiva para o mundo e começar o trabalho árduo de corrigir as coisas.

        O que tocara a minha vida não fora uma maldição, mas
uma iluminação. Demorou um pouco para eu perceber isso
completamente. Assim que consegui, arrumei tudo e vim para a
Escola Preparatória de Westmont. Então, encontrei você.

Ajeitei o marcador e fechei o meu diário. A mulher olhou como se quisesse mais de mim naquele dia.

— A minha mãe se fora. Eu matara o meu pai. Estava sozinho no mundo, até te encontrar. Desde então, você tem orientado a minha vida. Tem orientado as minhas decisões. Cada uma delas.

Eu a encarei por longos minutos. Não precisava dizer mais nada. Ela entendeu as minhas palavras. Ela entendeu como tinha moldado a minha vida.

— Você sente vergonha de mim? — perguntei.

Por instantes, ela ficou me encarando. Então, finalmente, piscou.

— Nem um pouco.

47

TODOS ESTAVAM EM SUAS BANCADAS NO LABORATÓRIO DO sr. Gorman, checando mensagens de texto e jogando jogos em seus celulares. Os cursos de verão não eram iguais ao ano letivo regular, em que esses aparelhos nunca eram permitidos na sala de aula — aliás, mal eram permitidos fora dos dormitórios. Porém, no verão, as coisas ficavam mais relaxadas.

Eles esperavam a chegada do sr. Gorman para iniciar a aula no laboratório.

Andrew Gross foi até a bancada de Gwen.

— Pega. — Andrew jogou um saco de papel no centro do tampo.

Gwen e os outros ficaram olhando.

— Melhor se apressar antes que Gorman apareça — Andrew disse.

Gwen puxou o saco e deu uma olhada no seu interior. Em seguida, despejou o conteúdo na bancada: uma ratoeira de madeira barata e um rolo de fita adesiva.

Andrew apontou para os objetos.

— Um de vocês tem que armar a armadilha e depois prendê-la na parede ao lado do interruptor do banheiro. Quando Gorman sair para mijar, o que ele faz em algum momento de todas as aulas de laboratório, ouviremos o resultado.

Gwen fez um gesto negativo com a cabeça.

— Prender na parede?

Andrew fez que sim.

— Nem pensar. — Ela franziu a testa.

— Sem chance — Gavin reiterou, fazendo um gesto negativo com a cabeça.

Theo e Danielle recuaram da bancada, com sorrisos.

— Não. — Theo ergueu as mãos.

— Eu faço. — Tanner pegou a ratoeira.

— Não. — Bridget segurou o pulso dele. — Você vai se meter numa puta encrenca.

Afastando-se, Andrew sorriu.

— Resolvam isso, mas lembrem-se do que acontecerá se vocês não completarem um desafio.

Andrew se juntou aos outros quartanistas que observavam o desenrolar dos acontecimentos.

— Vou fazer — Tanner garantiu.

— Isso vai quebrar o dedo de Gorman. — Gwen estava aflita.

— É uma ratoeira muito pequena. Não quebrará o dedo de ninguém. Vocês deveriam estar me agradecendo, e não tentando me convencer do contrário. — Tanner encarou cada um deles. — Se não fosse por mim, nenhum de vocês teria a chance de se dar bem. Sou o único com colhões para fazer isso.

Tanner pegou a ratoeira e a fita adesiva, percorreu o laboratório com o olhar e se dirigiu ao corredor. Um minuto depois, a descarga do vaso sanitário soou, e Tanner voltou para o laboratório com um sorriso estúpido no rosto. Alcançou a sua bancada no exato momento em que o sr. Gorman entrou no laboratório.

— Vão para os seus lugares — o sr. Gorman ordenou.

De repente, os alunos se calaram, sufocando as risadas com sorrisos irônicos. Gwen balançou a cabeça quando Gavin olhou para ela e sussurrou:

— Essa é uma péssima ideia.

O sr. Gorman despejou as suas coisas na sua mesa na frente do recinto. Ele usava uma mal ajustada camisa de colarinho abotoado e manga curta. Os braços finos e peludos pendiam das mangas, e os círculos escuros dos mamilos apareciam através do tecido fino, nos dois lados da gravata torta.

— Hoje, iremos misturar os compostos para demonstrar a reação de Briggs-Rauscher. — O sr. Gorman colocou os grandes óculos de segurança no rosto. — Como de costume, a proteção para os olhos deve estar sempre no lugar, e os exaustores, ligados em potência máxima.

O sr. Gorman levou quinze minutos para escrever as instruções no quadro-negro e outros dez para se certificar de que cada bancada tinha os ingredientes corretos. Um dos produtos químicos precisava ser aquecido até ferver e, depois de cada grupo ter colocado o seu frasco sobre o bico de Bunsen, o sr. Gorman pôs todos em uma vigília de dez minutos, durante a qual eles controlariam o ponto de ebulição acompanhando o avanço do termômetro. Com os alunos ocupados e uma calmaria na experiência, Gwen viu quando o sr. Gorman se dirigiu para o corredor.

Tanner mordeu o lábio inferior antes de sorrir.

— Puta merda... — ele murmurou.

Uma energia nervosa tomou conta do laboratório. Eles ouviram o rangido das dobradiças da porta do banheiro e então, um instante depois, um estalo estridente.

A voz do sr. Gorman ecoou pelos corredores vazios:

— Porra!!!

Os alunos tentaram abafar as risadas, sendo Tanner o menos bem-sucedido. Quando o sr. Gorman voltou ao laboratório, a mão direita estava enfiada sob a axila, e a mão esquerda segurava a ratoeira.

— Quem diabos fez isso?! — ele gritou ao entrar no recinto.

Até então, todos os alunos, exceto Tanner, haviam conseguido se controlar. Gwen estava assustada, e os demais exibiam expressões de choque. Tanner apertava os lábios com força para conter um sorriso.

— Quem fez isso? — o sr. Gorman tornou a gritar.

— O que houve? — Gwen andou para a frente.

— Alguém pregou isto no interruptor.

— Deixe-me ver — Gwen pediu.

O sr. Gorman olhou para ela.

— Não foi nenhum de nós — ela garantiu, olhando-o nos olhos. — Todos entramos no laboratório antes do senhor. Deixe-me ver.

O sr. Gorman estendeu a mão. Os seus dedos indicador e anular estavam vermelhos e inchados, com uma linha de demarcação clara através das articulações.

Gwen tocou de leve os dedos do professor.

— Acha que estão quebrados?

Lentamente, o sr. Gorman puxou a mão e flexionou os dedos.

— Volte para a sua bancada.

Gwen assentiu e retornou ao seu lugar ao lado de Gavin.

O sr. Gorman engoliu em seco e olhou para o grupo de alunos.

— Se o líquido do frasco de vocês estiver fervendo, passem para a segunda etapa — ele disse antes de voltar para a sua mesa e jogar a ratoeira no lixo.

Tanner pigarreou. Foi uma trabalheira dos diabos conter a sua gargalhada.

Era 13 de junho.

48

NO DIA SEGUINTE, CHARLES GORMAN ENTROU NO REFEITÓRIO do corpo docente, pegou uma bandeja e caminhou até o bufê, onde escolheu cuidadosamente os itens do seu almoço — frango assado e legumes, pudim de chocolate e um refrigerante —, e levou a bandeja até uma mesa onde Gabriella Hanover e Christian Casper estavam sentados.

— O que houve com você? — Gabriella quis saber.

Charles fora à farmácia depois da aula no laboratório e comprara uma tala para os dedos doloridos. Naquele momento, o indicador e o anular estavam imobilizados por uma barra metálica revestida de espuma e presa com esparadrapo branco.

Charles colocou a bandeja na mesa e se sentou.

— As brincadeiras de verão recomeçaram.

— Quem foi? — Gabriella franziu a testa.

— Imagino que Tanner Landing. Instigado, tenho certeza, por Andrew Gross.

— Falei com Andrew no ano passado, quando Jean Rasmussen estava sendo vítima dessas brincadeiras: o guaxinim morto e os sutiãs pendurados no prédio da biblioteca. Na ocasião, eu o adverti e tive uma longa discussão com os seus pais.

Expressando dúvida, Charles encolheu os ombros.

— Acho que ele não captou a mensagem.

— O que aconteceu? — Christian Casper indagou. — Teremos que tomar medidas sérias se ocorreu alguma agressão.

Charles fez um gesto negativo com a cabeça.

— Eles nunca vão admitir isso, e os sacanas sabem que não posso provar nada.

— Como você se machucou? — Christian insistiu.

— Pregaram uma ratoeira no interruptor do banheiro.

— Aqueles merdinhas... — Gabriella franziu a testa.

— Não acho que foram todos. Apenas um ou dois.

— Mesmo assim. — Gabriella bufou. — Não podemos suportar tal coisa. Vou convocar uma reunião do corpo discente para interromper isso antes que chegue longe demais durante o verão.

PARTE VI
AGOSTO DE 2020

49

O DETETIVE OTT ESTACIONOU O CARRO, DESLIGOU O MOTOR
e apagou os faróis. Apenas a lâmpada halógena do poste iluminava o estacionamento. Os escritórios do Departamento de Polícia de Peppermill estavam às escuras. Pouca gente trabalhava no turno da noite, incluindo os policiais que patrulhavam a área com as suas viaturas, o sargento no comando das operações e o pessoal de comunicações. Ninguém desconfiaria de um detetive entrando na delegacia à uma da manhã.

Como não poderia revelar a ninguém o verdadeiro propósito da sua presença na delegacia naquele momento, Ott bolara um plano para se, porventura, viesse a cruzar com algum curioso. Ao avaliar as probabilidades, decidira que seria impossível realizar aquele surrupio no horário de expediente regular. Havia muita gente na delegacia durante o dia, e o seu jovem protegido o seguia como uma sombra quando estavam de serviço. As horas escuras da noite lhe proporcionariam a melhor chance de permanecer invisível.

O detetive Ott abriu a porta do carro e sentiu a umidade da madrugada. Então, estendeu a mão até o assento de trás, tirou o paletó do gancho, vestiu-o e caminhou para a porta da frente. Passou o cartão de identificação no leitor para ter acesso ao saguão e seguiu até recepção, onde o policial plantonista deu um sorriso grogue e acenou.

— Detetive...
— Como vai, Donny?
— Vivendo o sonho.

— Você e eu, amigo. Você e eu.

O detetive Ott entrou na sala de trabalho ocupada por ele e outros doze detetives que integravam a equipe de investigadores da força policial de Peppermill. Serviu-se de café e mexeu o açúcar no copo de isopor enquanto examinava as coisas. Apenas um outro detetive se encontrava no local — Gene Norton —, que caçava as teclas no seu teclado com tanta concentração que Ott adivinhou que ele devia estar na data limite de entrega de um relatório. Norton, que odiava computadores mais do que qualquer outro detetive da delegacia, levava duas vezes mais tempo que qualquer um para digitar os seus relatórios.

Ott sentou-se no seu cubículo, pegou os casos ativos em que vinha trabalhando e fez login em um arquivo, de modo que tivesse uma desculpa para estar tão tarde no escritório. Ele havia poupado algum trabalho durante o dia e começou a digitar um relatório referente àquele arquivo. Por ser mais eficiente do que o seu colega, depois de dez minutos Ott concluiu a tarefa. Deixou o arquivo aberto no computador e se levantou. Norton continuava caçando as teclas, jurando, como costumava fazer, que não estavam no mesmo lugar em que estiveram na véspera — um medo permanente desde que os caras rearranjaram as letras do seu teclado.

Do seu cubículo, Ott seguiu para a sala de provas. Ele voltou a utilizar o seu cartão de identificação para entrar e apanhou a caixa contendo todas as provas do caso que tinha aberto no computador. Também pegou outra caixa, e levou as duas para a sua mesa. Sentou-se e esperou um minuto, ouvindo Norton golpear as teclas e xingar. Por fim, pegou a segunda caixa e se dirigiu à copiadora. Metodicamente, colocou o conteúdo de cada pasta da caixa no alimentador automático de documentos. Esperou com toda a paciência a máquina fazer o trabalho com um ritmo eficiente, mas preocupantemente barulhento. Após terminar de copiar os documentos de uma pasta, Ott guardava as páginas copiadas em uma nova caixa, devolvia as páginas do original ao seu devido lugar e recomeçava o processo com a próxima pasta. Foram necessários vinte e dois minutos para copiar todo o conteúdo que queria. Nesse meio-tempo, Ott notou a cabeça de Gene Norton se projetar por cima do seu cubículo. Então, Ott apontou o queixo na direção de Norton.

— Maldito prazo final — Norton resmungou. — E o meu teclado está ferrado de novo. Você sabe alguma coisa a respeito?

— Não fui eu — Ott afirmou.

Norton desapareceu atrás da divisória, e Otto colocou o conteúdo da última pasta no alimentador. Cinco minutos depois, a caixa original se achava com todas as suas pastas dentro dela novamente. Então, ele a carregou, junto com a caixa contendo as cópias, até a sua mesa. Pôs de lado a caixa com as cópias e carregou as outras duas de volta para a sala de provas. Voltou a passar o cartão de identificação e recolocou as duas caixas nos lugares apropriados.

Ott não se deu ao trabalho de se despedir de Norton, mas acenou com a cabeça para Donny ao sair. Pôs a caixa no assento traseiro do automóvel e saiu do estacionamento. As cópias dos documentos representavam o caso que o fizera acordar às três da manhã no verão anterior. Desde então, não tivera uma boa noite de sono sequer.

Ott se perguntou se as coisas mudariam em breve.

50

A BONECA KIDDIEJOY ESTAVA NA FRENTE DE RORY, EM CIMA da mesa, com a luminária de haste curva puxada para iluminar o seu rosto. Naquele momento, a área reparada da orelha e da bochecha — que Rory reconstituíra habilmente com papel machê e argila fria de porcelana — tinha se fixado e se encontrava pronta para ser esculpida. Rory deu início ao trabalho com os pincéis Foldger-Gruden, usando as pontas dos cabos para fazer sulcos minúsculos que se tornariam os detalhes da cartilagem da orelha. Para isso, ela trabalhava sem uma foto de referência. Tudo de que precisava estava guardado na sua mente, de quando Rory pesquisou a boneca, como se a imagem do que esperava alcançar estivesse sentada em um cavalete diante de si e iluminada por um forte facho de luz.

De forma metódica, Rory progredia, passando do pincel com a ponta cega para o outro com a ponta afiada, e terminando com um com a ponta semelhante à agulha, que esculpia a argila com facilidade. A sua concentração era tão intensa que sua visão se afunilou, e Rory mal se lembrou de piscar. Cada sulco fino que ela criava exigia a precisão repetitiva de um artista e o foco de um cirurgião. Os chamados da sua mente para repetir e aperfeiçoar, que guardava nas horas que não passava restaurando bonecas, eram purgadas na sua bancada de trabalho. Ali, aqueles pensamentos perturbadores eram úteis e necessários.

Quando Rory acabou de esculpir a orelha, passou para a boca e entalhou uma linha de junção perfeita no canto dos lábios da Kiddiejoy. Terminou com a reconstituição do canto externo do olho esquerdo. Foi uma tarefa minuciosa, que levou horas. Após fazer o último entalhe, Rory enfiou o pincel no bolso da camisa, soprou para longe os resíduos e finalmente se recostou no espaldar. Como se fossem luzes do cinema se acendendo lentamente no final de um filme, a visão de Rory se ampliou. A boneca fora estruturalmente recomposta. Como a textura e a cor estavam insatisfatórias, o próximo passo seria lixar de leve as áreas que ela reparou, e depois esmaltar a porcelana com um revestimento de epóxi para eliminar o reticulado de rachaduras. Para finalizar, poliria e pintaria a superfície, o que traria a boneca de volta à sua beleza original. Ainda havia muito a ser feito, mas depois de apenas três sessões, Rory alcançara um grande progresso.

Uma porta de carro batendo quebrou a sua concentração. Quando a campainha tocou, Rory consultou o relógio. Era uma da tarde. Ela trabalhara sem cessar durante três horas e perdera a noção do tempo.

Pondo de lado a luminária de haste curva, ela recolocou a Kiddiejoy na caixa especial para viagem. Encontrou os seus óculos e os ajeitou no lugar. Em seguida, vestiu a jaqueta cinza para combinar com o jeans. Abotoou-a até o fecho superior perto do pescoço e enterrou o gorro de malha na cabeça. Calçou os coturnos. O traje de combate estava completo. No caminho para a porta da frente, pegou a sua mochila e a jogou por cima do ombro. Lane cochilava no andar de cima, e Rory decidiu não interromper o seu sono, que os médicos alertaram que duraria longos períodos enquanto o seu cérebro se recuperava da concussão. Ao abrir a porta, deparou com detetive Ott esperando na varanda.

— Você está pronta? — ele perguntou.

Rory fez que sim com a cabeça. Naquele dia, ela conheceria a cena do crime: a casa de hóspedes abandonada, escondida na mata, no limite do terreno da Escola Preparatória de Westmont, onde dois alunos foram mortos havia apenas um ano. Ela sabia o que estava por vir. Sabia o que a aguardava ali. Era a mesma coisa que a esperava em todas as cenas do crime que analisou: as almas daqueles que perderam as suas vidas. O objetivo de Rory era senti-las e se conectar com elas para que, mais cedo ou mais tarde, pudesse haver comunicação à sua maneira sutil. A sua conexão com as vítimas não era física, e sua comunicação não era verbal. Para aquelas almas perdidas, Rory fazia uma promessa simples: levá-las a um lugar apropriado de descanso, onde a paz e a tranquilidade seriam encontradas.

Até aquele momento em sua carreira de perita em reconstituição criminal, Rory Moore nunca quebrara uma promessa.

51

O DETETIVE OTT DIRIGIA PELAS RUAS DE PEPPERMILL COM Rory sentada ao seu lado no assento do passageiro. Rory nunca se sentira à vontade na presença de estranhos, quer fossem policiais, quer não. Em particular, aviões e carros eram lugares de inquietação. Talvez um toque de claustrofobia aumentasse o seu desconforto, mas era principalmente o seu desprazer ao longo da vida com a companhia de outra pessoa em espaços tão apertados. Anos atrás, Lane conseguira derrubar os seus muros, o que fez dele o único homem além do seu pai com permissão para tocá-la fisicamente. Então, naquele momento, dentro daquele veículo, Rory sentiu o tremor familiar no seu peito. Era um sinal de que a proverbial linha intravenosa que proporcionava um gotejamento lento e constante de ansiedade direto no seu sistema circulatório fora aberta um pouco mais.

— Tínhamos duas opções — Ott disse. — Podíamos pegar o caminho dos fundos, que é a entrada menos conhecida e é acessível pela Rota 77. Foi por ele que os jovens seguiram na noite de 21 de junho. Ou podíamos ser mais transparentes e entrar pelos portões da frente da escola. Como venho me esforçando ao máximo para não perder o meu emprego, vamos pegar o caminho transparente. Eu falei para a diretora que precisava de acesso à casa abandonada e aos trilhos que passam ao lado para dar seguimento à minha investigação do suicídio de Theo Compton. Ela concordou em nos acompanhar.

— Esse deve ser o melhor jeito de fazer isso. — Rory assentiu.

Ott entrou no bulevar Champion e parou junto a dois pilares de tijolos ligados por um alto portão de ferro forjado, sobre o qual um letreiro de concreto formava um arco exibindo o nome "Escola Preparatória de Westmont".

O detetive Ott se inclinou na direção do porteiro eletrônico, pressionou o botão e segurou o seu distintivo pela janela para ser digitalizado.

— Bem-vindo à Escola Preparatória de Westmont — uma voz feminina soou pelo alto-falante.

— O detetive Ott marcou um encontro com a dra. Hanover.

Um momento depois, os portões de ferro se abriram para dentro, como dois braços dando-lhes as boas-vindas. No estacionamento, Ott parou na vaga de visitantes. Rory abriu a porta, ajeitou os óculos e o gorro de malha e seguiu o detetive em direção ao prédio principal com as suas quatro colunas góticas resistindo firmes ao sol vespertino. Um homem e uma mulher aguardavam ao pé da escada. Rory supôs que seriam o diretor assistente Christian Casper e a diretora Gabriella Hanover. Eles estavam ao lado de um carrinho de golfe.

— Dra. Hanover — Ott cumprimentou —, prazer em vê-la.

— O prazer é meu, detetive.

Eles apertaram as mãos.

— Dr. Casper... — Ott apertou a mão dele. — Esta é Rory Moore. Ela está trabalhando como consultora e vai me ajudar hoje.

A dra. Hanover estendeu a mão, que Rory não aceitou. Na verdade, *não conseguia*. Ela nunca fora capaz de apertar a mão de estranhos ou de qualquer outra pessoa. O seu cérebro não estava programado para fazer isso. Rory não tinha fobia de germes, nem aversão a doenças. A sua relutância em apertar a mão de outro alguém resultava da mesma aflição que a fez suar nas costas assim que fechou a porta do carro de Henry Ott, ou seja, o seu descontentamento geral com a interação humana. A aflição não podia ser explicada por Rory, nem entendida pelos outros. Era simplesmente como ela vivera por quarenta anos, e mudar agora não era possível. Para mudar, Rory precisaria de motivos e meios. Não tinha nenhum deles. Assim, preferia o embaraço de rejeitar um aperto de mão aos pensamentos complicados e ao desconforto decorrente de aceitá-lo. Em vez disso, ela ajeitou os óculos, ofereceu à dra. Hanover um breve momento de contato visual e acenou com a cabeça. A dra. Hanover, enfim, recolheu a mão. O dr. Casper vira o suficiente para não oferecer a dele.

— Acompanhem-me. — A dra. Hanover apontou para o carrinho de golfe. — Sem ele seria uma longa caminhada.

O detetive Ott e Rory se sentaram na segunda fila. A dra. Hanover assumiu o volante e o dr. Casper se acomodou ao seu lado. Eles passaram pelos prédios cobertos de heras e, finalmente, chegaram a um muro alto de tijolos vermelhos com quase cem metros de comprimento em ambas as direções antes de dar lugar a uma porta de ferro forjado que finalizava o trabalho de isolar a mata do outro lado do *campus*.

O dr. Casper desembarcou do carrinho e usou uma chave para abrir o cadeado, para que pudessem ultrapassar a passagem no muro de tijolos. A dra. Hanover acelerou e foi para o outro lado antes de o dr. Casper fechar a porta atrás deles. Naquele momento, Rory sentiu um frêmito de mau agouro, como se a segurança tivesse desaparecido e os perigos da floresta sinistra estivessem à sua espera.

O dr. Casper reembarcou no carrinho, e logo eles sacolejavam por uma trilha que atravessava a mata. Alguns minutos depois, saíram dela, e Rory avistou a casa logo adiante. O exterior de calcário era visível apenas em pequenas áreas onde a hera não crescera. As trepadeiras estavam tão cobertas de folhagem que pareciam mais camuflagem do que decoração.

— Se vocês não se importarem, nós esperaremos aqui.

— Tudo bem, dra. Hanover. — O detetive Ott desembarcou do carrinho.

Rory fez o mesmo e não esperou que o detetive Ott tomasse a iniciativa. Ela começou a caminhar na direção da casa, com o olhar se deslocando de um lado para o outro, captando todo o cenário como se os seus olhos estivessem gravando tudo o que entrava nas suas pupilas. Claro que a sua mente estava fazendo exatamente isso. A plena compreensão do seu processo subconsciente podia levar mais tempo, mas a catalogação era imediata.

Ela se aproximou do portão de ferro forjado onde Tanner Landing fora empalado. A extremidade da lança ficava a mais de um metro e oitenta do chão. Ela atravessou a abertura do portão, no jardim, e depois se virou para observar do outro lado e ter uma perspectiva diferente.

O detetive Ott tirou uma foto da pasta de arquivo que carregava e a entregou para Rory. Retratado em 20x25 estava o corpo inanimado de Tanner Landing espetado por uma das lanças do portão. Rory analisou a foto pavorosa, depois olhou de volta para o portão e para o topo das lanças de ferro. Depois de um metro e sessenta de altura, o portão subia quase trinta centímetros acima da cabeça de Rory. Deixar cair um adolescente de mais de setenta quilos no portão exigia força e estatura. Mas também tempo. O assassino sabia que tinha tempo. Era alguém que conhecia a casa e a área ao redor dela — bem como o que os alunos estavam tramando naquela noite.

— Quando cheguei ao local, constatei a evidência de o corpo de Landing ter sido arrastado de dentro da casa. Havia uma trilha de sangue nos degraus da frente, e foi encontrado sangue nos sulcos de terra que levavam do pé da escadaria até esse local — o detetive Ott informou.

— Então, com certeza, ele foi morto dentro da casa — Rory disse.

— Sim. Na sala da frente, perto do vestíbulo.

O detetive Ott entregou outra foto da cena do crime para Rory, que mostrava manchas de sangue cobrindo de listras o piso de madeira do vestíbulo e da entrada.

— Não foram encontradas pegadas no sangue ou na terra? — Rory quis saber.

— Não. Achamos algumas fibras que nos fizeram supor que o assassino talvez tenha usado sapatilhas descartáveis, como aquelas que o pessoal de assistência técnica calça antes de entrar em uma casa ou pisar em um tapete. Mas não encontramos pegadas definitivas.

— Organizado — Rory sussurrou, olhando para a foto. E voltou a olhar para as lanças do portão. — Me dê uma linha do tempo. Com que rapidez isso aconteceu?

Ott entregou outra fotografia a Rory, dessa vez do corpo nu de Tanner Landing sobre a mesa de autópsia de metal, e afirmou:

— O laudo do médico-legista indicou que a lesão provocada pela lança do portão penetrou logo abaixo do queixo da vítima. E atravessou os ossos da face, o elemento anterior do cérebro e o lobo frontal, e saiu pela testa. Concluiu-se que essas lesões ocorreram antes da morte.

Rory continuou analisando a foto da autópsia.

— Landing morreu rapidamente depois da lesão no pescoço, mas ainda estava vivo quando foi pendurado no portão.

— Exato.

— Então aconteceu rápido. O nosso homem não esperou muito, após o ataque inicial, para realizar o ritual de empalamento. Lane aventou que isso foi um ato cerimonial, feito especificamente por vingança. Matar o rapaz não era suficiente. O assassino tinha que puni-lo.

— Quase o lobotomizou.

— Até aqui, com um metro e noventa, Charles Gorman tinha a estatura, a força e a motivação para fazer isso. — Rory devolveu a foto ao detetive Ott, deu as costas para o portão e observou a casa de hóspedes abandonada e malconservada, com heras vermelhas desafiando as janelas.

— O que os garotos faziam aqui? Por que estavam neste lugar aquela noite?

— Consegui descobrir que eles participavam de um jogo chamado O Homem do Espelho. Com base na minha pesquisa, trata-se de um jogo ritualístico, relativo a um culto, disputado em todo o mundo. Principalmente por adolescentes, mas o jogo também possui um grande grupo de adeptos entre os adultos. Sobretudo no exterior.

— Do que se trata?

— Espíritos. Maldições. E uma entidade que vive em espelhos descobertos, cujo poder pode ser requisitado duas vezes por ano, no solstício de verão e no solstício de inverno.

— E os assassinatos ocorreram em junho passado.
— Exato. Em 21 de junho. O dia mais longo do ano.
— Como funciona?
— Os jogadores encontram o seu caminho pela mata até uma casa vazia. O primeiro a chegar acha o espelho designado, remove aquilo que o cobre e sussurra "Homem do Espelho" para o seu reflexo. Fazer isso permite que a pessoa viva o ano em paz e em boas graças com os espíritos do Homem do Espelho. Não conseguir encontrar as chaves e não completar o ciclo de sussurros diante do espelho antes da meia-noite traz um ano de maldição.
— Credo... Parece assustador.
— Eu pesquisei bastante. — Ott deu de ombros. — O jogo não é novo. Há muitas versões diferentes, mas parece que os jovens da Escola Preparatória de Westmont levaram a brincadeira a outro nível. Com certeza, não é como o jogo Fantasmas no Cemitério da minha infância.
Rory continuava olhando para a casa.
— Pode me mostrar o lugar da casa onde isso aconteceu?
— Sim. — Ott pegou as chaves do seu cinto de utilidades. — Siga-me.

52

RORY ENTROU PELA PORTA DA FRENTE DA CASA DE HÓSPEDES abandonada. Os tetos eram altos, e o do vestíbulo da entrada alcançava o segundo andar. Uma escada com balaústres ausentes ou quebrados subia em espiral até o segundo andar.
— Antigamente, os professores residentes moravam aqui. — A voz do detetive ecoava pela casa vazia. — Há oito aposentos que foram convertidos em quartos individuais com banheiros. Como a casa ficava fora do caminho comum, oferecia privacidade para os professores.
Ott apontou para um grande cômodo à direita, dizendo:
— Aqui era a área de refeições comunitária; há uma grande cozinha na parte de trás da casa. — Em seguida, apontou para a esquerda, onde

um pequeno corredor levava a uma porta fechada. — E ali ficava a biblioteca. Foi onde o corpo de Andrew Gross foi descoberto.

Rory seguiu Ott pelo corredor e entrou no aposento. O detetive apanhou outra foto da pasta de arquivo e entregou para ela. Retratava um espelho manchado de sangue no centro do cômodo, uma lona amontoada no chão ao lado dele e o cadáver de Andrew Gross diante do espelho, com um círculo perfeito de sangue escuro e coagulado ao redor.

— O sangue em volta do corpo de Andrew Gross está intacto. Ou seja, ele sangrou aqui ininterruptamente — Rory disse. — Landing foi logo arrastado para o lado de fora e depois até o portão. O assassino sabia que os demais vinham vindo, e que, assim, tinha que se apressar.

— Por que empalar apenas Landing? — Ott perguntou. — Por que não os dois?

Rory continuou analisando a foto.

— Não deu tempo. Ou talvez o nosso homem só quisesse se vingar de Tanner Landing. E mais uma vez, sem dúvida há um argumento de peso de que Charles Gorman é o assassino. — Rory inclinou um pouco a cabeça para o lado. — Para que serve a lona?

— Faz parte do jogo que eles estavam jogando. Os espelhos têm de ficar cobertos até o Homem do Espelho ser evocado.

Arqueando uma sobrancelha, Rory foi até a janela, que estava pintada com tinta spray escura o suficiente para impedir a visão do local onde Tanner Landing fora empalado.

— Ninguém mais esteve aqui naquela noite, detetive?

— Não que saibamos. Os demais alunos estavam na mata e, ao chegarem a esta casa, viram o massacre na entrada e correram de volta para a escola.

— Nenhum DNA estranho foi encontrado neste aposento?

— Não. Todo o sangue que encontramos aqui pertencia a Andrew Gross e a Tanner Landing.

— O sangue não identificado foi encontrado apenas perto do portão?

— Exato — Ott confirmou.

— Estava nas mãos e no peito da garota e também no corpo de Tanner Landing?

— Isso mesmo. O sangue de Tanner foi achado em Gwen Montgomery, o que se justifica pela sua tentativa frenética de remover o amigo do portão, e também uma pequena quantidade do sangue que não identificamos.

Rory virou-se da janela.

— Como você passou pelo sangue não identificado?

— Não passei.

53

NA PENUMBRA DO SOLÁRIO, NOS FUNDOS DO CHALÉ, HAVIA uma garrafa de Dark Lord sobre a mesa. Apenas a luminária levava luz ao recinto. Era o suficiente para permitir que Rory lesse os documentos da caixa que o detetive Ott lhe dera depois que terminaram a inspeção na casa de hóspedes e na área dos trilhos do trem onde Charles Gorman tentara acabar com a própria vida. Era o mesmo local onde três alunos tinham alcançado esse objetivo.

Rory ainda estava processando o dia agitado, com o seu subconsciente organizando e catalogando tudo o que vira e aprendera. Ela reforçara as suas descobertas recapitulando a sua excursão para Lane quando chegou em casa. Naquele momento, o chalé estava escuro e silencioso. Já passava da meia-noite, e as horas mais produtivas de Rory estavam à sua frente.

Tomou um gole de cerveja preta. Fazia uma hora que se concentrava naquilo. Primeiro ela lera a pasta dedicada a Gorman, vendo tudo o que o detetive Ott e a sua força policial descobriram acerca do professor de química de quarenta e cinco anos. Leu a respeito da vida dele antes da Escola Preparatória de Westmont e sobre os seus oito anos na instituição. E da prova que Ott usara para conseguir o seu mandado de busca. Dentro da pasta estava o manifesto que Gorman havia escrito, que Ott descobrira no cofre de parede da casa dele na Fileira dos Professores: três páginas de escrita cursiva, em que Gorman descrevera em detalhes vívidos o que planejava fazer com Tanner Landing e Andrew Gross. Era um documento perturbador, que abalou Rory até o âmago. Ela vira as fotos da cena do crime, tanto mais cedo, quando Ott lhe dera escolhas selecionadas, quanto mais naquela noite, enquanto ela folheava as fotografias que acompanhavam o manifesto. Foi arrepiante para Rory ver aquelas fotos, uma por uma, retratando exatamente o que Gorman descreveu no seu manifesto. Um laudo do perito grafotécnico confirmou que a letra cursiva do manifesto correspondia a amostras da escrita de Charles Gorman.

Por fim, Rory leu sobre a cena nos trilhos do trem, quando o policial descobriu Charles Gorman quase sem vida depois da sua tentativa de suicídio. Uma pergunta perturbadora continuava ecoando na sua mente: se Gorman era inocente, por que tentara se matar? Ela começava a se perguntar se Henry Ott teria, talvez, prendido o homem certo. Estava começando a duvidar de que a caixa ao seu lado continha algum segredo ou se tudo o que precisava ser encontrado já tinha sido descoberto.

Porém, dois sinais de alerta a convenceram de que tinham deixado passar alguma coisa. A primeira era o sangue não identificado. A segunda eram os alunos que se mataram.

Ela tomou um gole de Dark Lord, recolocou a pasta de Gorman na caixa e tirou a de Bridget Matthews — a primeira aluna da Escola Preparatória de Westmont a seguir os passos de Gorman nos trilhos do trem ao lado da casa de hóspedes abandonada.

Rory tinha certeza de que o mistério dos assassinatos na escola estava relacionado com aquelas vítimas de suicídio.

54

RORY LEU AS ANOTAÇÕES DO DETETIVE OTT SOBRE BRIDGET Matthews, que incluíam o seu interrogatório inicial com a garota no dia em que Tanner Landing foi encontrado empalado no portão e as suas conversas com os pais de Bridget na sequência do seu suicídio. Juntas, as transcrições retratavam Bridget como uma adolescente típica. Ela pertencia a uma família rica, e o seu relacionamento com os pais não parecia mais tenso do que o da maioria dos jovens da sua idade que eram enviados para um colégio interno durante dez meses do ano.

Ao comparar o que declarou Bridget sobre os acontecimentos da noite do crime com as versões dos outros alunos, Rory constatou que era igualzinha, o que significava que todos falaram a verdade ou contaram uma mentira bem ensaiada. A história era a seguinte: todos se encontraram em um local planejado antecipadamente na Rota 77, na extremidade sul do *campus* da escola. Era o caminho habitual que os alunos pegavam para chegar à casa abandonada — por ser pouco conhecido e ficar fora do trajeto comum, além de evitar a necessidade de se atravessar a parte central do *campus*. Na noite de 21 de junho, os alunos se reuniram na Rota 77 para participar da iniciação de um jogo chamado O Homem do Espelho. Naquela ocasião, a tarefa deles era se aventurar sozinhos na mata ao redor da casa de hóspedes e procurar as chaves que tinham sido escondidas pelos quartanistas. Elas abririam a porta do quarto do pânico dentro da casa de hóspedes. Todos eram obrigados a completar esse desafio até a meia-noite.

O grupo era composto por cinco terceiranistas: Bridget Matthews, Gwen Montgomery, Gavin Harms, Theo Compton e Danielle Landry. Tanner Landing, que era o namorado de Bridget, tinha ido para a floresta mais cedo que os outros. Cada aluno deu a mesma explicação para o isolamento de Tanner naquela noite. Disseram que Tanner se mostrava mais entusiasmado com aquela noite do que o resto do grupo, e estava decidido a ser o primeiro a chegar à casa de hóspedes e concluir o desafio. O benefício de tal feito era se tornar o líder dos iniciados e o chefe do grupo no ano seguinte, quando assumiria o comando das coisas como quartanista — posição então ocupada por Andrew Gross.

Após chegarem ao local designado na Rota 77, cada um partiu para a mata. Depois de uma hora de busca, todos encontraram as chaves e correram para a casa em momentos diferentes. Ao saírem da floresta, a primeira coisa que viram foi Tanner Landing empalado no portão. Em pânico, todos voltaram correndo para a escola — exceto Gwen Montgomery, que ficou para trás e tentou tirar Tanner do portão, sem sucesso. Então, ela finalmente se sentou no chão perto dele e esperou por ajuda.

Rory tomou um gole de Dark Lord e imaginou adolescentes atravessando uma floresta escura. Poucos desses detalhes chegaram ao conhecimento do público. Ott lhe dissera que, depois que a polícia farejou os rastros de Gorman, escondeu de propósito os detalhes do jogo por receio de que uma repetição da paranoia dos anos 1980 a respeito de cultos satânicos atrapalhasse a investigação.

Em seguida, Rory colocou os prontuários médicos de Bridget Matthews diante de si, incluindo as transcrições das sessões de terapia da garota com o dr. Christian Casper, e as leu. Antes do verão de 2019, as sessões de Bridget eram tranquilas, incluindo as preocupações da maioria das adolescentes: namorados, melhores amigas, o estresse dos trabalhos escolares e os tormentos de encontrar a faculdade certa. Porém, após os assassinatos, as transcrições passaram a retratar uma garota atormentada pela tristeza e dor pela morte de Tanner. Rory leu uma carta escrita pelo dr. Casper aos pais de Bridget, descrevendo a sua preocupação com a saúde mental de Bridget. A carta do dr. Casper falava de tendências suicidas e dos sinais de alerta característicos que as acompanhavam. Bridget exibia todos esses sinais, e o dr. Casper sugeriu acompanhamento médico e psicoterapia. Mas já era tarde demais. Em 28 de setembro de 2019, três meses após aquela noite na floresta, Bridget Matthews entrou na frente do trem de carga da Canadian National mais ou menos às dez e meia da noite.

Rory tirou da pasta o laudo da autópsia. Tomou outro gole de Dark Lord para se fortificar, depois virou a capa e abriu o laudo. Anexado ao lado superior esquerdo da aba interna, havia uma foto 3x4 de Bridget Matthews. Uma garota bonita, inocente e com muitos anos não vividos à sua frente. Rory sentiu uma atração imediata pela jovem. Bridget, como todas as vítimas cujas mortes Rory reconstituiu, parecia lançar um gancho através do abismo entre a vida e a morte que se cravava na alma de Rory. Ela sabia que ficaria ali, criando uma ligação e gerando um puxão constante que não cederia até que Rory fornecesse respostas e proporcionasse o encerramento do caso. Não saberia dizer como se sentia a respeito daquela vulnerabilidade: a incapacidade de esquecer os mortos até ter certeza de que os seus espíritos estavam em paz. Era o motivo pelo qual Rory era tão meticulosa acerca dos casos que assumia. As ligações que ela criava com as vítimas eram exigentes demais e traziam grande responsabilidade.

Rory não escolhera o caso da Escola Preparatória de Westmont. Circunstâncias sem controle a levaram a ele. A incerteza de Rory se achava radicada não só no medo de que não houvesse nada novo para descobrir acerca desse caso, mas também no fato de que havia muitas vítimas envolvidas. Cinco jovens tinham morrido. Dois foram assassinados brutalmente e três tiraram a própria vida. Construir relacionamentos com tantas almas ao mesmo tempo poderia sobrecarregar os seus sentidos e reduzir a sua capacidade de ver o que os outros tinham deixado escapar. Contudo, Rory sabia não ter escolha. Os sussurros haviam começado, e apenas as respostas os silenciariam.

Rory passou uma hora — e meia garrafa de Dark Lord — lendo o laudo da autópsia de Bridget Matthews, prestando muita atenção a cada achado e a cada linha. O suicídio por meio de um trem era uma cena terrível, e Rory leu as conclusões do médico-legista, afirmando que lesões devastadoras na cabeça e no tronco levaram à morte. Rory deu uma olhada nas fotos da autópsia, mas não se concentrou nelas. Não havia drogas nem álcool no corpo da garota. O laudo terminava com a causa da morte: lesões traumáticas múltiplas. Tipo de morte: suicídio.

Rory leu a última página e fechou a pasta. Estava prestes a empurrá-la para o lado para começar a analisar a pasta do próximo aluno quando algo a deteve. Ela reabriu o laudo da autópsia e voltou para a última página. Lendo por alto as informações, correu o dedo pelas linhas. Quase deixara escapar e tinha certeza de que os outros não viram. Mas Rory Moore não perdia nada. Se um pormenor crítico não se evidenciasse de imediato, a sua mente armazenava a informação em um rolo sem fim e, depois, enviava um sinal até a sua consciência perceber. Naquele momento, aquele sinal estava brilhante e atraiu toda a sua atenção. Havia algo no laudo da autópsia de Bridget Matthews. Não era um achado físico; em vez disso, estava especificado de forma mais benigna pelo médico-legista junto com os itens presentes no corpo de Bridget no momento da realização da autópsia.

No bolso do jeans de Bridget havia três itens: um tubo de protetor labial, um cartão de caixa eletrônico e uma moeda de um centavo. Rory poderia ter passado por cima da descrição da moeda, mas não: ela parou e leu as anotações do médico-legista, que descreveu a moeda como "achatada e oblonga".

Rory sentiu a mente se excitar. Como um curto-circuito, algo faiscou, e a sua memória girou o rolo até a posição exata da sua necessidade. Ela afastou a cadeira da mesa e se ajoelhou para vasculhar a caixa de provas. Ali, encontrou as anotações sobre a tentativa de suicídio de Charles Gorman. Pegou a pasta e a colocou na mesa, tapando a pasta da autópsia de Bridget. Algo que Rory nunca faria normalmente, já que a ideia caótica de ter uma pasta aberta tocando em outra costumava deixá-la mal-humorada. No entanto, a pista pela qual procurava era tão frágil que, naquele momento, Rory não tinha tempo de organizar as coisas em pilhas ordenadas.

Ela abriu a pasta de Gorman, lambeu o dedo indicador e folheou o conteúdo até encontrar a lista de itens descobertos no local da sua tentativa de suicídio. O item 72, presente na foto da cena do crime ao lado de um pincel atômico amarelo invertido, era uma moeda de um centavo achatada e oblonga, encontrada a apenas um metro de onde estava o corpo quase sem vida de Gorman. Uma impressão digital bastante perceptível na moeda correspondera à de Charles Gorman, sugerindo que ele segurava a moeda no momento em que foi atingido pelo trem. A análise de tal moeda sugeriu que a causa da sua forma incomum foi a sua colocação nos trilhos e a passagem do trem por cima dela.

55

A DESCOBERTA DE RORY ERA DIGNA DE UMA DISCUSSÃO NO meio da noite. Depois de ficar sabendo que uma moeda de um centavo de formato estranho estava tanto no bolso de Bridget Matthews no momento em que ela se matou quanto no local da tentativa de suicídio de Charles Gorman, Rory leu rapidamente as conclusões nos laudos das autópsias dos outros jovens suicidas. Entre os itens pessoais catalogados de Danielle Landry e Theo Compton, incluíam-se moedas de um centavo achatadas e oblongas. Era um elo comum entre eles e inusitado demais para ser considerado uma coincidência.

Lane estava sentado à mesa da cozinha em frente a Rory. Eram três e meia da manhã.

— O que isso significa?

— Não tenho certeza. — Rory meneou a cabeça. — A não ser que é uma coisa estranha que liga todos eles.

— Muitas coisas os ligam. Mas, sem dúvida, isso é interessante. Jovens colocam moedas de um centavo nos trilhos para que os trens passem por cima delas e as achatem. Poderia ser tão simples quanto isso. Todos colocaram moedas de um centavo nos trilhos já que passaram muito tempo na casa abandonada e na ferrovia.

— Não fosse pelo fato de que uma moeda de um centavo também foi encontrada com Gorman. — Rory girava a caneca com Dark Lord na sua frente, pensando. Por fim, ela olhou para Lane. — Vamos pesquisar isso no banco de dados do Projeto de Controle de Homicídios. Quem sabe o algoritmo encontra algum resultado...

Lane concordou com a sugestão acenando a cabeça. Com certeza, o algoritmo do Projeto de Controle de Homicídios já encontrara vínculos mais bizarros do que moedas achatadas.

— Qual é a palavra-chave? — Lane perguntou. — Moedas de um centavo?

— Moedas de um centavo, moedas de um centavo achatadas, trilhos de trem.

— Teremos muitos resultados com "trilhos de trem". Mas vou inseri-la e ver o que o algoritmo propõe. Levará um ou dois dias para vasculhar todas as informações e refinar a busca.

Rory tomou o último gole de Dark Lord, esvaziando a caneca.

— Gostaria de saber se mostrar essas moedas para Gorman provocaria algo.

Intrigado com a ideia, Lane ergueu as sobrancelhas e passou a mão na parte posterior da cabeça ainda enfaixada. A mente de Rory nunca descansava. Ela se mantinha ligada ao longo da madrugada sem nenhuma dificuldade. Lane, no entanto, precisava de oito horas de sono e, depois, um bule de café antes que os seus neurônios disparassem. E os seus neurônios estavam grogues, tanto pelo adiantado da hora como pela concussão.

— Ott disse que Gorman não fala desde que saiu do coma, Rory. Os neurologistas acreditam que a sua mente já era. Um eletroencefalograma diz que não há nada lá. Contudo, o cérebro é uma coisa misteriosa. Você nunca sabe o que pode estimulá-lo. Ainda conheço algumas pessoas no Hospital Psiquiátrico de Grantville da época em que eu estava escrevendo a minha dissertação. Darei um telefonema para ver o que consigo.

56

A ENFERMEIRA ENTROU NO QUARTO 41 E VIU A PESSOA INTER-nada de pé junto à pia, com a escova de dentes na mão e olhando para o espelho. Era uma cena comum. A pessoa tinha os meios para iniciar uma tarefa, mas ficava presa em algum lugar no meio, esquecendo-se do objetivo final. A enfermeira cuidava de muitos pacientes, mas encontrava a pessoa do quarto 41 nessas situações com frequência. Às vezes de pé ao lado da porta do banheiro, por ter esquecido que sentar no vaso sanitário era a intenção original quando se dirigiu àquele local; ou sentada à mesa com o garfo na mão, mas esquecendo-se de comer. Naquele dia, a pessoa estava de pé diante do espelho, confusa com a escova de dentes na mão.

A enfermeira se aproximou. Todos mereciam compaixão e dignidade, por mais caso perdido que fossem. Nos seus trinta anos de carreira, a enfermeira tinha aprendido que o toque humano era uma maneira de trazer os pacientes com lesão cerebral traumática de volta ao presente. Um carinho no ombro, uma mão gentil no antebraço; qualquer pequena interação ajudava muito. Ela sempre fazia isso devagar e com cuidado, para não assustar a pessoa. Em seguida, conseguia um contato visual, como estava conseguindo naquele momento.

— Você ia escovar os dentes, lembra?

Após alguns instantes, a enfermeira finalmente viu um aceno de cabeça. As expressões faciais nunca mudavam; havia apenas um olhar impassível de indiferença. Porém, um aceno de cabeça era um bom sinal.

Naquela manhã, a enfermeira tinha progredido. Com a pessoa em condição tão péssima, era tudo o que ela podia esperar. A enfermeira acreditava que era como as coisas sempre tinham sido e como seriam para sempre. Havia apenas uma vez em que aquela pessoa em particular demonstrava algum reconhecimento da vida ao redor do hospital: era quando a visita aparecia. Uma vez por semana, como um relógio.

A enfermeira viu a escova de dentes subir lentamente. O objetivo estava errado. Então, ela guiou a escova até a boca da pessoa para ajudar a fazer as cerdas se moverem para cima e para baixo.

57

ERA O FIM DE TARDE DA QUINTA-FEIRA, UM DIA DEPOIS DE Rory ter topado com as moedas de um centavo que ligavam cada um dos alunos da Escola Preparatória de Westmont que se mataram. O fato de Charles Gorman também possuir uma dessas moedas era outra peça do quebra-cabeça.

Lane deu início à busca no banco de dados do Projeto de Controle de Homicídios inserindo as palavras-chave — "moedas de um centavo", "moedas de um centavo achatadas", "trens", "trilhos de trem" — e procurando correspondências com outros homicídios. Ele sabia que a busca seria ampla e que o algoritmo levaria tempo para analisar as descobertas. Enquanto ele e Rory esperavam pelos resultados preliminares, voltaram a atenção para o laptop de Lane, aberto diante deles na sala da frente do chalé. Um *pen-drive* se projetava da porta USB, e a tela do computador exibia o vídeo que os investigadores da cena do crime tinham gravado ao chegar à casa de hóspedes na noite em que Andrew Gross e Tanner Landing foram mortos.

Uma cena do crime devidamente tratada, sobretudo um homicídio, incluía uma ordem estrita de hierarquia. Depois que os socorristas determinavam a ocorrência de um homicídio, chamavam os seus superiores para desenvolver uma cadeia de comando. Detetives eram enviados, a unidade de investigação criminal era convocada e um registro era aberto para documentar todos que adentravam a cena do crime. O grupo inicial a pôr os pés na cena do crime, depois dos socorristas, era o pessoal da CSI, cujo trabalho consistia em documentar tudo com fotos e vídeos. Isso era feito antes que outros pudessem interferir nas pegadas, nas impressões digitais e nos vestígios aleatórios de DNA no local. Na caixa de provas que Henry Ott entregara a Rory viera um *pen-drive* que continha as fotos e a gravação de vídeo da cena do crime. Naquele momento, Rory e Lane assistiam à casa de hóspedes abandonada se materializar no laptop. A data e o horário apareceram na parte inferior da tela: sábado, 22 de junho de 2019, meia-noite e cinquenta e cinco.

Os holofotes proporcionavam uma bolha de iluminação na mata escura. O vídeo gravado por um dos investigadores da cena do crime deu um salto quando a câmera se moveu da área atrás da casa para a porta de entrada. O interior da construção também se achava iluminado por holofotes potentes que provocaram uma exposição à luz maior do que o normal da gravação quando o técnico entrou.

Quando a câmera se ajustou ao contraste, Rory e Lane viram um corredor estreito que levava à cozinha. Lane interrompeu o vídeo, apontou para o monitor e perguntou:

— Por que todas as portas do armário estão abertas?

— Ott me falou de um jogo chamado O Homem do Espelho. Os alunos disputavam uma versão dele naquela noite. Os espíritos que acompanham esse personagem mítico encontram um porto seguro em qualquer coisa que esteja fechada. Armários, gavetas, guarda-louças, aposentos. Abrir tudo o que se encontra impede que os espíritos fiquem para trás para amaldiçoá-lo.

— Adorável. — Lane fez uma careta. — O que houve com o Jogo do Beijo?

— Ah, essa garotada não quer mais saber do Jogo do Beijo. — Rory reiniciou o vídeo.

Na tela, a câmera se moveu por toda a cozinha e pelo primeiro andar, onde todas as portas de todos os aposentos estavam abertas. Em seguida, a câmera abriu caminho para a biblioteca da sala da frente. Rory conhecera o cômodo dois dias antes com o detetive Ott. Uma fileira de velas estava em frente de um espelho de chão com fósforos espalhados no piso ao lado das velas, e diante daquilo tudo jazia o corpo de Andrew Gross. A rigidez cadavérica ainda não se manifestara, e o cadáver dava a impressão de ter sido esvaziado, como se os seus braços e pernas antes cheios tivessem se despressurizado para deixá-lo em um montículo no chão. Uma poça de sangue, escura, xaroposa e de contornos bem definidos, cercava o corpo de Andrew. O espelho refletiu a imagem do técnico da cena do crime quando ele moveu a câmera pelo aposento, gerando uma estranha colisão entre vivos e mortos. A superfície do espelho estava manchada de sangue, assim como a parede atrás dele. Fora isso, o aposento se achava vazio, exceto pelas heras vermelhas que se moviam através da janela aberta, com as pétalas cor de cereja tremulando enquanto o ar noturno a espanava do lado de fora. A câmera se afastou da janela e apontou para a porta do aposento. No chão da entrada, viam-se traços de sangue de onde o corpo de Tanner Landing havia sido arrastado.

Houve um corte na gravação da sala da frente, e a próxima imagem que Rory e Lane viram foi filmada do lado de fora. Os holofotes iluminavam vivamente a área. O zumbido de um gerador podia ser ouvido, fornecendo energia para a iluminação da polícia. Quando a câmera se moveu pelo gramado, registrou a trilha de sangue e os sulcos produzidos pelo corpo de Tanner Landing arrastado pela terra. Devagar, a câmera se moveu do solo para o portão de ferro forjado. Inconscientemente, Rory se inclinou para trás, para longe do computador, quando o corpo de Tanner Landing foi enquadrado. Ela se lembrou de Henry Ott descrevendo a cena como um massacre, e quando Rory viu a imagem da lança perfurando o queixo do rapaz e saindo pela parte superior da testa, não conseguiu pensar em uma palavra melhor para descrever aquilo.

Ela interrompeu o vídeo e manteve os olhos na tela enquanto falava com Lane:

— Não há sinais de luta dentro daquele aposento. Faltam feridas defensivas em ambas as vítimas. Achamos que o assassino os surpreendeu, mas talvez isso não esteja certo. Talvez o assassino fosse *um deles*. Talvez o assassino estivesse com eles.

— Outro estudante?

— Possivelmente. Nesse cenário, esses dois teriam sido pegos desprevenidos, não porque alguém os surpreendeu, mas porque não havia motivos para acharem que quem estava com eles tinha a intenção de lhes fazer mal.

Lane estendeu a mão e retrocedeu o vídeo até voltar para o interior da casa.

— Olhe no espelho, Rory. Está manchado de sangue. Isso significa que o assassino atacou por trás, permitindo que os respingos de sangue se projetassem para a frente. Os dois jovens tiveram as gargantas cortadas. Para que o sangue gerasse esse tipo de padrão de respingos, os dois tinham de estar diante do espelho, com o agressor atrás deles.

Rory concordou com um movimento de cabeça.

— Pelo que o detetive Ott me disse e pelo que encontrei em uma rápida busca na internet, esse jogo exige que os participantes, olhando para um espelho, sussurrem "Homem do Espelho" algumas vezes. Talvez eles estivessem fazendo isso quando foram mortos.

Lane também assentiu, se posicionou um pouco mais para a frente no sofá e opinou:

— Então, o assassino está à espera ou está com eles quando chegam a esse aposento, e os dois ficam diante do espelho. Ele corta a garganta deles e deixa um no chão sangrando até morrer, e arrasta o outro para fora para pendurá-lo no portão. O agressor estava demonstrando o seu domínio ou se vingando. Mas arrastar um adolescente de mais de setenta quilos para fora e suspendê-lo no portão teria levado tempo. Pelo menos cinco minutos após o ataque. Isso sugere que o agressor era familiarizado com a área e não tinha pressa. Ele estava calmo. Com certeza, organizado. Sem dúvida, premeditado. Isso não aconteceu do nada. Depois que se vai além do sangue e da ferocidade, o que vejo nessa cena do crime não se encaixa na ideia de que Charles Gorman surtou. Isso é muito calculado e complicado para acreditar que ele simplesmente perdeu o controle.

Enquanto raciocinava, Lane levou a mão à parte de trás da cabeça enfaixada. E prosseguiu:

— A perda do controle pode levar alguém a matar de repente. Mas o empalamento ritualístico desse jovem no portão é algo diferente. Não foi uma reação. Foi algo planejado e intencional. Por mais que esses jovens praticassem *bullying* contra Gorman, o seu perfil não é compatível com alguém que perderia o controle. Não é compatível com alguém que mataria assim.

— Mas Gorman descreveu a cena exatamente como é mostrada aqui no vídeo, Lane. Ele escreveu os detalhes das gargantas cortadas e o empalamento no portão. Isso sustenta o seu perfil de premeditação; que ele planejou isso nos mínimos detalhes antecipadamente.

Rory olhou para o monitor um pouco mais e, finalmente, virou-se para Lane.

— Os alunos da Escola Preparatória de Westmont eram obrigados a se encontrar com os seus terapeutas uma vez por semana. Li os prontuários médicos de Bridget Matthews e Danielle Landry e notei que as suas sessões de terapia as incentivavam a registrar os seus pensamentos em diários. Seus medos, ansiedades e algumas das suas reflexões mais íntimas.

— É uma ferramenta comum em psicoterapia.

— Talvez o manifesto de Gorman fosse simplesmente isso: os seus pensamentos mais íntimos registrados em um diário como uma maneira terapêutica de dissipá-los.

— Mas isso significaria... — Lane inclinou a cabeça para o lado, em dúvida.

— ... que alguém poderia ter lido o diário de Gorman e montado a exata cena que ele descreveu.

Lane se sentou ereto, interessado na hipótese de Rory.

— A confidencialidade entre médico e paciente impõe que apenas uma outra pessoa teria tido acesso ao seu diário.

— Exato.

— A pasta de Gorman menciona que ele estava fazendo terapia?

— Sim — Rory afirmou.

— Revela o nome do terapeuta?

Rory fez que sim com a cabeça.

— Gabriella Hanover.

ESCOLA PREPARATÓRIA DE WESTMONT

VERÃO DE 2019

58

ELES ESPERARAM ATÉ MEIA-NOITE E SE ENCONTRARAM SOB O frontão gótico do prédio da biblioteca. Os holofotes apontados para cima ofuscavam o entalhe do lema da escola: *Veniam solum, relinquatis et*. Com certeza, eles estavam juntos naquela noite, mesmo que com relutância.

O último desafio proposto por Andrew Gross exigia que eles entrassem furtivamente na casa do sr. Gorman e roubassem um item pessoal. Na visita mais recente deles à casa de hóspedes abandonada, todos beberam cerveja Miller Lite, enquanto Andrew se gabava daquela etapa de desafios do ano anterior, quando ele era um novo iniciado e o seu grupo de terceiranistas roubara uma gaveta inteira de sutiãs da sra. Rasmussen. A notícia do roubo se espalhou, e os rumores na escola diziam que os responsáveis eram os envolvidos nos desafios do jogo do Homem do Espelho. Alguns dias depois, os sutiãs da sra. Rasmussen apareceram pendurados em uma fila ordenada nos beirais do prédio da biblioteca logo abaixo do lema da escola. Aquela nova turma de iniciados tinha poucas chances de superar o legado de deboche de Andrew, e nenhum deles estava disposto a chegar perto da gaveta de roupas íntimas do sr. Gorman. Porém, Tanner se convencera de que poderiam conseguir algo que chamaria a atenção e ganharia o respeito dos quartanistas.

A chave que Andrew lhes dera era supostamente uma chave mestra das portas dos fundos de todas as casas da Fileira dos Professores. Se funcionava era algo a ser determinado. Gwen havia mencionado que, após o sumiço dos sutiãs da sra. Rasmussen no ano anterior, talvez as fechaduras de todas as casas da Fileira dos Professores tivessem sido trocadas. Gwen também comentara que, depois do incidente da ratoeira, outra brincadeira não acabaria bem. Eles estavam sob escrutínio rigoroso, e Tanner e Andrew foram chamados para conversar com a dra. Hanover e o dr. Casper, que avisaram que não tolerariam o mesmo nível de desrespeito ocorrido no verão anterior. Os dois foram lembrados do código de conduta exigido pelo instituto. Invasão de domicílio não fazia parte dele.

Ainda assim, ali estavam os garotos, escondidos sob a escuridão e prontos para se dirigir furtivamente à Fileira dos Professores. Cada um tinha a sua própria razão para aquela noite. Tanner estava desesperado para se enturmar e ser aceito, e faria quase qualquer coisa para se destacar para aqueles que vinha tentando impressionar. Gwen e os outros queriam, em algum nível, fazer parte do grupo exclusivo dentro dos muros da escola. Ninguém discutiria esse ponto. Mas algo mais também os motivava. O medo. Desde que chegaram à Escola Preparatória de Westmont como calouros ingênuos, eles tinham perseguido o mito do Homem do Espelho. Quase todos os alunos, na verdade. O folclore era tão predominante na instituição que apenas alguns poucos alunos conseguiram escapar da atração da lenda. Naquele momento, de algum modo, aquele grupo de seis alunos tinha a oportunidade de participar daquela fábula. Não alguma réplica barata que alguns outros alunos tentaram criar. O dia 21 de junho era o lance genuíno. Mas para chegar lá, para se beneficiar dos privilégios resultantes da conclusão do desafio do Homem do Espelho, eles teriam que passar pelos desafios da iniciação. Acreditavam no mito o suficiente para seguir Tanner naquela noite através das sombras da escola.

Ninguém fazia ideia do quanto as suas vidas estavam prestes a mudar.

59

O PLANO PREVIA QUE TANNER ENTRASSE PELA PORTA DOS fundos da casa do sr. Gorman e pegasse a primeira coisa que visse na cozinha. Não importava o que fosse. O importante era que pertencesse a Charles Gorman. Depois, eles trancariam a porta silenciosamente e desapareceriam na noite, concluindo assim o último desafio antes do evento do solstício de verão.

Mantendo-se nas sombras eles chegaram à Fileira dos Professores, onde apenas as luzes das varandas de algumas casas estavam acesas. As outras residências se encontravam escuras e silenciosas. Os garotos se aproximaram do número 14 e se dirigiram para os fundos. Os passos individuais eram quase inaudíveis, mas o conjunto soava como uma brigada do exército. Ao alcançarem a parte de trás da casa, perceberam que uma das janelas do sr. Gorman estava iluminada.

— Merda! — Tanner exclamou. — Ele está acordado?
— Vamos desistir.
— Nem pensar, Gwen. Não podemos falhar em um desafio.
— Se formos pegos, seremos expulsos da escola. Hanover e Casper estão de olho em nós este verão.
— Vocês podem ir, mas Bridget e eu vamos ficar e cuidar disso. — Tanner olhou para o resto do grupo. — Estão dentro ou estão fora?
— Basta ver o que está acontecendo. — Gavin chacoalhou a cabeça. — Se ele estiver acordado, será impossível entrar. Vamos ter que voltar outra noite.

Tanner se afastou dos amigos, agachou-se e se aproximou da janela dos fundos. Ele se arrastou ao longo da lateral até alcançar o lado da janela iluminada. Inclinou-se para a frente e espiou o interior. Os outros o observavam apreensivos e contendo a respiração. Estavam prontos para fugir pela noite se a porta dos fundos se abrisse ou as cortinas se movessem. Em vez disso, porém, avistaram a silhueta escura de Tanner acenando freneticamente para eles ao lado da janela.

— Venham aqui! — ele disse em um sussurro desesperado. — Agora!

Gwen e Gavin se entreolharam, e todos se moveram lentamente e juntos até ele. Tanner abafava uma gargalhava, segurando o peito como se pudesse sofrer um ataque cardíaco. Ele apontou para a vidraça.

— O professor está mandando ver! — conseguiu balbuciar.

Gwen e Gavin se inclinaram para além da moldura da janela, e o interior da casa ficou visível. Theo, Danielle e Bridget fizeram o mesmo. Os rostos captaram a luz amarela suave que escapava pela vidraça. Do lado de dentro, a luz vinha de um abajur, cuja luminosidade ofuscava o corpo nu de Charles Gorman. Ela movia os quadris em uma cadência rítmica, e pernas esbeltas se enlaçavam em torno da sua cintura. Assim, todos tinham uma visão voyeurística do traseiro do professor de química, apertando e afrouxando as nádegas.

— Puta merda! — Gavin exclamou, afastando-se rapidamente dali.

Todos o imitaram e reprimiram as risadas.

— Vamos cair fora — Gwen disse — e deixar para outro dia.

— Isso é bom demais para perder. — Tanner pegou o celular, ativou a câmera e começou a gravar um vídeo da ação pela janela.

A certa altura, o sr. Gorman se posicionou como se estivesse fazendo uma flexão, virou a cabeça para o lado e exibiu uma expressão impagável de êxtase antes de empurrar as nádegas para a frente uma última vez. Ficou ali com o corpo tremendo. Tanner tentou segurar a câmera com firmeza, mas a sua risada fez o celular balançar.

Os outros também voltaram a olhar pela janela, achando impossível perder aquela cena. Eram como aqueles curiosos que ficam olhando para um acidente de carro. Quando o sr. Gorman tornou a virar a cabeça, ficando portanto com o rosto visível, todos se abaixaram sob a moldura da janela. Por mais alguns segundos, Tanner segurou o celular acima do parapeito.

— Vamos.

— Ainda não, Gwen. — Tanner baixou o celular e o guardou no bolso.

Do mesmo bolso, ele tirou uma buzina a gás. Então, engatinhou por baixo da vidraça e correu para a porta dos fundos. Os outros ficaram observando, ainda atordoados com o que tinham acabado de testemunhar e não plenamente conscientes das intenções de Tanner. Até que ouviram o rangido baixinho da abertura da porta dos fundos da casa do sr. Gorman. Por um momento, Tanner desapareceu no interior dela e depois reapareceu trazendo um diário encadernado em couro.

— Foi a primeira coisa que encontrei — ele afirmou, ofegando devido à adrenalina.

— Você é muito louco. — Gavin agarrou a mão de Gwen. — Vamos cair fora daqui.

Todos deram as costas para a porta ainda aberta e começaram a empreender uma fuga silenciosa. Foi quando a buzina a gás soou. Três buzinadas longas que quebraram o silêncio da noite com um berro ensurdecedor.

— Melhor correr, babacas! — E Tanner disparou adiante, deixando-os para trás.

A porta da casa do professor Gorman continuava aberta.

Com os corações aos pulos, todos saíram correndo, encobertos pela escuridão.

60

CHARLES GORMAN OFEGAVA QUANDO SE DEITOU SOBRE A mulher debaixo dele, sentindo as unhas dela percorrerem as suas costas.

— Passe a noite aqui — ele sussurrou no ouvido dela.

— Você sabe que não posso.

Ele nunca pressionava, apenas pedia. Os dois ficaram em silêncio, apenas com a respiração audível enquanto permaneciam abraçados. Então um barulho ensurdecedor invadiu a casa. Depois outro e outro. Três berros que assustaram os dois.

— Que diabos?! — Charles gritou, saindo da cama e caindo no chão, como se a massa sonora o tivesse erguido fisicamente e atirado para baixo.

A mulher cobriu o corpo nu com os lençóis. Charles ouviu risadas e passos em fuga. Vestiu a cueca e correu para fora do quarto, passou pelo corredor e entrou na cozinha. Encontrou a porta dos fundos aberta. Ele acendeu as luzes e olhou ao redor. A casa estava vazia. Charles correu para fora e percorreu com o olhar o caminho que passava atrás das casas geminadas. Ouviu o ruído dos passos à sua esquerda, mas eles desapareciam rapidamente na noite. Andou alguns metros na direção deles e voltou a prestar atenção, mas tudo o que ouviu foi o cricrilar dos grilos. Outro momento se passou, e Charles ficou tentado a correr pela escuridão e seguir os passos. Tinha certeza de que conseguiria alcançar os fugitivos. Calculou que estavam indo para os dormitórios, mas ele vestia apenas a sua cueca branca. Assim, virou-se e voltou para casa. Ao entrar no quarto, Gabriella Hanover já estava vestida e visivelmente abalada.

— Malditos! — Charles franzia a testa. — Eles acham que mandam neste lugar no verão.

Gabriella passou a mão trêmula pela boca e pelo rosto.

— Quem eram?

— Não os vi, mas Andrew Gross ou Tanner Landing devia estar entre eles.

— Charles, você acha que eles nos viram?

— Como poderiam ter nos visto?

— Eles estavam na casa, Charles! Você acha que eles nos viram?

— Não. Era apenas um desafio estúpido. Abrir a porta e tocar uma buzina, ou fosse lá o que aquilo fosse. Eles não teriam coragem de entrar na minha casa, aqueles pequenos imbecis.

— Podemos ter muitos problemas se alguém descobrir algo a nosso respeito. Existem regras contra o que estamos fazendo.

— Ninguém descobrirá, Gabriella. Ninguém viu nada. São crianças estúpidas em um desafio estúpido.

— Eu ocupo uma posição superior à sua, Charles. Isso mostra uma completa falta de juízo da minha parte. Se alguém descobrir algo a respeito disso, o conselho de administração vai me dispensar imediatamente. Sem falar que estou dormindo com um dos meus pacientes. Posso perder a minha licença!

Ele se aproximou dela e procurou confortá-la, mas Gabriella o afastou.

— Tenho que ir — ela disse. — Amanhã nos falamos.

Gabriella Hanover correu para a porta dos fundos. Charles Gorman ficou na sua cozinha e a observou sair. Em seguida, foi até a porta e a fechou com força.

PARTE VII
AGOSTO DE 2020

61

NA SEXTA-FEIRA, RORY ACORDOU QUANDO A COR DE COBRE fosco de antes do amanhecer preenchia as molduras da janela. Ela ouviu a respiração ainda difícil de Lane: ao expirar, era um leve murmúrio. Um sintoma persistente da inalação de fumaça. Consultou o relógio ao lado da cama: cinco e doze. Com um sono leve durante toda a vida, Rory acordava com o menor ruído. E uma vez acordada, voltar a dormir era difícil. Abrir os olhos era como ligar um computador. A mente de Rory fazia barulho e entrava em processamento, pronta para ser posta para trabalhar. Isso era especialmente verdade quando ela se achava no meio de um caso.

Rory saiu da cama e pegou o corredor usando camiseta regata e short e pondo uma camisa de flanela por cima. Sombras escuras se projetavam no andar de baixo do chalé. Rory desceu a escada, apanhou um refrigerante *diet* na geladeira e se dirigiu ao solário. Sentada à mesa, acendeu a luminária. A boneca Armand Marseille Kiddiejoy estava na caixa especial para viagem.

Naquele momento, ela a levantou para examinar o trabalho que havia feito ao restaurar a orelha e a bochecha. Rory esmaltara a porcelana com o epóxi, o que eliminara o reticulado de rachaduras. Naquela manhã, começou a trabalhar removendo as cores incompatíveis com a mistura secreta de vodca e detergente da tia-avó Greta. Quando terminou, ela assumiu o desafio de lixar a porcelana. Era uma tarefa meticulosa e tediosa, que exigia rodadas de lixamento com lixas cada vez mais finas — a última das quais era de granulação seiscentos, tão fina que ela mal conseguia senti-la

—, até que a textura do lado reparado correspondesse exatamente com a do outro. Depois de duas horas, Rory fechou os olhos e passou as pontas dos dedos no rosto da boneca, sentindo as imperfeições que seus olhos talvez tivessem deixado escapar. Não encontrou nenhuma. Em seguida, iniciou o processo de coloração da porcelana, para devolvê-la à sua cor original. Consultou as fotos que obtivera no leilão, e também algumas que tirou da internet. O catálogo da boneca alemã estava apoiado em um cavalete em frente à mesa e aberto na página que exibia a Armand Marseille Kiddiejoy na sua forma natural, com as bochechas da cor de vinho rosé contrastando com a pele branca pálida.

Rory começou com o pincel mais largo do jogo Foldger-Gruden, cujas cerdas tinham pouco menos de dois centímetros e meio. Ela usou aquele pincel largo para aplicar a primeira camada de *primer*, que coloria a superfície do rosto da boneca com um tom de amarelo amêndoa. Após a primeira demão, empregou o soprador térmico antes de passar a luz ultravioleta sobre a porcelana. Na sequência, aplicou a segunda camada de *primer*. Ao alternar entre a coloração e a secagem, Rory enfiava e tirava os pincéis do bolso da camisa de flanela em movimentos rápidos, mal pensando enquanto vencia as exigências rigorosas da sua arte.

Passaram-se mais de duas horas antes que Rory se desse conta da dor nas suas costas. Ela se levantou e se alongou para relaxar a rigidez muscular. Em seguida, colocou a boneca de lado. Estava quase pronta. Tudo o que restava era adicionar os detalhes dos cílios, o rubor das bochechas, o sombreado ao redor das narinas e a coloração nos cantos dos lábios. Num instante, a mente de Rory percorreu cada pincelada meticulosa que seria necessária; milhares e milhares delas, uma após a outra. Ela ansiava por começar a cuidar desses pormenores finais. Talvez fosse o seu elemento favorito da restauração. No entanto, Rory precisava que a porcelana secasse antes de aceitar adequadamente os pastéis finos que ela acrescentaria.

Rory pegou outra lata de refrigerante da geladeira e ouviu a cadeira no escritório do andar de cima ser arrastada pelo chão. Ela sabia que Lane estava de volta ao computador, inserindo mais palavras-chave no banco de dados do Projeto de Controle de Homicídios e procurando qualquer ligação que conseguisse encontrar que dissesse respeito a suicídios e moedas de um centavo achatadas em trilhos de trem. Na tarde anterior, Lane passara a maior parte do tempo ocupado com a descoberta de Rory da moeda de um centavo, catalogando cada resultado que o banco de dados fornecia e tentando entendê-lo. Mais tarde, na noite passada, ele disse que tinha encontrado uma pista promissora. Ela estava ansiosa para ouvir o que ele descobrira, mas, assim como Rory, Lane tinha as suas próprias esquisitices. Entre elas incluía-se a necessidade de isolamento quando ele estava no meio de um projeto. Rory lhe dava espaço até que Lane estivesse pronto para compartilhar o que conseguira.

Rory voltou a se sentar à mesa no solário. Eram quase dez da manhã quando ela dirigiu a atenção para a caixa de provas. Diante dela estava o quadro de cortiça com os rostos dos alunos da escola e do homem acusado de matar dois deles.

Ela tirou a pasta de Theo Compton da caixa. Rory já tinha lido o seu conteúdo uma vez antes, na noite seguinte à que o detetive Ott lhe entregara a caixa com as pastas. Naquele momento, ela leu de novo. A sua mente registrara tudo na sua leitura inicial, mas um pensamento distante continuava fervilhando na superfície da sua mente; uma suspeita subconsciente que ela não conseguiu identificar ou reconhecer de imediato. Rory sabia apenas que aquele pensamento subterrâneo precisava ser escavado. Se ela ignorasse aquela noção, se falhasse em cavoucar e descobrir o seu significado, alguma parte da sua mente ficaria preocupada para sempre com o que ela deixara escapar. Em pouco tempo, aquela preocupação se transformaria em uma obsessão. E a obsessão, se não fosse reprimida, se transformaria em uma compulsão. Na sua vida cotidiana, Rory lutava contra essa aflição. Na sua rotina diária, aquele tipo de pensamento era uma doença poderosa o suficiente para arruinar a sua vida. No seu trabalho, porém, Rory aproveitava aquela doença e todas as suas idiossincrasias para descobrir aquilo que todos os outros tinham deixado escapar.

Ela tirou fotos da pasta de Theo e as espalhou sobre a mesa. Eram cópias grandes de 20x25 dos trilhos do trem, do corpo de Theo Compton, das pegadas dos sapatos e da área circundante. Na primeira vez em que Rory examinou a pasta, concentrara-se na moeda achatada e oblonga encontrada no bolso de Theo no momento do seu suicídio. Mas havia algo mais. Algo que a sua mente subconsciente notara. Naquele momento, ela trabalhava para descobrir o que era.

As fotos eram de autoria dos investigadores do Instituto Médico Legal do necrotério do condado de LaPorte, e foram tiradas após Mack Carter ter ligado para o serviço de emergência e depois que os paramédicos chegaram ao local para tentar reanimar a vítima. No processo, eles reposicionaram o corpo de Theo Compton antes de declará-lo morto. O pessoal do Instituto Médico Legal chegou em seguida para documentar a cena. Não obstante as fotos que Rory examinava naquele momento, ela se lembrava de uma imagem diferente de Theo Compton. A imagem que piscava na sua memória fora feita antes da chegada ao local dos investigadores do Instituto Médico Legal, do médico-legista ou dos paramédicos. Era de quando Mack Carter encontrara o corpo de Theo. Havia uma gravação daquele momento, e Rory a tinha visto. O vídeo tremido que Ryder Hillier fizera era uma gravação de celular, apenas com a lanterna do aparelho tentando iluminar a noite escura como breu, proporcionando uma imagem granulada e de baixa qualidade. Independentemente da qualidade amadorística do vídeo, Rory se lembrava de algo a respeito da gravação naquele momento. O que quer que fosse ficara armazenado na sua mente, onde estava adormecido e intocado. Porém, naquele momento, ao olhar para as fotos do corpo de Theo Compton na cena do crime, aquela outra imagem ganhou vida. Algo dela estava arranhando o seu cérebro e provocando sinapses cerebrais. Rory tentou evocar a imagem e descobrir o que a estava incomodando, mas a noção simplesmente se achava fora de alcance.

Rory abriu o laptop e acessou o blog de Ryder Hillier, na esperança de ver o vídeo, mas ele tinha sido excluído. Em seguida, verificou o canal da jornalista no YouTube, mas obteve o mesmo resultado. Fez uma busca na internet, mas todos os sites que prometiam o vídeo proibido eram um beco sem saída. "Este vídeo não está mais disponível" aparecia em cada link em que Rory clicou. O vídeo desaparecera.

Rory recostou-se no espaldar. Havia algo no vídeo que não correspondia às fotos que ela estava vendo naquele momento. Fechou os olhos e tentou girar o rolo de informações na sua mente de volta para o momento em que vira o vídeo. Mas, por mais que tentasse, não conseguiu ressuscitar aquilo que sabia que estava lá. Sabia apenas que a imagem armazenada a fizera questionar uma suposição que todos tinham feito até aquele momento.

E se os alunos da escola não tivessem cometido suicídio? E se tivessem sido mortos?

Rory se levantou, pegou a sua mochila, abriu o zíper do compartimento da frente e tirou o cartão de visita que Ryder Hillier lhe dera na noite em que se conheceram no hospital. Então, pegou o celular e digitou.

62

NA MANHÃ DA SEXTA-FEIRA, RYDER HILLIER VIAJOU DURANTE quatro horas até Cincinnati, e naquele momento, às dez e pouco, estava sentada diante da mãe de Theo Compton, à mesa da cozinha, segurando a caneca de café fumegante que Paige lhe servira.

— Obrigada por vir.

— E obrigada por me convidar. — Ryder sorriu. — Estou ansiosa para ouvir a sua história, mas quero reafirmar o quanto lamento por ter postado aquele vídeo do seu filho. Por favor, acredite em mim quando digo que estou muito arrependida.

— Obrigada por dizer isso. De todo modo, nada trará o meu filho de volta. — A sra. Compton sentou-se. — Diga-me como você soube que Theo estaria na casa de hóspedes naquela noite.

Ryder prendeu a caneca quente entre as mãos para mantê-las ocupadas. Ainda se sentia constrangida por estar sentada na cozinha dos Compton. Primeiro por causa da ação judicial que Paige movera contra ela; segundo, porque se o seu editor descobrisse que ela estava correndo atrás dessa história, ele a despediria sem pestanejar.

— Theo deixou uma mensagem no site do podcast de Mack Carter — Ryder disse —, que indicava que ele estaria na casa naquela noite.

— Fazendo o quê?

— No momento em que li, eu não fazia ideia.

— O que dizia?

— A polícia não revisou isso com você?

— Não. Mal falaram comigo. Me avisaram que Theo se matou, mas não se importaram comigo ou com o meu marido desde então. E como estamos tão distantes, tudo o que podemos fazer é deixar mensagens e esperar por um retorno de ligação.

— Gostaria de ver a mensagem que Theo escreveu? — Ryder perguntou. — Posso pegá-la no meu celular.

Com os olhos lacrimejantes, Paige assentiu com um movimento de cabeça.

No celular, Ryder abriu o site de *A casa dos suicídios*. Fazia duas semanas que o último episódio fora transmitido e, a despeito da morte de Mack Carter, ela sabia que o seu grande público aguardava novos episódios. Ryder navegou pelo fórum de discussão até encontrar o comentário enigmático de Theo.

— Aqui está: "MC, 13:3:5. Hoje à noite. Vou te contar a verdade. Então, o que quer que aconteça, acontecerá. Estou pronto para as consequências".

A sra. Compton pegou o celular quando Ryder o ofereceu.

— O que significam os números? — A sra. Compton olhava fixamente para a mensagem.

— São coordenadas. Instruções sobre como chegar à casa de hóspedes abandonada por um caminho dos fundos.

— Como você sabia o que eles significavam?

— Investiguei bastante sobre a Escola Preparatória de Westmont desde os assassinatos no verão passado e escrevi a respeito no meu blog. Durante a minha investigação, deparei com a mensagem em código. Um ex-aluno que entrevistei me deu uma pista do significado, e fiquei com a impressão de que a maioria dos alunos sabia o que os números queriam dizer. Há um certo folclore em torno do código e muitos rumores e especulações sobre o que acontece na casa de hóspedes.

— Isso tem a ver com o jogo que eles estavam jogando?

Ryder encolheu os ombros e balançou a cabeça.

— Não tenho certeza. Eu só sabia que aquele era um pedido de Theo para que Mack Carter o encontrasse na casa de hóspedes. Foi por isso que fui até lá, correndo atrás de um furo jornalístico. Tentando ser a primeira a divulgar a notícia.

— Que tipo de furo você achou que encontraria?

— Não sabia ao certo. Theo havia começado a revelar alguns detalhes ao conversar com Mack Carter antes de mudar de ideia no último minuto. O seu filho foi o destaque em um dos episódios do podcast. Sempre achei que tinha mais coisas por trás na história da escola, e acho que imaginei que Theo soubesse algo a respeito. Mas acredite em mim quando digo que jamais me ocorreu que encontraria Theo do jeito que encontrei.

Por algum tempo, a sra. Compton ficou sentada em silêncio. Então, desviou o olhar do celular e encarou Ryder.

— Por que o meu filho pediria a um repórter investigativo, que fazia um podcast sobre os assassinatos na sua escola, para encontrá-lo no mesmo lugar onde ocorreram os crimes só para se matar antes que o repórter chegasse?

A pergunta foi tão firme e direta que fez Ryder piscar diversas vezes pensando nela.

— Eu... não sei — Ryder respondeu, por fim.

— Theo nunca conversou muito comigo sobre o que aconteceu na noite em que ele e os amigos foram para aquela casa na mata. Nunca falou sobre os rapazes que foram mortos no verão passado. Disse que era muito difícil falar a respeito e que os médicos da escola o estavam ajudando, bem como os outros alunos, a superar a tragédia. Nunca o pressionei. Achei que Theo já sofrera bastante e não seria justo que a sua mãe o incomodasse. Mas então Theo me ligou. Foi na véspera da sua morte. Ele disse que estava preocupado.

— Com o quê?

— Com o que ele estava planejando fazer.

Ryder se inclinou para a frente. O vapor do café subiu até o seu queixo.

— E o que era?

— Ele disse que iria conversar com um repórter sobre o que houve aquela noite na mata, e sobre algumas coisas que vinham acontecendo desde então.

— Que coisas?

— O meu filho tinha um grupo de amigos de quem era próximo em Westmont. Um pessoal que ele conhecia desde o primeiro ano. Theo disse que havia algo que eles queriam contar para a polícia sobre aquela noite. E que ele estava pronto para revelar.

— Do que se tratava?

A sra. Compton fez um gesto negativo com a cabeça.

— Ele nunca me falou. A sua ligação foi apenas para me avisar que aquilo iria metê-lo em algum apuro, mas que não podia mais esconder aquilo. Que ele sabia algo sobre o seu professor de química. Aquele que matou os rapazes.

— O sr. Gorman? O que Theo sabia?

— Mais uma vez, ele nunca me disse. Mas ele queria contar para alguém, e decidira que esse alguém seria Mack Carter. Mas antes que ele o fizesse... — A sra. Compton começou a chorar.

— Mas antes que ele o fizesse... Theo se matou?

A sra. Compton voltou a fazer um gesto negativo com a cabeça.

— Não o meu Theo. Ele jamais faria isso.

Ryder deixou que a implicação se fixasse, mas precisava ter certeza de que estava na mesma sintonia.

— Quer dizer que se Theo não se matou...

A sra. Compton levantou os olhos, com as lágrimas rolando pelo rosto.

— ... alguém o matou. Alguém que não queria que Theo falasse sobre o que houve com os seus amigos naquela noite.

Ryder moveu a sua cadeira um pouco para a frente.

— Você falou com a polícia sobre isso?

— Eu tentei convencê-los de que Theo nunca acabaria com a própria vida. Ele em hipótese alguma faria isso com a sua família. Mas os investigadores não me ouviram. Eles acham que sou apenas uma mãe de luto, incapaz de aceitar o suicídio do filho. Foi por isso que liguei para você. A polícia não pensará mais na morte do meu filho. Mas sei que você, sim. Preciso da sua ajuda. Preciso que descubra o que Theo queria dizer. O que ele ia contar para Mack Carter.

Muitas coisas passaram pela mente de Ryder. O caso da Escola Preparatória de Westmont não estava morto. De repente, ela passava a olhá-lo por uma nova perspectiva, de um ângulo diferente, munida de uma conclusão a que ninguém mais tinha chegado. Ryder sabia que casos arquivados eram resolvidos quando novos olhos enxergavam antigas provas.

— Ok — Ryder afirmou, por fim, ordenando as ideias. — Vou investigar isso para você e ver o que consigo encontrar. Farei o que puder, mas sem prometer que alcançarei algum progresso. Acho que vou começar com os amigos de Theo.

— Esse é o problema. — A sra. Compton deu de ombros. — Restam apenas dois deles. E pelo que sei, era deles que Theo tinha medo.

Antes que Ryder pudesse fazer outra pergunta, o seu celular tocou.

63

GWEN MONTGOMERY SUBIU AS ESCADAS DO PRÉDIO DA biblioteca até chegar ao último andar. Seis mesas de madeira robustas estavam posicionadas em ordem precisa entre as prateleiras que continham revistas, jornais antigos e enciclopédias. Os alunos iam até ali em busca de silêncio — para realmente estudar, e não para conversar ou rir, como o que acontecia no andar principal da biblioteca.

Durante o período de verão, com apenas um pequeno número de estudantes na escola, o último andar da biblioteca se achava sempre vazio. Assim, ele se tornara o local para os encontros dela com Gavin. O dormitório fora considerado muito perigoso para as discussões deles.

Gwen caminhou até a fileira de janelas com vista para a entrada da frente da instituição: os grandes pilares de tijolos ligados pelo alto portão de ferro forjado, que era fechado cerimoniosamente todos os anos no Dia do Portão, aprisionando os alunos dentro da escola. Embora não visível da perspectiva dela dentro do prédio da biblioteca, Gwen sabia que as janelas pelas quais ela olhava naquele momento estavam posicionadas logo abaixo das letras entalhadas no frontão triangular, que lembravam os alunos que eles tinham chegado sozinhos à Escola Preparatória de

Westmont, mas que sairiam juntos. Naquele momento, ela se perguntava se sairia algum dia.

— Oi — Gavin disse baixinho atrás dela.

Gwen se assustou e deu as costas para a vidraça.

— O que foi? Qual é o problema?

Por si só, a pergunta dele a incomodou. Gavin sabia muito bem qual era o problema, e a sua despreocupação com a situação sempre a perturbara, mas não mais do que nas últimas semanas. As ações deles tinham afetado muitas vidas.

— Sinto que não fazemos ideia do que está acontecendo, Gavin. Não imaginamos o que alguém possa saber. Desde que o podcast acabou, e o site de Ryder Hillier foi tirado do ar, estamos no escuro.

— Isso até que é bom. — Gavin se aproximou de Gwen. — Você se lembra de como ficou preocupada quando ouviu falar do podcast? Quanto menos gente meter o bedelho, melhor para nós.

— Mas pelo menos tínhamos informações. Pelo menos sabíamos qual era o ritmo da investigação. Agora, não sabemos nada.

— O importante é que ninguém está pedindo para falar com a gente. É com isso que devemos nos preocupar no momento. Você quer gente bisbilhotando? Queria ver o que teria acontecido se Theo tivesse aberto o bico?

— Meu Deus, Gavin! Você fala como se fosse bom Theo ter se matado!

— Foi uma coisa trágica, mas poderia ter sido pior se ele tivesse contado para Mack Carter sobre aquela noite. Droga, Gwen, sou o único raciocinando claro aqui, e por isso, sou crucificado! Onde estaríamos agora se eu não estivesse segurando as pontas?

Gwen não respondeu.

— Escute, eu sei que isso é difícil — Gavin disse, em um tom mais carinhoso. — Acontece que não temos mais escolha. Em certo momento, tomamos a nossa decisão. Agora, temos que superar isso. E nos manter unidos. Somos os únicos que sobraram, Gwen. Somos só eu e você.

Gwen assentiu, enlaçou os braços em torno dos ombros ossudos e se abraçou.

— Eu só queria que tivéssemos um jeito de ficar a par da investigação. Seria ótimo ter um modo de descobrir o que *eles* sabem.

— Você não percebe? A falta de informação é uma coisa *boa*. Significa que eles não sabem nada. E enquanto você e eu permanecermos juntos, continuará assim.

Gavin a pegou nos braços. Mas o toque de Gavin não aconchegava mais. Ele não gostava mais dela. Ele mudara tanto desde o ano anterior que Gwen mal o reconhecia.

64

AO SAIR DO PRÉDIO DA BIBLIOTECA, GWEN ENXUGAVA AS lágrimas dos olhos. A pressão começava a esmagá-la. Na verdade, estava muito longe do *começo*. Aquilo a estava matando. Era como se ela carregasse uma pedra enorme nos ombros desde o ano passado e lutasse com as pernas trêmulas para se mover pela vida. Finalmente, depois de catorze meses, era demais para suportar. As palavras de Gavin não a confortavam mais. As suas garantias de que o tempo curaria as suas feridas e levaria embora a sua culpa não eram mais críveis. Ele fazia parte de tudo. Talvez ele fosse a causa de tudo. Tinha sido ideia dele.

Sem Gavin, Gwen precisava de alguém para orientá-la. Não podia recorrer aos pais. Não naquele momento. Não depois de tanto tempo. Os esforços da dra. Hanover também foram em vão. Apenas uma pessoa já tinha aliviado sua dor. Apenas um alguém aplacara a sua culpa por aquela noite. Gwen confiou-lhe a sua vida e, sem mais ninguém a quem recorrer, enfim decidiu contar tudo a ele.

Gwen caminhou pelo *campus* até chegar à Fileira dos Professores. Não olhou para a casa número 14 quando passou por ela. Fazer aquilo a lembrava da ocasião em que ela e o seu grupo causaram tanto estrago. A noite em que tudo mudou para sempre. Como as coisas seriam diferentes se não tivessem ido à casa do sr. Gorman aquele dia... Como a sua vida seria diferente agora se não tivessem gravado aquele vídeo ou seguido Tanner Landing como um rebanho de ovelhas.

Ela afastou para longe as lembranças e os pensamentos hipotéticos. Ao longo do ano anterior, ela pirara com sonhos de voltar no tempo. Com fantasias de que o relógio poderia retroceder para ela, para que pudesse mudar as decisões que tomara naquela noite.

Ao chegar à casa do dr. Casper, Gwen subiu a escada e bateu na porta. Daquela vez, quando ele a abriu, ela não lhe deu a chance de protestar contra a sua presença. Não lhe deu a oportunidade de recusar os seus pedidos de ajuda.

— Preciso falar com você. — Ela passou ao lado dele e entrou na sala da frente, que era usada como consultório. Sentou-se na poltrona de veludo de encosto alto, onde sempre se sentara durante as sessões com ele, até ter sido transferida para a dra. Hanover depois dos assassinatos.

Levou algum tempo até o dr. Casper vir ao seu encontro. Gwen podia sentir a apreensão dele, como se o doutor soubesse que as palavras dela estavam prestes a mudar tudo. Como se ele soubesse que Gwen estava frágil e no limite.

Gwen o viu se transformar na pessoa que sempre tinha sido para ela. O médico que sempre soubera como ajudá-la. Alguém que nunca lhe viraria as costas, por mais terrível que fosse o que ela tivesse feito.

— Em que você está pensando? — o dr. Casper finalmente perguntou, em um tom cadenciado e calculado.

Enquanto pensava, Gwen esfregou o punho na boca e mordeu a articulação dos dedos.

— Quero te falar sobre a noite em que Tanner e Andrew foram mortos.

O dr. Casper permaneceu firme como uma rocha junto ao batente da porta. Surpreso, ergueu as sobrancelhas.

— Você já não contou para a polícia tudo o que sabe?

— Não, algo aconteceu naquela noite comigo e os meus amigos. Nós não contamos para ninguém. — Gwen olhou para o colo, ordenando as ideias. E então, voltou a fitar o dr. Casper. — Envolve o sr. Gorman. Nós sabemos que ele não matou Tanner e Andrew.

O dr. Casper deu dois passos rumo ao interior da sala.

— Gwen, não sei se sou a pessoa para quem você deve contar isso.

— Você é a única pessoa para quem posso contar.

ESCOLA PREPARATÓRIA DE WESTMONT

VERÃO DE 2019

65

ÀS NOVE DA MANHÃ, NA TERÇA-FEIRA – POUCOS DIAS DEPOIS da caminhada noturna de sábado pelas sombras da Escola Preparatória de Westmont até os fundos da casa 14 —, a notícia do vídeo tinha circulado em cada canto da instituição. Quase todos os alunos suplicavam para ver as imagens.

Como Tanner gravara o vídeo, que naquele momento estava unicamente no seu celular, ele o usava como um ímã para atrair a atenção da qual era tão sedento. No laboratório de química, um grupo de alunos se amontoava ao redor dele, vendo e revendo o vídeo semipornográfico, mas sobretudo cômico, de um Charles Gorman nu, empurrando os quadris como um coelho até virar a cabeça para o lado e exibir para a câmera uma expressão frenética de êxtase.

Gwen não precisava estar junto assistindo para imaginar qual parte o grupo via. Quando todos caíram na gargalhada, ela soube que Tanner parara o vídeo no rosto do sr. Gorman. Ela se sentia triste pelo professor de química. Uma parte tão íntima da vida dele fora roubada, e agora estava sendo servida a todos com uma necessidade voyeurística por alguém que ansiava pela aceitação dos seus colegas mais do que respeitava os direitos básicos de privacidade.

Tanner criara memes do que considerou os melhores momentos do vídeo. Havia um intitulado *A britadeira*, que incluía as nádegas nuas do sr. Gorman saltando furiosamente para cima e para baixo, em uma repetição acelerada. Outro foi chamado de *A gozada do sr. G*, que incluía um *zoom* e um *close* do rosto granulado e escurecido quando o sr. Gorman virou a cabeça para o lado.

— Ele é um babaca — Gavin disse a Gwen.

Eles estavam à sua bancada com Theo e Danielle.

— Tanner vai enviar esse vídeo para alguém e, em breve, aparecerá em alguma rede social. Aí, todos nós vamos nos ferrar.

— Fale com ele — Gwen pediu.

— Já falei. Ontem à noite, quando vi os memes que ele estava criando. Avisei a Tanner que teríamos muitos problemas se esse vídeo vazasse. Ele não quer saber. Tanner acha que esse é o seu passaporte para cair nas boas graças de Andrew Gross. Ele tem certeza de que será considerado um feito maior do que os sutiãs da sra. Rasmussen pendurados na biblioteca.

— Bom dia — o sr. Gorman cumprimentou ao entrar no laboratório. — Fiquem quietos e se reúnam em seus grupos. — Ele olhou para os estudantes amontoados no canto de trás do laboratório. — Sr. Landing, o que há de tão divertido por aí?

— Nada. — Tanner guardou o celular no bolso de trás da calça.

Sorrisos e risos reprimidos tomaram conta de toda a turma.

— Eu estava me preparando para a experiência que vamos fazer hoje.

— Excelente — o sr. Gorman disse. — Então, com certeza, você será capaz de explicá-la para a classe.

— Ah, sim... — Mal conseguindo controlar o riso, Tanner olhou para Andrew Gross, diante dele. — A experiência de hoje criará um acúmulo lento até uma erupção repentina.

Imediatamente, a turma caiu na gargalhada. O sr. Gorman esperou que os alunos ficassem em silêncio.

— Há um vídeo curto a que vamos assistir sobre a experiência de hoje. — O sr. Gorman diminuiu as luzes e puxou a tela do projetor para baixo. Ele ligou o projetor, e um quadrado azul de luz apareceu na tela.

Nesse exato momento, Gwen sentiu o estômago embrulhar.

— Ah, meu Deus... — ela sussurrou para Gavin. — Por favor, me diga que ele não fez isso...

O sr. Gorman começou o vídeo. A cor azul desapareceu e, um instante depois, o meme intitulado *A britadeira* surgiu. A turma se manteve calada quando o corpo nu do sr. Gorman apareceu na tela. Charles

Gorman levou um momento para entender o que via, pois o vídeo foi reproduzido por alguns segundos antes de ele desligar o projetor e sair rapidamente do laboratório.

Era 18 de junho.

66

CHARLES GORMAN ESTAVA EM PÂNICO. DE ALGUMA FORMA, ele fora filmado. Supôs que o vídeo fora gravado pela janela do seu quarto, mas só tinha dado uma breve olhada nele antes de desligar o projetor e sair correndo do laboratório. Naquele momento, enquanto uma repetição do vídeo passava pela sua cabeça, a sua mente lhe pregava peças, e a sua memória parecia irregular. Ficava ainda pior cada vez que pensava naquilo. Em conjunto com a sua outra descoberta — Charles dera busca em todos os cantos da sua casa —, era o suficiente para colocá-lo no limite de qualquer comportamento racional.

Gorman chegou ao consultório de Gabriella, em cuja porta bateu com mais força do que pretendia. Pouco depois, ela veio atender.

— Charles... — Ela olhou por sobre o ombro dele para ver se alguém poderia estar testemunhando os dois juntos.

— Preciso falar com você.

— Estou no meio de uma reunião...

— Tem a ver com a outra noite.

Gabriella baixou a voz:

— Charles, esta não é a melhor hora. E nada mudou. Teremos de ser discretos por algum tempo.

— Isso não é mais possível. — Charles passou por ela e entrou. Ao alcançar a sala da frente, ele encontrou Christian Casper sentado numa poltrona.

— Charles, prazer em vê-lo — Christian disse.

— Charles passou por aqui para discutir... — Gabriella ia dizendo da entrada da sala.

— O meu diário sumiu — Charles afirmou.

— Como é?

— O meu diário. Não consigo encontrá-lo. Tudo o que você e eu já discutimos nas nossas sessões está anotado nele.

— Acho que vou deixar vocês dois a sós. — Christian se levantou.

— Não. — Charles meneou a cabeça. — Você também precisa ficar a par.

— Charles, vejo que você está chateado. Vamos discutir isso em particular — Gabriella sugeriu.

— Eu te falei que era tarde demais para isso. Eles nos gravaram.

Sem jeito, Christian Casper engoliu em seco.

— Se vocês me dão licença...

— Eles fizeram *o quê*?! — Gabriella arregalou os olhos.

Charles respirou fundo.

— Na outra noite... — Ele deu uma olhada rápida para Christian e tornou a fitar Gabriella. — Quando estávamos juntos. Eles nos gravaram pela janela.

Ao notar que estava boquiaberta, Gabriella tapou a boca com a mão.

— De quem exatamente estamos falando? E o que foi gravado? — Christian quis saber.

Charles fechou as pálpebras com força.

— Gabriella e eu temos um relacionamento. Ela estava na minha casa no sábado à noite. Então, alguns alunos abriram a porta dos fundos e tocaram uma buzina a gás. Até este dia eu achava que tinha sido apenas uma brincadeira estúpida. Mas hoje, quando liguei o projetor, em vez de uma aula de química apareceu um vídeo de nós dois.

— Meu Deus! — Gabriella desabou em uma poltrona.

Charles implorou para ela:

— Por favor, me diga que deixei o meu diário aqui depois da nossa última sessão.

Gabriella fez um gesto negativo com a cabeça.

— Não, não está aqui.

Charles passou a mão pelo cabelo, engoliu em seco e também se sentou.

— Eles pegaram o diário. Os desgraçados o pegaram.

— O que havia nele? — Christian perguntou.

— Tudo. — Charles encarou Gabriella. — Tudo sobre o meu passado. — Ele cerrou os dentes, como se não tivesse controle do maxilar. — E todas as minhas divagações a respeito do que eu queria fazer com Tanner Landing e Andrew Gross.

Gabriella pôs a mão na testa, como se um surto febril a tivesse acometido.

— O que você escreveu, Charles?

— Tudo o que te falei! Tudo o que você me incentivou a documentar como uma maneira de tirar isso da minha mente.

— Pare, por favor... — Gabriella se dirigiu a Christian: — Você pode nos dar licença?

— Ele sabe o que eu escrevi, Gabriella. Contei para Christian. Então, vamos deixar de lado a ilusão de que podemos manter algo disso em sigilo por mais tempo. Se aqueles jovens lerem o meu diário, estou ferrado. E não me refiro a perder o meu emprego por causa de um relacionamento consensual. Estou falando de consequências legais. Pelo amor de Deus, crianças do ensino fundamental têm arruinado as suas vidas por desenharem armas... O que eu escrevi foi horrível. E pavoroso. E detalhado.

— Entrar em contato com eles — Gabriella decidiu. — Vamos ter uma reunião com os alunos.

— Sim — Christian apoiou. — Isso já foi longe demais.

— Você acha mesmo que eles admitiriam ter pego o meu diário? Ou gravado o vídeo?

Enfim, Gabriella o encarou.

— Quais são as nossas outras opções?

— Acho que devemos cancelar as aulas pelo resto desta semana — Christian sugeriu. — Até darmos um jeito nessa situação.

— Concordo. — Gabriella assentiu com a cabeça.

Os olhos de Charles Gorman, vidrados e úmidos de preocupação, fitavam o vazio. A sua expressão era impassível e distante.

PARTE VIII
AGOSTO DE 2020

67

O ALGORITMO GEROU MILHARES DE RESULTADOS A PARTIR
do conjunto inicial de critérios que Lane inserira: trem, trilhos, ferrovia, sistema ferroviário, suicídios e todas as versões de moedas de um centavo de formato irregular. Sem surpresa alguma, ele ficou sabendo que pátios ferroviários são lugares perigosos.

Com uma lista de dez páginas, Lane precisaria de uma multidão para ajudá-lo a seguir todas as pistas. Se ele estivesse em Chicago, poderia empregar alguns dos seus alunos de pós-graduação para investigar os resultados, mas ali em Peppermill eram apenas ele e a sua cabeça dolorida. Assim, Lane não tinha outra opção a não ser restringir a sua pesquisa até o algoritmo apresentar uma lista administrável de pistas.

Lane passara toda a quinta-feira fazendo exatamente isso. Das pistas que restaram, a mais interessante era uma que ele estava seguindo em Nova York. Na tarde e na noite anterior, ele trabalhara pelo telefone, e então, naquele momento, ao meio-dia da sexta-feira, Lane finalmente entrou em contato com alguém útil dentro do Departamento de Polícia de Nova York.

— O cara que você procura está aposentado na Flórida.

— Você tem o número do telefone dele? — Lane perguntou.

— Claro. Mas não se ofenda se ele não retornar a ligação. O cara teve alguns problemas. Ele ficou desaparecido por algum tempo em uma missão quando estava no exército. Nem mesmo os homens aqui têm tido sorte em entrar em contato com o sujeito.

— Vou pegar o número mesmo assim — Lane disse. — Se você não se importar.

— Sem problema. Anote aí, e boa sorte.

Lane anotou o número, agradeceu e rezou para que não fosse um beco sem saída.

68

AO ENTARDECER DAQUELA SEXTA-FEIRA, O DETETIVE APOSEN- tado Gus Morelli, segurando uma cerveja La Rubia, saiu do seu prédio e desceu os degraus para a praia. Ele costumava assistir ao pôr do sol da varanda telada do seu apartamento no terceiro andar, mas naquele dia precisava esfriar a cabeça.

O apartamento alugado ficava a cinquenta passos da praia. Ele contara, um hábito que adquirira desde que teve um câncer na perna direita havia três anos. No momento atual, Gus media quase tudo em quantos passos seriam necessários para chegar a um determinado lugar.

Gus dominava relativamente bem o seu modo de andar em terreno uniforme, mas a areia ainda era uma filha da puta. Ele não tinha pressa quando pisava na praia. Nenhum dos outros aposentados do condomínio sabia que ele utilizava uma prótese de titânio. Apesar do calor e da umidade da Flórida, Gus usava calça comprida e mantinha um ritmo bastante razoável na areia, o que enganava a maioria das pessoas. Aqueles que notavam algo incomum no seu modo da andar levantavam muitas outras hipóteses antes de concluir que ele havia perdido uma perna. Talvez Gus estivesse se recuperando de uma cirurgia. Desde que chegou ao sul do país, tomara conhecimento de que quase todos os idosos na Flórida foram operados no ano anterior. Era como um esporte para eles, um tentando vencer o outro comparando procedimentos cirúrgicos. Ou talvez Gus estivesse se recuperando de uma queda, outro passatempo comum entre a população da qual ele percebeu que fazia parte. Os velhos tropeçavam como bêbados, e quase todos ostentavam uma bota imobilizadora ou braçadeira elástica em algum momento do ano.

Ele parou um instante para tomar um gole da sua La Rubia, na esperança de abafar o seu cinismo. Não obstante a tranquilidade de Sanibel Island, o detetive Morelli ainda tinha trabalho a fazer para refrear o seu desprezo pelos velhos. Eles traziam de volta lembranças sombrias da sua temporada no hospital de reabilitação, onde passou várias semanas depois que perdeu a perna. Ali, ele ficou junto com os desamparados e abandonados. Por algumas semanas, pertenceu à classe de idosos debilitados, que dependiam de enfermeiras e auxiliares para fazer tudo, desde jantar até urinar. Gus se determinara a nunca mais ser classificado naquele grupo demográfico. A idade avançada era algo fora de controle, mas como ele lidava com o fato dependia completamente dele.

Gus considerou que qualquer um que o visse caminhando cautelosamente pela praia acreditaria que ele estava simplesmente sem pressa, aproveitando a areia e a rebentação durante a aposentadoria. Muito embora ele mesmo não acreditasse nisso. Naquele momento, um caso do seu passado vinha despertando de um longo sono e empurrando Gus junto com ele. Naquele entardecer, ele foi até a praia para tentar descobrir se estava zangado por ter sido tirado da hibernação ou se aquilo o fez se sentir vivo outra vez.

Ele se moveu com cuidado e desceu até a arrebentação, onde a areia era mais firme. Tomou mais um gole de cerveja e olhou para o mar. Observou o momento em que a crista do sol mergulhou no horizonte. De acordo com um velho que ele conhecera no seu primeiro dia em Sanibel, um brilho verde aparecia naquele momento. Após três meses de pores do sol, Gus começava a achar que o velho falara merda. Mesmo assim, semicerrou os olhos e esperou o fenômeno acontecer. Porém, na realidade, ele só pensava no telefonema que havia recebido mais cedo do psicólogo forense de Chicago, que estava interessado em um caso antigo em que Gus tinha se envolvido. O sol poente e o seu reflexo brilhando no mar desapareceram quando os seus pensamentos voltaram para um dia de outono em Nova York, quando um adolescente foi morto nos trilhos do trem.

Bronx, Nova York

Oak Point Yard era o lar dos trens de carga que passavam por Nova York a caminho do oeste. Entre as cargas, incluíam-se madeira do Canadá, produtos agrícolas, combustível e mercadorias importadas que tinham feito a jornada através do Atlântico. O trem de dejetos também passava por aquele pátio ferroviário, assim como duas linhas da Amtrak, que utilizavam os trilhos eletrificados e se movimentavam em alta velocidade.

Estava escuro quando Gus chegou ao local. A polícia local havia isolado a área, e ele passou por baixo da fita ao se dirigir aos trilhos. O terreno era rochoso, com as pedras cedendo sob o peso de Gus à medida que ele caminhava. A médica-legista se reuniu com ele.

— O que te parece? — Gus perguntou.

— Uma bagunça total. — A médica-legista era uma mulher de baixa estatura, que usava blusão e jeans preto. — O trem de alta velocidade encontra um pedestre. Isso nunca é bonito. Calculo que o trem se movesse a cinquenta milhas por hora. A vítima foi atingida pela locomotiva e arrastada duzentos e um metros pelos trilhos. Depois, foi finalmente atropelada. O trem de carga tinha mais de mil metros de comprimento, e o maquinista em nenhum momento viu o garoto. Por isso, não freou o trem.

— O que sobrou dele?

— Não muita coisa.

— Como foi a chamada? — Gus perguntou.

— O irmão da vítima, que estava junto, disse que eles brincavam nos trilhos quando aconteceu. O irmão correu para casa, e os pais ligaram para o serviço de emergência.

— Eles estão aqui?

A médica-legista assentiu e apontou para um grupo de pessoas.

— Ali. Quer ver o corpo antes de ser embrulhado e levado embora?

Gus fez um gesto negativo com a cabeça.

— Não. Vou dar uma olhada nas fotos quando vocês terminarem.

A médica-legista se virou para voltar para a sua equipe.

— Ei, doutora?

Ela deu meia-volta.

— Você disse que o trem arrastou o garoto por duzentos e um metros. Como chegou a um número tão exato?

— Nós encontramos sangue e fragmentos do crânio no cascalho onde ele foi inicialmente atingido. Dali até o local do corpo, fomos achando pedaços dele, junto com uma trilha perceptível de sangue.

Gus assentiu.

— Mas duzentos e um metros é bastante específico. Como você sabe que não errou por um ou dois metros?

— Nós conseguimos determinar o local exato em que ele foi atingido — a médica-legista afirmou — porque o trem arrancou os seus tênis. Um deles, pelo menos, que ainda estava nos trilhos, onde os primeiros pedaços de crânio e vestígios de sangue estavam localizados. Decidi que era o local exato, e medimos a partir dali.

— Caramba! — Gus respirou fundo e se dirigiu aos pais do garoto morto, que conversavam com um policial. — Sou o detetive Morelli. Sinto muito pelo seu filho.

Os pais assentiram.

— Obrigada. — A mãe mal continha as lágrimas. As faces e os olhos dela estavam avermelhados.

— Fui informado de que o seu outro filho estava presente no momento em que William foi atingido pelo trem.

A mulher assentiu.

— Ele é nosso filho adotivo, mas sim, ele estava com William.

— Posso falar com ele?

— Pode, ele está com um policial.

Gus seguiu a mulher até um grupo de policiais. No chão, havia um adolescente sentado.

— Este é o detetive Morelli — a mulher disse. — Ele quer conversar com você sobre o que aconteceu com William.

O garoto ergueu o rosto. Gus percebeu que os olhos dele estavam claros, e não avermelhados como os da sua mãe. Mãe adotiva, Gus lembrou a si mesmo.

— Oi — Gus cumprimentou.

— Oi — o garoto respondeu.

— Sinto muito pelo seu irmão.

— Obrigado.

— Vamos dar uma volta? Tudo bem para você?

O garoto deu de ombros e ficou de pé. Gus pôs a mão nas costas do garoto e eles passaram pelo grupo de policiais uniformizados, afastando-se dos pais adotivos.

— Pode me contar o que aconteceu? — Gus indagou enquanto caminhavam na direção sul, com os trilhos à direita, deixando para trás a comoção de tudo o que ocorrera. Gus levou o garoto para fora do pátio ferroviário e entrou no estacionamento, onde uma viatura descaracterizada se encontrava parada.

— Nós estávamos brincando nos trilhos, como sempre.

— Como sempre?

— Sim. A gente vinha aqui o tempo todo.

— Para fazer o quê?

O menino tornou a dar de ombros.

— Ver os trens passando. Gostávamos de ver o mais próximo que conseguíamos chegar deles. Se você chega bastante perto, pode sentir o vento movê-lo.

— Parece perigoso.

Houve uma breve pausa.

— Não sei. Talvez.

— Foi isso o que aconteceu com William? Ele chegou muito perto dos trilhos?

— Um pouco — o garoto respondeu. — Estávamos achatando moedas de um centavo.

— Fazendo o quê? — Gus franziu a testa, com ar de espanto.

O garoto enfiou a mão no bolso e tirou uma moeda de um centavo. Gus viu que ela estava fina, achatada e oblonga.

— Colocamos as moedas nos trilhos e deixamos os trens passarem por cima. Elas ficam assim depois que isso acontece.

Gus pegou a moeda da mão do garoto. Estava esticada e fina, e lembrou a Gus um pedaço de massinha de modelar, mas a moeda continuava firme e forte. O rosto de Lincoln ficara reconhecível no cobre, mas não havia mais sulcos ou bordas na sua imagem. Ele passou o polegar pela superfície. Estava lisa como um pedaço de madeira recém-lixado.

— Você disse que vem muito aos trilhos?

O garoto assentiu.

Naquele momento, Gus deu de ombros.

— Então, imagino que tenha outras moedas de um centavo.

— Sim. Um monte — o menino respondeu sem hesitação.

— É mesmo? Onde?

— No meu quarto.

Gus olhou para a moeda uma última vez e depois a devolveu ao garoto.

— Então, o que aconteceu esta noite? O que aconteceu com William?

— Não sei mesmo. Acho que ele chegou perto demais. Nós dois colocamos as nossas moedas nos trilhos, e então o trem se aproximou. Eu meio que recuei, mas William ficou perto e o trem simplesmente... Não sei mesmo. Ele de repente sumiu.

— Pode me mostrar onde aconteceu? O lugar onde você e William estavam e onde vocês colocaram as moedas?

Pela última vez, o garoto deu de ombros.

— Claro.

Na luminosidade sombria do pátio ferroviário, com a noite escura mais além dele, Gus seguiu o menino de volta aos trilhos.

69

LANE REMOVEU A BANDAGEM DA CABEÇA E VERIFICOU O FERI-
mento no espelho. Uma grande faixa de cabelo fora rapada ao longo do lado direito superior, e os grampos davam a impressão de que estavam fechando um pacote de lombo de porco. Por algum tempo, considerou a possibilidade de removê-los por conta própria, mas sabia que pagaria muito caro por tal façanha. Já estava tendo problemas para convencer Rory a seguir o seu plano. Remover os grampos da cabeça uma semana antes do tempo previsto não ajudaria em nada. Assim, ele os deixou em paz e tomou o seu primeiro banho em quase uma semana. Pareceu algo divino, não obstante a dor no couro cabeludo.

Lane se barbeou e vestiu uma camisa oxford e um *blazer*. O seu cabelo desgrenhado estava longo o bastante para esconder a faixa careca onde os grampos se localizavam, mas Lane optou por usar um boné de beisebol para garantir que não iria revirar o estômago de ninguém. Desceu a escada e entrou no solário, onde Rory trabalhava.

— O que acha? — ele perguntou.

Rory tirou os olhos da pasta que estava lendo.

— Ah, de volta ao mundo dos humanos — ela disse. — O boné é uma boa ideia. Combina super com o *blazer*. Como está se sentindo?

— Como uma nota de cem paus.

— Legal. Mas talvez você devesse descansar mais alguns dias...

Lane fez um gesto negativo com a cabeça.

— Nem pensar. Aquele detetive estava ansioso para falar, mas vai ver ele é assim por natureza. Tenho a impressão de que é agora ou nunca com esse cara.

— Então fale com ele por telefone. E se você for até a Flórida e topar com um beco sem saída?

— A minha sensação é de que o velhote tem algo substancial para nós. Ele disse que quer conversar cara a cara, que não faria isso remotamente. É um daqueles detetives da velha guarda, e não se dispõe a dar informações para um estranho por telefone.

— Tem certeza de que consegue, Lane?

— Tenho.

— Os médicos disseram para você não dirigir por pelo menos duas semanas.

— E eu concordo. Não vou dirigir nem uma milha.

A campainha tocou no exato momento em que Lane pronunciou a última palavra.

— Vê? Aí está a minha escolta.

Rory se levantou da sua mesa e colocou os óculos.

— Sinto-me horrível por ele ter vindo até aqui por causa disso.

— Bobagem. — Lane sorriu. — Eu o enriqueci ao longo dos anos. Além do mais, para começo de conversa, ele me envolveu nessa coisa. Está em dívida comigo.

Lane saiu do solário e foi até a porta da frente. Dwight Corey, seu agente, estava na varanda, usando calça cinza sob medida com caimento perfeito, sapatos brilhantes cor de amêndoa e camisa de colarinho abotoado sem nenhuma ruga.

— Caramba, como você conseguiu vir de Chicago sem amarrotar a camisa? — Lane perguntou.

Ao olhar para Lane, Dwight juntou as sobrancelhas, em sinal de espanto.

— Você está um lixo. Não permitirei que use um boné de beisebol com esse *blazer*.

— Você devia tê-lo visto com a cabeça enfaixada — Rory comentou.

Dwight se inclinou para dar uma olhada em Rory por sobre o ombro de Lane.

— Bom te ver, Rory.

— Digo o mesmo, Dwight. Desculpe fazer você vir até aqui.

— Imagina... De qualquer forma, eu precisava checar o meu cliente cinco estrelas.

— Entre — Lane convidou.

Rory e Lane se sentaram no sofá, e Dwight na poltrona adjacente.

— Brincadeiras à parte, como está se sentindo, amigo? — Dwight quis saber.

— Poderia estar melhor, mas venho melhorando.

— Bom ouvir isso. Escute, fico feliz em ajudar, mas também vim por outro motivo. Tem a ver com vocês dois, na verdade.

Lane consultou o relógio.

— Temos trinta minutos antes de sairmos.

— Então, vou direto ao assunto. A NBC tem estado em contato desde... a morte de Mack Carter. Eles estão em uma situação difícil com o podcast, que é muito popular, com inúmeros seguidores. Foi interrompido por tempo indeterminado, mas nos bastidores estão procurando alguém para dar continuidade à série. Aventaram a ideia de você e Rory se comprometerem com oito episódios ao longo de dois meses. Um episódio por semana. Basicamente, estão pedindo para você ver o que consegue descobrir e informar a respeito.

Lane fez um gesto negativo com a cabeça.

— Não somos do ramo do entretenimento, Dwight. Prestaríamos um desserviço ao podcast. E atualmente não temos nada para dar continuidade. Ainda estamos correndo atrás de pistas.

— Achei que você me disse ao telefone que tinha um canal com alguém do Departamento de Polícia de Peppermill.

— Temos. O detetive do caso da escola nos deixou dar uma olhada nos arquivos. Mas fez isso confidencialmente.

— Ninguém está pedindo que revele as suas fontes. A NBC quer que o podcast continue e quer que vocês dois apresentem. Fizeram uma oferta muito lucrativa.

Lane deu uma olhada rápida para Rory. Ela não precisava de palavras para dizer a Lane o que pensava. Ele ficou de pé.

— Vamos para a Flórida. Podcasts não são a nossa praia, Dwight. Fiquei feliz em oferecer a minha opinião, mas receio que dar uma de apresentador não seja para mim.

— Eu tinha que perguntar. — Dwight deu de ombros.

Lane pendurou a mochila no ombro e deu um beijo de despedida em Rory.

— Ligo para você amanhã, depois de ouvir o que esse detetive tem para me dizer.

— Lane não pode dirigir, Dwight.

— Deixa comigo, Rory. — O agente piscou para ela.

— E ele deve dormir durante oito horas.

— Eu o ponho para nanar esta noite.

Rory sorriu, acrescentando:

— E sem álcool.

— Vou ficar em cima dele. Não se preocupe. — Dwight deu uma piscadela.

— Um homem de cinquenta anos com babás — Lane resmungou, saindo de casa.

Ele se acomodou no assento do passageiro do Land Rover de Dwight, e os dois partiram para o aeroporto para pegar o voo das sete da noite que saía de Indianápolis.

O olho clínico de Rory descobrira uma linha promissora que atravessava o mistério da Escola Preparatória de Westmont. Aquela linha levou a um detetive aposentado na Flórida e a um caso em que ele trabalhara anos antes. Lane não tomara nenhum analgésico nas últimas quarenta e oito horas. Exceto por uma dor de cabeça chatinha, a mente dele se encontrava clara, com os pensamentos ordenados. Ele ansiava por voltar ao trabalho.

Com apenas uma bagagem de mão, Lane e Dwight passaram sem incidentes pela segurança. Às dezenove e trinta, o avião alcançou a sua altitude de cruzeiro. Lane reclinou o seu assento da primeira classe, puxou o boné sobre os olhos e adormeceu. O avião pousaria em Fort Myers, na Flórida, às vinte e duas e cinquenta e dois, horário da costa leste.

70

RORY ESTAVA COM O SEU TRAJE DE COMBATE COMPLETO, apesar do maldito calor de agosto. Usava os óculos de aros grossos com lentes sem grau, o gorro de malha enterrado na cabeça e a jaqueta cinza abotoada até o pescoço. A mochila, pendurada no ombro, e, como sempre, os coturnos Madden Girl Eloisee nos pés.

Ela costumava trabalhar sozinha nos seus casos. Salvo a sua colaboração com Lane, a sua investigação de um caso arquivado envolvia a sua própria pessoa, uma caixa de pastas e quaisquer pistas esperando ser descobertas. De vez em quando, porém, as pistas exigiam interação com outros humanos — a parte de que Rory menos gostava do trabalho. Ela já havia percorrido a cena do crime com Henry Ott e teve que suportar o constrangimento de conhecer Gabriella Hanover. Naquele momento, os indícios que encontrara no prontuário do caso de Theo Compton a levavam àquela cafeteria, em uma noite de sexta-feira, para se encontrar com uma jornalista chamada Ryder Hillier. Noites como aquela eram os ossos do seu ofício — perigos não cobertos por nenhum pacote de indenização por acidentes de trabalho.

Rory estacionou o carro a uma quadra da cafeteria de esquina e ficou surpresa com a multidão quando abriu a porta do local. Jovens estimulados por cafeína digitavam em laptops e ocupavam todas as mesas. Reconheceu Ryder Hillier do encontro delas no hospital ao avistá-la a uma mesa perto do canto dos fundos. Ajeitou os óculos uma última vez, respirou fundo e se aproximou.

— Oi — Ryder a cumprimentou. — Eu começava a achar que tinha errado o horário.

— Desculpe. — Rory deu um sorriso sem graça. — Estava no meio de um lance e não consegui escapar.

— Sem problema. Quer um café?

— Não, obrigada. — Rory enfatizou a negativa com um gesto de cabeça, se sentou e prosseguiu: — Lamento ter te ligado do nada, mas tenho um... favor a pedir.

Rory sabia que pedir favores a jornalistas nunca saía de graça.

— Estou ouvindo.

Rory viu a apreensão na expressão de Ryder.

— Preciso ver o vídeo que você gravou de Theo Compton na noite em que o garoto morreu. Tentei encontrá-lo na internet, mas ele sumiu.

— Ações judiciais parecem fazer isso. Foi tirado do ar como se nunca tivesse existido. Provavelmente, uma medida positiva. Eu nunca deveria ter postado aquele vídeo.

— Mas você ainda tem o original no seu celular?

Ryder fez que sim com a cabeça.

— Preciso vê-lo.

— Por quê?

— Por causa de uma linha que estou seguindo.

— Isso quer dizer que está trabalhando no caso da Escola Preparatória de Westmont.

Rory percorreu a cafeteria com o olhar e disse:

— Não oficialmente. Mas, de maneira discreta, estou investigando, sim.

— O que eu ganho com isso? — Ryder arqueou uma sobrancelha.

— Não muito. Mas se eu encontrar o que acho que está no vídeo, contarei a minha teoria para você. Só pediria que você não escrevesse a respeito disso para o seu jornal. Pelo menos, ainda não.

— No momento, não estou escrevendo nada para o jornal. O meu editor e eu não estamos nos entendendo por causa dos meus problemas legais atuais. — Ryder tomou um gole de café. — Deixarei que veja o vídeo se você, além de me informar o que está procurando, também me atualizar sobre as suas outras teorias a respeito do caso. Não colocarei nada disso no *Star*, mas abordarei no meu blog sobre crimes reais.

— Como sabe que tenho alguma teoria?

— Você é meio que uma lenda no mundo dos crimes reais. Não tem como você estar em Peppermill por uma semana sem chegar a nenhuma teoria.

Rory estendeu a mão até o gorro e o ajustou para cobrir a testa. Como sempre, ela nunca era tão anônima quanto acreditava ser.

Finalmente, Rory assentiu.

— Eu te conto o que tenho até agora se você prometer me dar uma semana antes de escrever qualquer coisa.

— Fechado. — Ryder estendeu a mão sobre a mesa para selar o acordo.

Rory fez que não com a cabeça.

— Na confiança. Apenas duas mulheres concordando em se ajudar.

Ryder assentiu e recolheu a mão.

— Vamos dar uma olhada no vídeo — Rory pediu.

Ryder pegou o celular e passou o dedo pela tela algumas vezes. Em seguida, moveu a cadeira para ficar ao lado de Rory. A reprodução começou. A gravação era tão ruim quanto Rory se lembrava, com a tela preenchida principalmente pela escuridão noturna, com a imagem tremida da vegetação aparecendo ocasionalmente. Então, surgiu a casa de hóspedes abandonada quando Ryder passou por ela. O volume do áudio ficou mais alto, e Rory ouviu um estrondo no alto-falante do celular, quase não audível por cima do alvoroço da cafeteria. Em seguida, o trem ocupou a tela, com o borrão dos vagões passando da direita para a esquerda. Pareceu durar para sempre. E de repente, o trem desapareceu e a tela voltou a ficar escura, até a imagem tremida do corpo de Theo Compton se materializar.

— Aí — Rory disse. — Pare o vídeo.

Ryder tocou na tela para pausar a imagem.

— Volte, por favor. Apenas alguns quadros. Logo depois de o trem passar.

Ryder deslizou o dedo pela tela, trazendo de volta o trem em alta velocidade e depois avançando em câmera lenta até o último vagão sumir do quadro. E de novo a imagem granulada do corpo de Theo Compton se materializou do outro lado dos trilhos.

— Avance um pouco.

Ryder deixou o vídeo avançar por mais um ou dois segundos e parou quando Rory pediu.

— Olhe. — Rory apontou para a tela.

Ela vira o vídeo apenas uma vez antes, mas se recordava da posição exata do corpo de Theo Compton. Naquele momento, ao encarar o celular de Ryder Hillier, teve a certeza.

— Olhe para as mãos dele, Ryder.

Ryder moveu os dedos sobre a tela para ampliar a imagem congelada.

— O que é que tem?

— As duas mãos estão nos bolsos.

Ryder abriu mais os olhos.

— O que isso significa?

— É comum as pessoas se matarem entrando na frente dos trens — Rory informou. — De acordo com as estatísticas, esse é um dos principais métodos de suicídio. Só não sei quantos suicidas são tão calmos quando decidem acabar com a vida a ponto de manter as mãos nos bolsos ao ir para a frente de um trem.

Ryder deu uma olhada mais de perto. Theo Compton estava deitado de costas no chão, com as duas mãos enfiadas nos bolsos da calça.

— As fotos tiradas pelo médico-legista mostram uma cena diferente — Rory afirmou. — Nelas, as mãos de Theo estão fora dos bolsos.

— Nós mexemos nele. — Ryder olhou para ela. — Mack e eu. Não sabíamos que ele estava morto. Então, nós mexemos no garoto e tentamos ressuscitá-lo. Então, quando os paramédicos chegaram, fizeram o mesmo até que o declararam morto oficialmente e ligaram para o médico-legista. Na aglomeração, as mãos de Theo devem ter saído dos bolsos.

Ryder respirou fundo e tornou a olhar para Rory.

— Falei com a mãe de Theo hoje cedo, que tem certeza de que o filho jamais se mataria. Não sabia o que pensar da afirmação dela, porque é a mesma coisa que quase todos os pais diriam. Mas talvez ela tenha razão. Paige Compton afirmou que Theo ligou para ela na noite anterior à sua morte para avisá-la.

— Sobre o quê?

— Ele iria contar a Mack Carter algo a respeito da noite dos assassinatos na escola que ele e os amigos não tinham revelado à polícia.

Rory manteve o olhar fixo na imagem do corpo de Theo Compton com as mãos enfiadas nos bolsos da calça jeans.

— Talvez alguém o tenha empurrado — Rory sugeriu.

— E se alguém empurrou Theo, talvez tenha empurrados os outros.

— Inclusive Charles Gorman.

Bronx, Nova York

Um dia depois que o trem deixou William Pedersen sem os seus tênis e o arrastou pelo comprimento de quase dois campos de futebol americano, Gus parou o carro junto ao meio-fio diante da casa de dois andares da família. Vestiu o paletó, subiu a escada e bateu na porta da frente. A sra. Pedersen atendeu. Gus notou os mesmos círculos avermelhados ao redor dos seus olhos e das suas narinas que vira na noite anterior. Fora uma noite delirante para ela, Gus tinha certeza. Ele já estivera com outras mães que perderam os seus filhos. Eram os ossos do ofício com que ele nunca aprendera completamente a lidar.

— Sra. Pedersen, esta é uma boa hora para falar com o seu filho? — Gus perguntou.

A mulher assentiu e abriu a porta de tela. Gus entrou e a seguiu até o quarto do garoto. Ela parou na entrada e Gus entrou no aposento. O menino estava deitado na cama, com um braço atrás da cabeça e as pernas cruzadas. Ele tinha uma revista *Mad* sobre o peito.

— Oi, amigo — Gus o cumprimentou.

O garoto levantou os olhos, mas não falou nada.

Gus projetou o queixo.

— Eu costumava ler *Mad* quando tinha a sua idade.

— William tinha um monte. Ele me deixava ler as revistas.

A sra. Pedersen entrou no quarto e tirou a revista da mão dele.

— Eu pedi para você não tocar nelas. William as organizava em ordem cronológica e não gostava que você mexesse nas revistas.

O garoto não protestou nem resistiu. Na verdade, não se mexeu quando sua mãe adotiva puxou a revista com força.

— William disse que eu podia pegar — ele afirmou. — Eu não teria pego se achasse que ele não queria que eu pegasse.

Gus olhou para a sra. Pedersen e depois de volta para o adolescente.

— Se você não se importar, eu queria fazer mais algumas perguntas sobre ontem.

O garoto deu de ombros, como na noite anterior.

— Você já perguntou um monte.

— Sim. Mas ainda não terminei.

O menino se calou.

— Você e William eram próximos?

— Não sei. Às vezes, sim.

— Você me disse que vocês dois iam aos trilhos o tempo todo. É isso mesmo?

O garoto voltou a dar de ombros.

– Sim. Íamos muito.

– Os seus pais sabiam que vocês iam aos trilhos?

– No início do verão, eles foram pegos nos trilhos por um policial, que os trouxe para casa – a sra. Pedersen disse, da entrada do quarto.

Gus já tinha encontrado o boletim de ocorrência.

– Então foram pegos nos trilhos antes, você e William? E vocês foram advertidos a não voltar, não é mesmo?

– Sim – a sra. Pedersen se adiantou de novo, com a raiva perceptível no tom de voz. – Eu falei para ele não levar William aos trilhos novamente.

Gus se virou e olhou para a sra. Pedersen.

– Vou deixar que ele me diga com suas próprias palavras.

Ela fez que sim com a cabeça.

– Os seus pais e a polícia disseram para você ficar longe dos trilhos, é isso mesmo?

O garoto assentiu.

– Mas você foi lá de qualquer maneira.

Ele voltou a assentir.

– O que havia de tão interessante nos trilhos?

– Não sei... Simplesmente gostávamos de ir até lá e achatar as nossas moedas de um centavo. William ficava sempre pedindo para ir.

– William nunca tinha ido àqueles trilhos – a sra. Pedersen informa. – Só nos últimos seis meses isso virou um problema.

Interessante, Gus pensou. Fazia seis meses que os Pedersen tinham adotado aquele jovem.

– Posso ver a sua coleção? – Gus pediu. – Você disse que coleciona as moedas que achatou.

– Minha coleção de moedas de um centavo?

– Sim. Lembro que me falou que você e William foram aos trilhos diversas vezes para achatar moedas de um centavo, e que guardava todas elas.

– É. – O garoto levantou-se da cama, foi até a mesa, pegou a tigela cheia de moedas de um centavo achatadas e a entregou para Gus.

O detetive enfiou os dedos no recipiente, com o cobre tilintando contra a porcelana, e pegou uma moeda. Parecia idêntica àquela que o garoto lhe mostrara no dia anterior. Fina, achatada e oblonga.

– São muitas. Quantas você acha que são? Trinta?

– Vinte e oito – o garoto respondeu.

– Cada vez que vocês iam aos trilhos, quantas moedas vocês achatavam?

– Não sei. Duas... três...

– Me conte como faziam. Vocês colocavam as moedas nos trilhos e depois viam o trem passar por cima? Então, quando o trem se afastava, vocês as recuperavam?

– Sim.

– Então, o que aconteceu ontem?

– Não sei. William ficou muito perto.

Gus exibiu a tigela cheia de moedas de um centavo.

– Mas vocês fizeram isso muitas vezes antes. O que William fez de maneira diferente ontem que ele não tinha feito todas as outras vezes?

O garoto encarou Gus.

– Ele morreu.

Gus Morelli, sentado na varanda, ouvia as ondas quebrarem na praia. Era tarde. Já passava das vinte e duas horas. A noite sem nuvens exibia uma meia-lua, com o seu reflexo saltando ao longo da superfície do mar até se espalhar na praia, sombreando-a com tons pálidos de cinza. O sol se pusera algumas horas atrás, e ali estava ele, ainda pensando no caso antigo que fora despertado por um telefonema aleatório.

Gus tomou um gole de La Rubia, mas sentia um forte desejo por outra bebida dourada. Se tivesse uma garrafa de uísque no apartamento, teria se servido de alguns dedos, mas jurara não fazer isso desde que perdeu a perna. Antes que o câncer tentasse matá-lo, o uísque tinha chegado perto. Naquele momento, Gus limitava o seu consumo a duas cervejas por dia. Não era uma sobriedade de manual, mas foi o mais perto que ele conseguiu chegar.

Pensou naquele dia no quarto do garoto. Ainda se lembrava do tilintar que os seus dedos provocaram quando alcançou a tigela das moedas de um centavo achatadas. Naquele momento, o som ecoou nos seus ouvidos e abafou a arrebentação três andares abaixo. Gus pegou a sua cerveja e tomou um gole. Não era a primeira vez que um caso do seu passado despertava de um longo sono. Daquela vez, porém, ele estava preparado.

Levou a cerveja de volta para o interior do apartamento. Ele tinha trabalho a fazer antes do nascer do dia.

71

AS COISAS ESTAVAM FORAM DE CONTROLE. EU SENTIA ISSO nas minhas entranhas. Experimentei algo parecido no dia em que o meu irmão adotivo morreu. Achei então que talvez tivesse calculado mal. Toda vez que ele praticava *bullying* em mim, toda vez que ele arrancava uma das suas revistas *Mad* das minhas mãos, a minha raiva crescia. Naqueles momentos, o meu irmão adotivo trazia o meu pai à lembrança. E quando eu estava deitado docilmente na minha cama, enquanto ele ficava sobre mim me intimidando, segurando a revista como se estivesse prestes a me bater com ela, lembrava-me daquela criança impotente que olhava pelo buraco da fechadura e permitia que a mãe fosse espancada. Aquela alma frágil e patética não existia mais. Desaparecera fazia muito tempo, e só eu permaneci: alguém que não tolerava mais os praticantes de *bullying* ou as almas fracas que eles atacavam.

O meu planejamento me ajudara a enfrentar a turbulência. A minha preparação meticulosa me auxiliara a suportar a pressão que sofri do detetive. Naquela ocasião, escapei ileso, mas desta vez fui menos cuidadoso. Deixei que as minhas emoções passassem por cima da minha razão. Fora imprudente e impulsivo. Quando testemunhei as coisas que aconteciam na Escola Preparatória de Westmont, não tive escolha a não ser agir. Executei o meu plano original sem erros. Com perfeição, na verdade. Tudo correu sem problemas. No entanto, algumas pessoas se recusavam a aceitar a realidade que expus. Algumas continuavam a cavar em busca de respostas. Àquela altura, algumas que cavaram mais fundo já tinham partido. Mas ainda havia outras, e não era realista achar que eu seria capaz de evitar as suas escavações. Gwen era o meu maior problema. A sua relutância em ficar calada e o seu desejo de compartilhar com os outros o que ela sabia acerca daquela noite eram o bastante para me mostrar que o fim estava próximo. Mas o fim da minha jornada se ligava ao de outra pessoa. Sempre foi assim.

Passei pela rotina habitual ao entrar no hospital, e logo me vi na ala leste. Raramente, os médicos visitavam aquele setor. Era para os desvalidos e para os casos perdidos, que não eram capazes de ser afetados positivamente por nada que a medicina pudesse oferecer. Os cuidados paliativos eram tudo o que restava para os internados naquele local. Os médicos receitavam doses cavalares de medicamentos para sedar os pacientes capazes de fazer mal a si mesmos ou aos outros. A abundância de narcóticos era justificada sob a alegação de impedir que os pacientes alheios e ambivalentes perambulassem para ainda mais perto do abismo. Na realidade, porém, eram destinados a mantê-los ali.

Naquela noite, fui ver a mesma pessoa que visitava uma vez por semana desde que recebi permissão para isso. Nunca houve esperança de melhora, e talvez por esse motivo eu fosse lá com frequência. Com certeza, explicava por que fui naquela noite. As coisas estavam desandando, e a pessoa internada na ala leste daquele hospital seria inextricavelmente parte da minha derrocada.

Entrei no quarto, e avistei a pessoa bem acordada sob as cobertas, com os olhos inquiridores, mas cegos, como se sentisse que eu viria naquela noite. Aquilo era normal, e imaginei, não pela primeira vez, como era a vida naquela condição, olhando para o mundo, mas aprisionado em uma bolha inescapável. Naquela noite, porém, escapar *era* possível. A liberdade era tangível. Eu nunca poderia deixar este mundo sem levar aquela pessoa comigo.

Fechei a porta do quarto. Exigiu esforço e tempo, mas acabei conseguindo sentar a pessoa na cadeira de rodas. Um momento depois, empurrei a cadeira e passei pelo posto de enfermagem, recebendo sorrisos e acenos de cabeça. Fiz uma pausa na sala de estar, onde a televisão estava ligada, mas sem som, e onde os outros pacientes olhavam boquiabertos o aparelho. Por um momento, nós nos juntamos a eles, apenas o tempo suficiente para passarmos despercebidos. Observei o posto de enfermagem. Todas as enfermeiras consultavam os computadores e se preparavam para a longa jornada pela frente. Nenhuma delas estava interessada nos pacientes subjugados que assistiam à televisão sem som.

Levantei-me e me dirigi com toda a naturalidade para os elevadores, onde apertei o botão para descer. Ouvi os cabos se moverem quando o elevador começou a subir do térreo. Voltei para pegar a cadeira de rodas e devagar a empurrei em direção aos elevadores. Quando as portas se abriram, entrei de costas, apertei o botão do térreo e esperei, paciente, as portas se fecharem. Naquele instante, estávamos sozinhos.

— Estou tirando você daqui esta noite — eu disse.

Contornei a cadeira e olhei para aqueles olhos arregalados e inquiridores que nunca mudaram desde que comecei as minhas visitas — e naquele momento, também não, mesmo quando a liberdade estava tão próxima. A campainha do elevador tocou e anunciou a nossa chegada ao térreo. Quando as portas se abriram, não demonstrei nenhuma hesitação. Simplesmente empurrei a cadeira para além da recepção e na direção das portas de vidro deslizantes da entrada, que se abriram como cortinas dando-nos as boas-vindas a um grande palco. Passamos pela porta e fomos acolhidos pela noite.

72

NA MANHÃ SEGUINTE, A ENFERMEIRA COMEÇOU O SEU TURNO às sete horas. Passou trinta minutos na troca. Era a sobreposição entre o final do turno da noite e o início do turno da manhã, quando as enfermeiras que estavam de saída atualizavam as colegas que estavam de entrada a respeito das últimas ocorrências. Fora uma noite tranquila, sem cuidados médicos de urgência e sem ligações para o serviço de emergência. Fazia duas semanas que um paciente morrera — um longo período naquele hospital.

Às sete e meia, a enfermeira começou a sua ronda. Visitou quarto por quarto, acordando os pacientes, pegando pedidos do desjejum, vendo quem precisava de ajuda para sair da cama, organizando a dosagem matinal de medicamentos e verificando itens em uma lista de atividades que a manteria ocupada até o meio-dia. Ao entrar no quarto 41, esperava encontrar alguém na cama. Mas o leito estava vazio. Pior que vazio, parecia intacto, como se ninguém tivesse dormido nele. Sentindo um leve tremor de medo formigar no peito, foi checar o banheiro. Às vezes, encontrava a pessoa de pé, na frente do espelho, confusa e desorientada. Na última vez, segurava uma escova de dentes sem entendimento cognitivo de como usá-la. Antes, tinha encontrado a pessoa parada diante do vaso sanitário, com a calça suja, esquecida do propósito de entrar no banheiro. Mas naquela manhã de sábado, quando abriu lentamente a porta do banheiro, também o encontrou vazio.

A enfermeira saiu apressada pelo corredor para conferir a área das refeições e depois a sala de estar, onde os pacientes se reuniam para ver tevê. Por fim, correu para o posto de enfermagem e pegou o telefone.

— Tenho um código amarelo — a enfermeira disse, às pressas. — Desaparecimento de paciente. Quarto 41.

73

A VIDA DA DRA. GABRIELLA HANOVER ESTAVA EM CRISE DESDE os acontecimentos do último verão. Ela nunca sobreviveria se fosse descoberta a verdade sobre seu relacionamento com Charles. Em hipótese alguma o conselho de administração a manteria como diretora se soubesse que ela mantinha relações com um dos seus pacientes, e a sua carreira em medicina também estaria acabada. Desse modo, Gabriella se convencera de que era melhor manter segredo das coisas que sabia. Especificamente, que o manifesto utilizado pela polícia para declarar Charles culpado fora ideia dela. Que aquilo não se tratava de uma declaração de intenções, mas sim de uma ferramenta de psicoterapia usada para expelir a raiva. Naquele momento, admitir tudo isso faria pouca diferença.

Na manhã de sábado, Gabriella encontrou uma vaga no estacionamento de visitantes e entrou no Hospital Psiquiátrico de Grantville para criminosos com insanidade mental. Ela passara pelo processo tantas vezes naquele último ano — toda semana, de fato — que virara rotina. As enfermeiras contaram para Gabriella a notável diferença que viam nele depois de cada uma das suas visitas, e assim ela tentou nunca perder uma.

O Grantville não era como os outros hospitais. A admissão era um longo procedimento. Exigia registro fotográfico, criação de um crachá de visitante e a companhia de um guarda armado ao se passar por uma porta trancada após a outra até chegar ao quarto andar. Mas a recompensa valia a pena, porque quando o procedimento enrolado acabava, ela conseguia vê-lo. Ele não era mais como antes. Mesmo assim, porém, a visão dele acalmava uma parte dela. Gabriella era versada em analisar e entender as emoções dos outros, mas se perdia quando tentava decifrar as próprias. Como ela se sentia em relação ao ano anterior ainda era um assunto que se recusara a examinar.

Naquele momento, ao se aproximar do quarto do hospital, a ansiedade tomou conta de Gabriella, como sempre. Por um momento, fechou os olhos quando segurou a maçaneta, respirou fundo, abriu a porta e entrou.

Ela deparou com Charles na cadeira de rodas. Colocou-se na frente dele, mas a expressão de Charles permaneceu impassível. E não mudou quando ela se abaixou para fazer contato visual. Nunca mudara.

— Oi, Charles — ela o cumprimentou. — Como vai?

Gabriella não esperava uma resposta. Ele jamais falara durante as suas visitas. Mas naquele dia, o silêncio dele a afetou mais do que nunca.

— Ah, Charles, eu nunca quis que nada disso acontecesse...

Gabriella colocou a mão no rosto dele e viu os seus olhos piscarem, mas sem registrarem nada. Ela respirou fundo e se sentou na cadeira defronte a Charles Gorman.

ESCOLA PREPARATÓRIA DE WESTMONT

VERÃO DE 2019

74

MAIS CEDO NAQUELA MANHÃ, MARC MCEVOY BEIJOU A SUA mulher antes de pôr uma maleta no carro e dirigir para o aeroporto. Ele dissera a ela que uma reunião de negócios em Houston exigia que passasse a noite fora. Ao deixar o automóvel no estacionamento, Marc se certificou de pegar um recibo. Em seguida, embarcou no trem da Metra. Uma hora depois, desembarcou, saiu da estação puxando a sua maleta com rodinhas, alcançou a avenida Grand e entrou no saguão do Motel 6.

— Sobrenome? — a jovem da recepção perguntou.
— Jones. Marc Jones.
— Sim. Aqui está. Apenas uma noite?
— Isso é tudo?
— Vou precisar de um cartão de crédito para caução.
Marc sorriu.
— Venho tendo um probleminha de crédito atualmente. Roubaram a minha identidade e, então, todos os meus cartões de crédito foram cancelados. Posso pagar em dinheiro?
— Sinto muito em ouvir isso. Hum... — A jovem digitou algo no teclado. — Claro. Pode ser em dinheiro. Exigimos um depósito de duzentos dólares contra danos. Amanhã, quando o senhor fechar a conta, restituiremos a diferença depois do pagamento da hospedagem.
— Perfeito. — Marc tirou a carteira do bolso e puxou duas notas de cem dólares. — Desculpe pela inconveniência.

— Não tem problema. — A mulher enfiou um cartão-chave em um envelope do Motel 6 e anotou "201" na frente. — Pronto. Segundo andar, logo à direita dos elevadores.

— Obrigado. — Marc apanhou o envelope, e dois minutos depois estava no quarto 201, deitado na cama.

Eram quatro da tarde de uma sexta-feira, dia 21 de junho. Ele tinha apenas algumas horas para matar.

75

A NOITE DA INICIAÇÃO DO HOMEM DO ESPELHO FINALMENTE chegara, ainda que viesse com mais medo e incerteza do que deveria. Eles deveriam ter medo do que os esperava na mata escura no limite do *campus*. Encontrar as chaves e chegar ao quarto do pânico destinava-se a despertar expectativa e mal-estar neles, assim como a imaginação do que achariam quando abrissem a porta e sussurrassem para o espelho. As regras da iniciação foram criadas para separá-los e forçá-los a entrar na floresta sozinhos para procurar as suas chaves, cada um correndo para ser o primeiro a chegar ao destino.

Embora nenhum deles admitisse abertamente, todos queriam ser o primeiro a chegar. Cada um desejava sair da mata e encontrar Andrew Gross aguardando na porta da frente. Algumas semanas antes, Andrew explicara que o primeiro a entrar no quarto do pânico era o vencedor do jogo do Homem do Espelho, que passava para o topo da cadeia alimentar no ano seguinte, quando todos se tornavam quartanistas e enviavam convites para os inocentes terceiranistas. O vencedor da noite também era escolhido para liderar as festividades do Homem do Espelho para os novos iniciados, como Andrew faria naquela noite. Andrew era o único quartanista que estaria na casa de hóspedes abandonada. Ele ajudaria todos aqueles que tivessem sucesso em encontrar as suas chaves e conseguissem atravessar a floresta. À meia-noite, os outros quartanistas sairiam da escola e se dirigiriam para a casa para ver quais iniciados tinham alcançado sucesso. Haveria uma cerimônia épica para os bem-sucedidos.

Contudo, os acontecimentos da semana anterior azedaram a expectativa deles em relação àquela noite. Depois de Tanner ter carregado o vídeo do sr. Gorman no projetor e deixado que a filmagem fosse exibida durante a aula de laboratório na terça-feira, as aulas foram canceladas pelo resto da semana. O corpo docente não explicou as razões do cancelamento, mas não demorou muito para as fofocas se espalharem pela Westmont. Até o fim da semana, todos já tinham ouvido falar da brincadeira de Tanner. Os rumores diziam que as repercussões viriam na segunda-feira seguinte.

Naquela noite, enquanto Gwen e os outros se preparavam para a iniciação, cada um tinha a sua autopreservação em mente. Todos exceto Tanner, o que estava bem para o resto do grupo. Tê-lo fora de cena era a única maneira de realizar o que pretendiam, que era devolver em segredo o diário do sr. Gorman antes de se dirigirem à casa de hóspedes abandonada. Eles não puseram Tanner a par do plano, e concordaram que seria cada um por si naquela noite. Cada um encontraria o próprio caminho para 13:3:5 e se aventuraria sozinho na mata, ao estilo da sobrevivência do mais apto.

Naquele momento, Gwen, Gavin, Theo, Danielle e Bridget estavam sentados em um círculo no dormitório de Gwen. Eles tinham certeza de que Tanner já se encaminhava para a casa de hóspedes. Isso se já não tivesse começado a percorrer a mata em busca da chave. Eles concediam a vitória a ele. Em breve, iriam se juntar a Tanner, mas precisavam assegurar os seus futuros primeiro e apagar o incêndio que Tanner provocara.

Bridget enfiou a mão na bolsa.

— Aqui está. — Ela exibiu o diário encadernado em couro do sr. Gorman, que pegara no dormitório de Tanner no início da noite, e o colocou no chão no meio de todos eles. — E enquanto roubava coisas do quarto dele, também peguei isto. — Bridget tirou da bolsa um saco de plástico com fecho hermético.

Dentro dele havia um baseado.

— Boa ideia — Gwen disse. — Já estou pirada.

Bridget acendeu o baseado com um isqueiro. Gavin abriu a janela, e cada um deles deu um tapa antes de soprar a fumaça para fora. Não demorou muito para que sentissem as cabeças girando e gargalhassem encarando o diário do sr. Gorman.

— Não acreditei quando o filho da puta tocou a buzina — Gavin comentou.

Todos voltaram a cair na gargalhada.

— Quando aquele vídeo apareceu na tela do laboratório de Gorman... — Theo ergueu as mãos.

— Eu quase me borrei! — Gavin revelou.

Continuaram a gargalhar, fumavam o baseado.

— São dez e meia — Danielle informou. — Temos que ir se quisermos chegar antes da meia-noite. Quem sabe quanto tempo vai levar para encontrar as chaves...

— Tenho uma ideia. — Gwen arregalou os olhos. — E acho que pode ser brilhante.

Os outros a encararam com os olhos vidrados.

— Tanner tem meia hora de vantagem sobre nós — ela ponderou. — Vamos nos livrar do diário de Gorman como planejado. Mas em vez de caminhar até a casa, vou dirigir! Chegaremos lá em um quarto do tempo. Podemos até alcançá-lo!

Durante o ano letivo, os alunos não tinham permissão para ter carros na escola. No entanto, durante os cursos de verão, as regras eram aliviadas, e os carros, permitidos.

— Vamos nessa! — Gavin exclamou com um sorriso.

Gwen pegou as suas chaves e o diário do sr. Gorman, e todos saíram às escondidas pelos fundos do Margery Hall, dando início à jornada noite adentro.

Mantiveram-se nas sombras, como da última vez em que se encaminharam para a Fileira dos Professores. Naquele momento, porém, os efeitos da maconha os deixaram relaxados e confiantes.

Chegaram ao caminho que passava atrás das casas geminadas e pararam nos fundos da número 14, o que trouxe de volta lembranças daquela ocasião. Alcançaram a parede de trás.

— Vamos deixar o diário na escada da frente — Gwen sugeriu.

Gavin concordou.

— Dê aqui. Eu faço isso.

Gwen entregou-lhe o diário. Gavin apontou para a janela da cozinha, onde a luz se espalhava pela noite.

— Deem uma olhada — Gavin pediu. — Me digam quando estiver tudo limpo.

Gavin se esgueirou para a beira da casa e aguardou o sinal. Os demais ergueram lentamente as cabeças acima do parapeito da janela, e viram o sr. Gorman, de costas para eles, mexendo uma colher de pau em uma panela no fogão. Todos se abaixaram rapidamente. Gwen acenou para Gavin, que se deslocou para a frente da residência, deixou o diário em um dos degraus da escada e tocou a campainha.

Quando Gorman abriu a porta, Gwen e o resto do grupo estavam a meio caminho do estacionamento dos alunos, onde tinham deixado o carro.

Charles Gorman mexia o macarrão na panela. Estava salgando a água fervente quando a campainha tocou. Olhou para o relógio e se perguntou se era Gabriella. Queria contar a ela o que planejara fazer na segunda-feira, quando uma assembleia fora convocada para alunos e professores. Ele sabia que Gabriella estava nervosa.

Charles largou a colher e foi até a porta da frente. Quando a abriu, encontrou a varanda vazia. Saiu e olhou em ambas as direções da Fileira dos Professores. As luzes das varandas das outras casas brilhavam na noite de verão, mas a calçada estava vazia. Quando se virou para a escada, reparou no diário, no segundo degrau. Rapidamente, ele o pegou e folheou as páginas. Estava tudo ali. Voltou a olhar em ambas as direções da rua e retornou para dentro de casa.

Tirou a panela com o macarrão do fogo, sentou-se à mesa da cozinha e leu o diário por dez minutos. Então, quando garantiu que de fato não faltava nada, levantou-se e se dirigiu ao escritório. Tirou o quadro da tabela periódica pendurado na parede e girou o segredo do cofre. Guardou o diário ali dentro, fechou o cofre e voltou a pendurar o quadro. Em seguida, pegou o celular e ligou para Gabriella.

76

OS GAROTOS PERMANECERAM NAS SOMBRAS ATÉ CHEGAREM ao estacionamento dos alunos. Gavin sentou-se no assento do passageiro, e os outros se amontoaram na parte de trás. Gwen deu a partida, manteve os faróis apagados e pôs o automóvel em movimento. Assim que passaram pela entrada da escola, ela acendeu os faróis para iluminar o bulevar Champion e acelerou. Se eles se apressassem, conseguiriam alcançar Tanner.

Cinco minutos depois, Gwen pegou à direita na Rota 77. Estava escuro como breu. Então, ela ligou os faróis altos. Todos se concentraram nos marcos de milha verdes enquanto Gwen percorria a estrada vazia em alta velocidade. O primeiro marco indicou onze milhas. Passou voando, em um borrão, mas refletiu intensamente os faróis do carro. Um minuto depois, avistaram o marco indicando doze milhas ao se aproximarem dele. Então, eles esperavam ver o marco indicando treze milhas. Sabiam que estavam perto.

A sua concentração em procurar o próximo marco era tamanha que nenhum deles viu nada, mas todos ouviram o baque surdo. Parecia um taco de beisebol batendo em uma lata de lixo de plástico cheia de água.

Bum!

Gwen pisou nos freios, e os pneus fritaram no asfalto, fazendo o automóvel derrapar antes de parar. Por alguns segundos, ninguém se mexeu, nem respirou. Até que, finalmente, eles se viraram devagar e olharam pela janela traseira. Um monte de alguma coisa estava perto do acostamento da estrada, pouco visível na noite escura. O monte não se mexeu durante o tempo em que eles olharam e aguardaram.

— O que era? — Gwen perguntou, com a voz trêmula e as mãos segurando o volante com força. Ela ainda olhava para a frente, sendo a única que se recusava a olhar para o que estava atrás do carro.

Gavin respirou fundo.

— Deve ser um gambá.

— É grande demais para ser um gambá — Theo retrucou. — Talvez um veado.

Por fim, Gwen desviou o olhar do para-brisa e olhou para Gavin através do espaço escuro entre eles. Em seguida, girou o volante e deu meia-volta. O automóvel andou lentamente em direção ao monte, com todos os cinco esperando ver um veado. Esperando ver algum tipo de animal. Mas quanto mais perto chegavam, melhor os faróis iluminavam o monte perto do acostamento.

PARTE IX
AGOSTO DE 2020

77

BRIANNA MCEVOY PERDERA O MARIDO HAVIA UM ANO. ELA se recusava a acreditar que Marc estava morto. Não conseguia levar em consideração a possibilidade. Mas até aquele momento, o pensamento a perseguia mais do que nunca.

Nos primeiros dias após o desaparecimento de Marc, ela se reunia com os detetives regularmente para receber atualizações. Eles localizaram o carro dele no aeroporto de South Bend, onde Marc estacionara para a sua viagem de negócios ao Texas. Contudo, logo os detetives descobriram que a empresa de Marc não o enviara ao Texas ou a qualquer outro lugar na semana do seu desaparecimento. Na realidade, Marc havia solicitado dois dias de folga naquela semana. Brianna ficara chocada ao tomar conhecimento da mentira do marido.

Os detetives foram receptivos nas primeiras semanas, mas depois que descartaram a ocorrência de algum crime, tentar descobrir o que acontecera com o marido dela e onde ele estava se tornara menos imprescindível.

No início das investigações, quando Brianna telefonava, os detetives atendiam. Doze meses depois, eles só respondiam às ligações depois de ela ter enchido a caixa postal deles com diversas mensagens. Quando eles telefonavam, era para tentar entender por que o marido dela havia desaparecido. Os detetives descobriram uma dívida embaraçosa, o que levou à teoria de que Marc fugira da cidade para se esconder dos credores. Brianna sabia que aquilo era ridículo. E a teoria de que Marc podia ter fugido com uma amante também era absurda. Raramente, ele ia a algum lugar além da casa e do trabalho: um pequeno escritório de consultoria com cinco outros funcionários, três homens e duas mulheres, estas na casa dos sessenta anos.

A evolução mais recente fora a inclusão do nome de Marc no Sistema Nacional de Pessoas Desaparecidas e Não Identificadas, ou NamUs — órgão centralizador que registrava os nomes das dezenas de milhares de americanos que desapareciam todos os anos. Os detetives adicionaram todas as informações sobre Marc no site, incluindo a amostra de DNA que Brianna fornecera. Não precisaram dizer a ela o objetivo daquilo. Ela entendeu. Se um corpo não identificado aparecesse em algum lugar, um investigador ou um médico-legista poderia executar o DNA no banco de dados do NamUs em busca de correspondência.

Brianna sabia que os detetives estavam simplesmente repassando a lista de verificação dos suspeitos e das situações usuais. Também sabia que, se tivesse sido completamente cooperativa a respeito das coisas que descobrira sobre o marido, os detetives poderiam ter feito mais progressos para encontrá-lo. Naquele momento, porém, a honestidade não era uma opção, e a polícia não era quem a ajudaria.

Ela desceu a escada para o porão e abriu o armário onde Marc mantinha a sua coleção de figurinhas de beisebol. Retirou as três caixas e as colocou sobre o balcão. Abriu o botão da primeira caixa, desdobrando os flancos do fichário para revelar quatro colunas de figurinhas de beisebol perfeitamente alinhadas. Por cima delas havia os papéis soltos com que ela deparara no outono anterior, três meses depois do sumiço de Marc. No alto da folha de papel estava escrito "O Homem do Espelho". Diversos artigos se achavam incluídos na pilha de papéis, todos relacionados ao estranho ritual que acontecia duas vezes por ano na Escola Preparatória de Westmont — uma vez no inverno, no dia mais curto do ano, e novamente no verão, no dia mais longo. No ano anterior, havia sido em 21 de junho. No mesmo dia, Marc desapareceu, e dois alunos foram mortos na escola.

Brianna passara os últimos meses se perguntando se os dois acontecimentos estariam relacionados. Sentira muito medo de mencionar as suas descobertas aos detetives, receando que Marc estivesse ligado de alguma forma aos assassinatos na Escola Preparatória de Westmont. Mas decidiu que o mistério já tinha durado muito tempo. Embora ainda não estivesse pronta para revelar para a polícia, estava preparada para contar para outra pessoa.

Tirou o cartão de visita do bolso e ficou olhando para o nome da repórter.

78

COMO ACONTECIA TANTAS VEZES NA SUA PROFISSÃO, AS COI-sas passaram de calmas a caóticas rapidamente. Apenas uma semana antes, Ryder fora rebaixada de posto nas trincheiras do jornalismo, o seu canal no YouTube fora censurado e o seu blog quase desaparecera. Então, a mãe de Theo Compton ligara para pedir a sua ajuda em relação a um segredo preocupante que ela acreditava que o filho havia guardado. Na sequência, o telefonema de Rory Moore consolidara a ideia de que Theo podia, de fato, ter sido morto, em vez de ter cometido suicídio.

Naquele momento, na manhã de sábado, ela desligou o telefone depois de falar com a mulher de Marc McEvoy perguntando-se como o caso de uma pessoa desaparecida de South Bend poderia estar relacionado aos assassinatos na Escola Preparatória de Westmont. Ryder só tinha certeza de uma única coisa: o caso da escola estava vivo e gozando de boa saúde. Uma nova vida fora soprada nele e, se Ryder fizesse tudo direito, faria parte da descoberta da verdade.

Deu a partida no carro e seguiu para South Bend.

79

NA MANHÃ DE SÁBADO, DWIGHT COREY TIROU O CARRO DE aluguel do estacionamento do hotel, com Lane sentado no assento do passageiro.

— Gosto disso. Nós nunca fizemos uma viagem juntos antes.

— Eu estava na sua turnê de divulgação do livro alguns anos atrás. — Dwight pegou a ponte para Sanibel Island.

— Não foi a mesma coisa. Nós não dividimos um quarto de hotel e você não bancou o meu chofer.

— Prometi a Rory que tomaria conta de você porque a sua atual saúde mental é pior do que o normal. Esse é o único motivo pelo qual dividi um quarto com você. Conheço Rory o suficiente para não quebrar uma promessa. Aliás, você ronca como um filho da puta.

— São os meus pulmões. Ainda não estão limpos. A tosse me acorda.

— Sério? Pois eu acho que você dormiu muito bem. Passei a noite acordado te ouvindo roncar.

— Faz parte da lista de atribuições do cargo, acho.

— Talvez Rory tivesse razão quando disse para você esperar alguns dias. Sinceramente, até te ver eu não sabia que o seu estado era tão ruim.

— Estou bem, e devo isso a ela. Envolvi Rory nesse caso por puro egoísmo. Não há realmente nada nele para ela. Sei como a mente dela funciona. Se eu a trouxesse para Peppermill, o caso e todos os seus mistérios fariam o resto. E talvez, depois de ter escapado por um triz, eu esteja tendo um daqueles momentos "a vida é muito curta", mas me sinto um merda por fazer isso com ela. Porém, agora que está feito, não posso desfazer. Rory não descansará até encontrar as respostas. É como a mente dela funciona. E agora que Rory pode ter encontrado uma dessas respostas, devo a ela descobri-la, sentindo-me um lixo ou não.

Dwight assentiu.

— Caramba. Com que força você bateu a cabeça?

— Esse é o novo Lane Phillips, quente e confuso.

— Acho que gosto dele. Esse novo Lane vai desistir de comer bife e parar de envenenar o seu café com açúcar?

— Nem pensar.

— Justo quando achei que havia esperança para você...

Com o sol do fim da manhã brilhando na superfície do mar, eles atravessaram a longa ponte que ligava o continente da Flórida a Sanibel Island.

80

LANE SAIU DO CARRO DE ALUGUEL E SE COLOCOU SOB A SOMbra da palmeira sob a qual Dwight estacionara. Vestiu o boné de beisebol para esconder a laceração de aparência horrível na parte posterior da cabeça e caminhou pelo estacionamento até o Doc Ford's Rum Bar & Grille. Passava um pouco das onze da manhã quando Lane entrou no restaurante e encontrou o detetive aposentado Gus Morelli a uma mesa dos fundos. Com o lugar quase vazio, foi fácil localizá-lo. Homem mais velho, de aparência robusta, Gus devia estar com quase setenta anos, segundo a estimativa de Lane. Tinha cabelo branco, cavanhaque cor de prata e o tórax de um homem que levantou pesos na juventude. Se o dicionário *Webster* apresentasse a definição de detetive aposentado de Nova York, uma imagem de Gus Morelli seria incluída ao lado.

O homem se levantou à aproximação de Lane.

— Gus Morelli.

— Lane Phillips.

Eles se cumprimentaram.

— Obrigado por dispor do seu tempo. Agradeço muito — Lane disse.

— Estou aposentado. Tudo o que tenho é tempo. E para você vir até a Flórida tão rápido, isso deve ser muito importante.

— Sim, é. Ou pelo menos pode ser.

Gus apontou para a mesa, e Lane se sentou. Ele reparou numa pasta sobre o tampo. O seu nome estava impresso nela.

— Lição de casa?

O detetive sorriu.

— Quando recebo uma ligação de um ex-analista de perfis criminais do FBI perguntando sobre um caso antigo em que trabalhei, costumo fazer uma pesquisa.

Em desafio, Lane projetou o queixo.

— Encontrou algo interessante sobre mim?

— Muita coisa. Sobre você *e* sobre a sua parceira. — Gus abriu a pasta. — Fui policial de Nova York por mais de trinta anos e ainda tenho os meus contatos. Suponho que tenha considerado que eu iria investigá-lo.

— Esperava por isso.

Gus abriu a pasta e leu:

— "Dr. Lane Phillips, professor de psicologia forense na Universidade de Chicago e fundador do Projeto de Controle de Homicídios. Ex-analista de perfis criminais do FBI da Unidade de Ciência Comportamental, onde passou uma década rastreando, estudando e escrevendo normas sobre *serial killers*. Entre os lauréis do doutorado, inclui-se a famosa tese *Uma mulher na escuridão*, um manual a respeito do processo de pensamento e do raciocínio de *serial killers* que quase todos os detetives de homicídios do país leram. Autor de *best-sellers* e comentarista de programas de rádio e tevê." Será que isso cobre tudo?

Lane assentiu.

— O principal, sim.

Gus virou a página.

— E faz parceria com Rory Moore, que me disseram que é uma grande especialista em casos arquivados.

— Ela prefere o termo *perita em reconstituição criminal*.

— Sim, bem, mera modernidade. No meu tempo, isso significava que ela descobre uma merda que todos nós deixamos escapar.

Lane assentiu.

— Significa a mesma coisa hoje. E sim, ela é muito boa nisso.

— Pelo que os meus contatos me dizem, Rory Moore tem uma porcentagem incrível de solução dos casos arquivados mais antigos. Esse ângulo sobre as moedas de um centavo que fez com que você me ligasse veio dela?

Lane sorriu.

— Lamento dizer que não sou inteligente o bastante para ter visto a conexão. Só a estou investigando.

— Bem, tenho que admitir que o seu telefonema mexeu com uma parte de mim que achei que dormiria para sempre. Adoraria ouvir como essa conexão surgiu.

A garçonete se aproximou e anotou os pedidos: dois chás gelados.

— A minha parceira e eu trabalhávamos em um caso em Indiana. Ouviu falar dos assassinatos na Escola Preparatória de Westmont do verão passado?

Gus fez uma careta e um gesto negativo com a cabeça.

— Não? O caso recebeu uma ampla cobertura, na época, e voltou a ser notícia recentemente.

— Não acompanho as notícias — Gus respondeu. — Não assino tevê a cabo e não vejo os telejornais noturnos há duas décadas.

— Lê algum jornal?

— Todas as manhãs, mas só a seção de esportes. O resto é papo furado liberal ou absurdo conservador.

— Internet?

— O que é isso?

Lane achou graça. Gus Morelli era da velha guarda empedernida.

— A Escola Preparatória de Westmont é um colégio interno particular em Peppermill, Indiana. Dois garotos foram mortos lá no verão passado.

— Alunos?

— Sim.

— Na escola.

— No limite do *campus*, em uma casa abandonada onde os professores costumavam morar. O caso foi aberto e encerrado: um dos professores matou os garotos. Pelo menos, essa é a teoria de trabalho. Mas há mais do que isso. No último ano, três jovens que sobreviveram àquela noite voltaram para a casa, especificamente para os trilhos do trem que passam ao lado dela, para se matar. Algo não se encaixa, e o detetive responsável pela investigação pediu que a minha parceira e eu investigássemos o caso com toda a discrição. Quando Rory vasculhou os arquivos, encontrou a conexão referente à moeda que ligava todas as vítimas de suicídio e o criminoso. Utilizei o algoritmo do Projeto de Controle de Homicídios para verificar se existiam casos parecidos. Isso me trouxe até você.

A garçonete trouxe os chás gelados. Lane tomou um gole e prosseguiu:

— Depois que entrei em contato com você e decidi vir para cá, Rory farejou outra inconsistência. Ela está se perguntando se os jovens da escola realmente se mataram.

Gus empurrou a pasta para o lado e apoiou os cotovelos no tampo.

— Como assim?

— Ela ainda está desenvolvendo esse ângulo, mas acha que os jovens podem ter sido mortos. E que as moedas achatadas encontradas com cada um deles talvez sejam, de algum modo, um elo.

— Em relação ao assassino?

Curioso, Lane ergueu as sobrancelhas.

— É isso o que vim descobrir. — Lane viu o olhar do detetive Morelli se desviar para a direita.

Os olhos dele não estavam focados em nada em particular. Lane entendeu o alheamento momentâneo do detetive à conversa como sendo a mente dele elaborando algo. Então, Lane viu Gus tirar um cartão da pasta e anotar algo no verso.

— Este é o meu endereço — Gus disse. — Preciso fazer algumas checagens. Apareça hoje à noite. Às sete?

Lane apanhou o cartão.

— Você tem alguma coisa?

— Talvez tenha. Me dê o dia para descobrir, tá bom?

Lane assentiu.

— Tudo bem. Te vejo à noite.

81

NO MEIO DA TARDE, RYDER CONSEGUIR VOLTAR PARA PEPPER-mill. Ela passara exatamente uma hora com Brianna McEvoy antes de pegar o carro novamente. Naquele momento, Ryder entrou no café onde Rory e ela tinham se encontrado na noite anterior, sentada à mesma mesa. Caminhando até lá, Ryder viu Rory ajeitar os óculos de aros grossos, cujas partes superiores tocavam o seu gorro de malha.

— O que descobriu? — Rory perguntou.

— Não tenho certeza. Talvez nada, mas provavelmente alguma coisa.

Ryder retirou da bolsa os artigos do *Indianapolis Star* que escrevera sobre Marc McEvoy, o homem de South Bend que desaparecera no verão anterior. Só depois que Brianna McEvoy chamara a atenção para aquilo, Ryder se deu conta de que Marc desaparecera em 21 de junho de 2019 — o mesmo dia dos assassinatos na Escola Preparatória de Westmont.

— Durante o último ano, trabalhei nesse caso de vez em quando — Ryder informou. — Marc McEvoy, vinte e cinco anos, pai de duas meninas de South Bend, que desapareceu no verão passado. Supostamente partiu para uma viagem de negócios ao Texas e nunca mais voltou. Seu carro foi encontrado no aeroporto de South Bend, mas ninguém mais teve notícias dele. Foi verificado que McEvoy não tinha nenhuma viagem de negócios marcada para o Texas. A polícia não descobriu nenhum crime, o cara não tinha inimigos, e o melhor que alguém pode dizer é que ele não estava traindo a mulher.

Rory assentiu lentamente.

— O que isso tem a ver com a escola?

— McEvoy desapareceu no mesmo dia dos assassinatos. Alguns meses depois do seu desaparecimento, a sua mulher foi ao porão da casa e encontrou diversos recortes de jornal que ele escondera com a sua coleção de figurinhas de beisebol.

Ryder tirou mais artigos da bolsa e os juntou aos outros sobre o tampo.

— A mulher do cara me deu estes hoje.

— Alguns desses foram escritos por você. — Rory correu os olhos pelas manchetes e pelo nome da jornalista responsável pelo artigo.

— Sim. Eu investiguei bastante o caso da Escola Preparatória de Westmont. Parece que Marc McEvoy era obcecado por um jogo que os alunos jogavam chamado O Homem do Espelho.

Assentindo, Rory ia vendo os artigos.

— Detetive Ott. — Olhou para Ryder. — Ele esteve à frente da investigação dos assassinatos na escola. O detetive Ott me falou desse jogo. Disse que os jovens o levaram a um nível totalmente novo.

— O que descobri no ano passado, sobre o que escrevi bastante no meu blog, é que é preciso muita coisa para ser convidado a jogar. Poucos alunos sabem exatamente o que acontece porque poucos têm conhecimento por experiência própria. E aqueles que têm tratam de manter os detalhes para si. É como se fosse uma panelinha dentro da instituição.

— Como se fosse uma sociedade secreta.

— Exato. Mas em vez de uma caveira e ossos cruzados, são espelhos e espíritos. Brianna McEvoy sabia tudo a respeito disso. Marc era ex-aluno da Westmont e contou para ela sobre o jogo e como ele nunca conseguiu entrar no clube. Ela disse que Marc dava de ombros quando mencionava isso. Porém, Brianna achava que ele tinha algum problema com algo que aconteceu quando ele estudava lá.

— Garotos podem ser idiotas.

— Sem dúvida. Brianna parecia achar que o marido ainda podia se sentir chateado com a rejeição, mas não fazia ideia de quão obcecado ele estava com isso.

— Obcecado como? — Rory perguntou.

— Brianna McEvoy ficou sabendo que Marc pedira dois dias de folga do trabalho na semana em que desapareceu. Queria que a sua mulher achasse que ele estava em uma viagem de negócios, e no trabalho, que acreditassem que ele tirara uma folga.

— Para fazer o quê?

— Ninguém sabe. Mas Brianna McEvoy teme que tenha algo a ver com o caso da Westmont.

Ryder viu algo mudar na expressão de Rory, que mantinha o olhar fixo nos artigos. Raramente Rory fazia contato visual, mas naquele momento ela fez, levantado de repente os olhos e dizendo:

— Encontraram um sangue não identificado no local.

Piscando, Ryder se esforçou para registrar o que ouviu.

— Na casa de hóspedes?

Rory fez que sim com a cabeça.

— A polícia manteve isso longe da mídia porque é o único elemento que nunca fez sentido. Três perfis de DNA foram encontrados na cena do crime. Um que correspondia ao de Tanner Landing. Um que correspondia ao de Andrew Gross. E um que nunca foi identificado.

Ryder se inclinou e olhou para uma das manchetes.

HOMEM DE SOUTH BEND DESAPARECE. NENHUMA PISTA À VISTA

— Marc McEvoy? — ela perguntou com a voz arrastada ao olhar de volta para Rory.

— Precisamos conseguir uma amostra do DNA dele.

— Já temos uma — Ryder afirmou. — As informações foram incluídas no banco de dados do NamUs.

— O Sistema Nacional de Pessoas Desaparecidas e Não Identificadas.

— Exato. Isso inclui o seu perfil de DNA.

— Tenho acesso ao perfil de DNA do sangue não identificado. Podemos executá-lo no site do NamUs e procurar uma correspondência.

— Quando? — Ryder quis saber.

— Agora mesmo. A informação está na minha casa de aluguel.

As duas se levantaram e saíram correndo da cafeteria.

ESCOLA PREPARATÓRIA DE WESTMONT

VERÃO DE 2019

82

GWEN E O RESTO DO GRUPO DESEMBARCARAM DO CARRO, ficando sob o feixe de luz dos faróis. Cada uma das suas sombras se projetou pelo asfalto e ladeou o corpo perto do acostamento: um monte de membros flácidos e ossos quebrados que não responderam à voz suave de Gwen quando ela chamou para perguntar se o homem estava bem. Finalmente, Gavin se aproximou e se agachou ao lado do corpo. Tentou ouvir alguma respiração e observou se o peito do homem subia e descia. Após um minuto, ergueu-se e caminhou de volta para o grupo.

— Acho que ele morreu — Gavin disse.

Gwen, que já estava uma pilha de nervos, começou a chorar e gemer. Os demais deram passos instintivos para trás. Gavin passou a mão pela boca e pela bochecha. Depois, coçou nervosamente a área atrás da orelha.

— Tudo bem, vamos... hmm... Vamos pensar nisso.

— É melhor chamarmos a polícia — Danielle sugeriu.

Gavin estendeu as mãos, com o dedo indicador de cada um levantado.

— É isso o que *deveríamos* fazer. Mas quais as consequências se fizermos isso? Estamos todos chapados. Gwen dirigia drogada. Acabamos de *matar* um cara. Se ligarmos para a polícia, iremos todos para a prisão.

— Foi um acidente, Gavin. Ela não teve a intenção de atropelá-lo.

— Verdade, Danielle, Gwen não teve a intenção de matá-lo, mas o cara está morto. Isso se chama homicídio culposo. Homicídio *involuntário*, se ela tiver sorte. No entanto, Gwen estava chapada, e na certa dirão que afinal não foi tão involuntário assim. Ela irá para a cadeia por isso. Se chamarmos a polícia, a vida de Gwen já era. Assim como as nossas. Vocês acham que iremos para a faculdade com algo assim no nosso currículo?

— Ok, ok — Theo interveio —, nada de briga. Vamos simplesmente descobrir o que fazer.

— Foi um acidente, exatamente como Danielle disse — Gavin afirmou. — Não tivemos a menor intenção. E, afinal, que diabos o cara fazia em uma estrada escura e vestido de preto? Mesmo que estivéssemos completamente sóbrios, ainda assim poderíamos tê-lo atropelado. Nenhum de nós merece ter a vida arruinada por causa de um acidente.

— Você não está falando para um corpo de jurados, Gavin! — Theo gritou. — Qual é o maldito plano se não chamarmos a polícia?

Após raciocinar, Gavin acenou com a cabeça.

— Tá. — Ele deu de ombros como se aquilo que estava prestes a propor fosse uma solução fácil. — Vamos esconder o corpo. A gente o leva até a ravina e o afunda no riacho Baker, que é fundo e tem uma correnteza forte. Ninguém o encontrará. Depois, todos nós nos aventuramos a encontrar as chaves e voltamos para a casa para encontrar Andrew. Prosseguimos com a iniciação, conforme planejamos.

— Você está louco?! — Theo arregalou os olhos.

— Atenção, pessoal. Se decidirmos não chamar a polícia, e acho que estamos todos de acordo sobre essa decisão, vamos precisar de álibis para esta noite. Algum dia, em breve, alguém começará a procurar esse cara. Temos que ter histórias sólidas sobre o que estávamos fazendo esta noite.

— Eu faço isso — Gwen afirmou, interrompendo Gavin e Theo.

Todos a fitaram.

— Vou colocá-lo no rio. Eu o atropelei, eu vou escondê-lo. Vocês vão indo. Vão até a casa. Continuem com a iniciação. Eu os encontro lá quando terminar.

— Eu te ajudo — Gavin disse.

— E o seu carro? — Danielle quis saber.

— Vou levá-lo de volta para a escola quando terminarmos — Gavin respondeu. — Voltarei a pé. Mesmo com atraso, chegarei lá. Direi que não consegui encontrar a minha chave.

Todos se entreolharam na escuridão da noite. Ainda estavam de barato por causa da maconha, com as mentes aceleradas pela confusão e os corações disparados pelo choque. Então, um por um, todos concordaram com um gesto de cabeça. Um plano foi criado.

Theo, Danielle e Bridget partiram pelo acostamento da Rota 77 para encontrar a entrada na mata que os levaria à casa de hóspedes abandonada. Quando eles ficaram fora do alcance da visão, Gwen e Gavin se voltaram para o cadáver. Gwen respirou fundo. Em seguida, abaixou-se e agarrou o homem morto sob os braços, sentindo a aderência pegajosa do sangue dele nas mãos.

PARTE X
AGOSTO DE 2020

83

ERAM SETE DA NOITE QUANDO LANE BATEU NA PORTA DO apartamento de Gus Morelli, que ficava num prédio de estuque salpicado nos tons azul e salmão suave da Flórida. Lane pegara a escada externa para o terceiro andar, e naquele momento se achava no passadiço. A porta se abriu e o detetive aposentado ficou parado junto ao batente.

— Então, como foi?

— Venha e vou lhe contar tudo. — Gus acenou para Lane entrar. — Tenho cerveja e refrigerante.

Lane estendeu a mão até a parte de trás do boné e sentiu o ferimento dolorido que escondia. Ele adoraria uma cerveja, mas pensou melhor.

— Tomo uma Coca Diet se você tiver.

— Claro que sim.

Lane entrou na cozinha, que dava para uma sala de jantar, e depois em uma sala de estar com os móveis posicionados em torno de uma televisão pendurada na parede. Além da sala de estar, havia uma varanda telada, cujas portas estavam escancaradas para permitir que a brisa quente marítima refrescasse o ambiente.

— Podemos conversar ali fora. — Gus abriu a geladeira e apanhou uma Coca Diet e uma cerveja.

O terceiro andar oferecia uma vista esplêndida do golfo, com a praia se estendendo para o leste e para o oeste. Ao sul, do outro lado da água, os prédios de Naples podiam ser vistos. O sol estava inclinado para o oeste, com o seu reflexo ricocheteando ao longo da água e projetando longas sombras das pessoas que caminhavam na areia.

Lane se sentou em uma das cadeiras da varanda, com Gus diante dele. O detetive tomou um gole de cerveja.

— Fiquei ao telefone o dia todo. Os meus contatos me deram uma mão e me orientaram na direção correta. Voltei a me sentir como um policial. Creio que você vai achar bem interessante o que encontrei.

— Sou todo ouvidos.

Gus ficou de pé.

— Siga-me. Para ter uma visão completa, devemos começar do início.

Lane largou a Coca Diet e saiu da varanda. Viu como o detetive aposentado mancou por alguns passos e depois pareceu pegar um ritmo adequado. Eles foram para um quarto longe da sala de estar. Quando Gus abriu a porta, Lane viu um aposento repleto de caixas de papelão que forravam a parede oposta formando três pilhas.

— O que é tudo isso? — Lane quis saber.

— Sou um detetive aposentado. As caixas me seguem para onde quer que eu vá. Costumava mantê-las em um depósito em Nova York. Quando finalmente decidi me aposentar, elas me seguiram até aqui.

Lane deu alguns passos para dentro do aposento, olhando para as dezenas de caixas.

— O que são?

— Casos da minha carreira que nunca pararam de sussurrar para mim.

— O que significa que você nunca os esclareceu?

— Alguns ficaram para trás. Outros continuam incomodando.

Gus apontou para uma única caixa situada ao pé da cama.

— Esse é absolutamente perturbador. Jamais consegui esquecê-lo. — Gus se dirigiu até a cama e pegou a caixa pelas alças. — Eu o chamei de caso da moeda de um centavo.

84

RORY E RYDER, SENTADAS NA FRENTE DO COMPUTADOR, VIAM a ampulheta girar na tela. Estavam no solário do chalé, e Rory não se preocupou em explicar o quadro de cortiça sobre o cavalete que exibia os rostos de todas as pessoas mortas ligadas ao caso da Escola Preparatória de Westmont. Tampouco explicou a boneca de porcelana antiga ao lado delas na mesa, cujos toques finais Rory concluíra naquela manhã.

Rory vislumbrou o seu reflexo na tela do computador e percebeu o contorno dos seus óculos projetado das suas têmporas. Ajustou-os, esperando os resultados da pesquisa de DNA que ela e Ryder vinham realizando. Rory puxou o gorro mais para baixo para cobrir a testa, e estava prestes a abotoar o botão superior da jaqueta quando a tela do computador ficou preta por um momento e depois voltou a piscar. Ali estava a evidência.

Rory olhou para Ryder.

— Era o sangue de Marc McEvoy no local.

— Filho da puta! — Ryder meneou a cabeça. — E agora?

Rory se lembrou da descrição e dos detalhes do relatório de Lane. Vestígios de sangue não identificado foram encontrados no corpo de Tanner Landing e na garota que estava no local.

— Agora vamos falar com Gwen Montgomery — Rory respondeu —, e descobrir o que ela sabe sobre Marc McEvoy.

85

GWEN MONTGOMERY CHOROU AO ENCARAR A MULHER À SUA frente. Percorreu com os olhos o recinto e respirou fundo. Viera preparada para compartilhar o seu segredo. Estava preparada para finalmente revelar tudo o que sabia sobre a noite em que Tanner e Andrew foram mortos. Ela repassara os acontecimentos muitas vezes em sua mente, mas nunca os falara em voz alta. Até aquele instante. Gwen viera limpar a consciência e afastar os seus demônios — finalmente revelando a verdade sobre aquela noite, divulgando o que eles tinham escondido da polícia.

Gwen e o resto do seu grupo sabiam que o sr. Gorman era inocente. Sabiam que ele não matara Tanner e Andrew. Eles o viram naquela noite quando espiaram pela janela da cozinha. Charles Gorman estava cozinhando junto ao fogão. Um momento depois, Gavin tocara a campainha e, então, na escuridão noturna, todos correram para o carro dela, para alcançar o mais rápido possível o marco de treze milhas na Rota 77. A cronologia de quando Tanner e Andrew foram mortos impossibilitava que o sr. Gorman tivesse feito aquilo. Todos eles sabiam. Quando os rumores se espalharam pela escola, e quando os detalhes sobre o envolvimento do sr. Gorman nos assassinatos começaram a ocupar os noticiários da mídia, eles tinham consciência de que aqueles rumores e detalhes eram incorretos. Porém, revelar aquilo para a polícia exigiria que Gwen e seus amigos expusessem a cronologia deles daquela noite, e eles temiam que aquilo revelasse mais do que queriam que a polícia soubesse; especificamente, que tinham atropelado e matado um homem na Rota 77 a caminho da entrada da mata que levava à casa de hóspedes.

Quando chegaram a casa naquela noite, encontraram Tanner empalado na cerca e fugiram para salvar as suas vidas. Todos menos Gwen. Ela tentou tirar o amigo da cerca. No processo, ficou coberta com o sangue dele. O sangue de Tanner se misturou com o do homem que ela matou, cujo corpo ela afundara no riacho Baker. Nos dias que se seguiram, Gwen tomou conhecimento do nome dele: Marc McEvoy.

Logo o sr. Gorman ficou sob suspeita, e eles discutiram acaloradamente se deveriam expor o que sabiam ou permanecer em silêncio. Então, o sr. Gorman tentou tirar a própria vida. Os dias viraram semanas, e as semanas, meses. A culpa ardeu lentamente dentro deles até atrair Bridget primeiro; e depois, Danielle e Theo fizeram a mesma coisa. Pelo menos, era naquilo que Gwen acreditava. Até aquele momento. Até que ela se sentou naquele recinto e ficou olhando para a mulher na sua frente.

Gwen estava ali para purificar a sua alma. Não podia mais viver com o seu segredo. Naquele momento, ela olhava para a mulher à sua frente manuseando nervosamente entre os dedos a moeda de um centavo achatada. Chorou de novo querendo gritar. Mas Gwen sabia que era inútil.

86

DE VOLTA À VARANDA, A CAIXA DE PAPELÃO ESTAVA SOBRE a mesa. O detetive Morelli examinou as pastas dentro dela e, por fim, tirou uma e abriu nas suas anotações. Enquanto as folheava, falava sem olhar para Lane. Virava uma página após a outra, como se estivesse vendo um diário da infância esquecido.

— Recebi um chamado para me dirigir até Oak Point Yard, um pátio ferroviário no Bronx. Garoto adolescente *versus* trem, e eu era o detetive de plantão. Quando cheguei lá, estava uma bagunça. A médica-legista já se encontrava no local. Não sobrou muito do rapaz depois que o trem o arrastou. A vítima ficara em pedaços. Assim que cheguei, fui conversar com os pais. Estavam transtornados, como você pode imaginar. Mas então fiquei sabendo que o irmão da vítima estava com ela quando tudo aconteceu. Então, lógico, eu quis conversar com o irmão. Queria ficar sozinho com o garoto, para que ele não pudesse recorrer aos pais. Porém, logo pude sentir uma dinâmica estranha entre os pais e aquele filho. Aí, ouvi dizer que a família estava adotando aquele garoto. Os pais o tinham acolhido seis meses antes.

— Quantos anos ele tinha?

— O filho adotivo tinha catorze. O garoto que foi atropelado pelo trem tinha dezesseis. — Gus tomou um gole de cerveja e virou a página na pasta.

Lane teve a impressão de que ele não precisava das suas anotações. O detetive aposentado parecia se lembrar do caso como se tivesse trabalhado nele no dia anterior.

— Então, consegui ficar sozinho com o garoto. Ele me falou que ele e o irmão adotivo costumavam brincar nos trilhos e que já tinham feito aquilo muitas outras vezes. Disse que iam ali para achatar moedas de um centavo nos trilhos.

Concentrado, Lane enrugou a testa ante a menção às moedas achatadas.

— A história se passava da seguinte maneira — Gus prosseguiu. — Cada um colocava uma moeda de um centavo nos trilhos, depois recuava e via o trem passar por cima. Na noite em que o irmão morreu, fizeram a mesma coisa. Só que daquela vez o irmão chegou muito perto do trem, que acabou por pegá-lo.

Lane assentiu e inclinou a cabeça.

— É uma história trágica.

— Pois é. Se fosse verdade. Mas, para mim, pareceu falsa. Antes de mais nada, o menino me disse que eles já tinham feito aquilo muitas outras vezes, e foram ficando melhores naquilo a cada vez, e não piores.

Lane encolheu os ombros e fez uma careta.

— Sim, entendo o seu ponto de vista. Mas os jovens são idiotas. Eles gostam de correr riscos. Acham que são imortais. Consigo ver um garoto ficando muito confiante quanto mais ele se aproxima dos trilhos, e depois se tornando superconfiante. Chegando muito perto.

— Concordo. Todavia, há um problema com essa teoria. O filho adotivo declarou que William Pedersen chegou muito perto dos trilhos e que o trem o atingiu. Porém, a médica-legista registrou no seu laudo da autópsia que o trem não só pegou o garoto como também o destruiu. — Gus tirou o laudo da autópsia da caixa, abriu a pasta e a deslizou pela mesa.

Ao ver a foto, Lane mal conseguiu reconhecer o monte sobre a mesa de autópsia como humano. Ele fechou a pasta.

— A locomotiva esmagou o seu crânio como uma panqueca e destruiu quase todos os órgãos do seu corpo. Arrastou William por uma distância quase igual ao comprimento de dois campos de futebol americano antes de enfim se desfazer do seu corpo nos trilhos e deixar o que restava dele para trás.

— Parece horrível...

— E foi. E é por isso que o relato do irmão me pareceu falso. Se William Pedersen tivesse simplesmente se aproximado demais, você não acha que o trem o teria pego e jogado *para longe* dos trilhos? Para que o trem tivesse atingido todo o seu corpo e o arrastado tão longe, ele teria que estar *nos* trilhos, e não apenas inclinado sobre eles. Acho que o merdinha o empurrou para lá.

Lane olhou para o mar, lembrando-se da teoria de Rory de que os jovens da escola não tinham se suicidado. "Eles não estão se matando", ela lhe dissera, após o seu encontro com Ryder Hillier. "Alguém os está empurrando na frente daquele trem."

Lane sentiu um formigamento no peito, logo abaixo do esterno, ao perceber a ligação entre os casos.

— Por favor, me diga que você localizou esse garoto.

Gus tomou mais um gole de cerveja.

— Claro que sim. Por isso te pedi que viesse até a Flórida.

87

RORY AVALIARA A MELHOR MANEIRA DE ABORDAR GWEN Montgomery, e decidiu que uma aproximação furtiva era a sua única opção. Se a garota soubesse algo sobre Marc McEvoy, e por que o sangue dele estava nas suas mãos na noite dos assassinatos na Escola Preparatória de Westmont, com certeza não contaria para Rory pelo telefone. E se Gwen estivesse guardando esse segredo por um ano, Rory precisaria de ajuda para convencer a garota a falar. Uma combinação de aliados de confiança — os professores e os funcionários da escola que a ensinaram e a aconselharam — juntamente com uma figura de autoridade para quem Gwen pensaria duas vezes antes de mentir.

Para reunir essa equipe, Rory fez a única coisa em que conseguiu pensar: ligou para Henry Ott. Ela não gostava de abrir o jogo sobre um caso antes de ter todas as respostas, mas se encontrava longe de casa e precisava confiar nos outros de uma maneira a que não estava acostumada. Sem esquecer que encarar Gwen Montgomery exigiria acesso à escola. Rory visitara o local com o detetive Ott no início daquela semana. Os portões, trancados, se abriram eletronicamente só depois que Ott exibiu o seu distintivo. Se para Henry Ott fora um desafio obter acesso àquele lugar, as chances de Rory eram nulas aparecendo sem aviso prévio.

Rory estacionou no bulevar Champion, a poucos metros da entrada da Escola Preparatória de Westmont. Em sua conversa com o detetive Ott, ela abordara tudo o que ficou sabendo naqueles últimos dias: as misteriosas moedas de um centavo que ligavam todos os alunos e Charles Gorman, a sua suspeita de que a casa dos suicídios era algo muito mais sinistro e as suas constatações que identificaram a origem do sangue misterioso. Se ela tivesse mais alguns dias e acesso a todos os seus recursos habituais, Rory teria feito as coisas por conta própria. No entanto, em Peppermill, Indiana, atrelada a uma repórter ansiosíssima para escrever a sua reportagem, Rory não teve escolha a não ser trazer mais gente para a briga.

Enquanto Rory se dirigia para a Escola Preparatória de Westmont, Ryder fora trabalhar no caso de Marc McEvoy e ver se conseguia encontrar alguma evidência que o inserisse em Peppermill na noite dos assassinatos. Rory prometeu ligar para ela mais tarde, quando soubesse mais sobre Gwen Montgomery. Henry Ott havia telefonado para a escola para falar com Gabriella Hanover e Christian Casper e atualizá-los sobre aquele último avanço. Ele disse a Rory que a encontraria nos portões da frente. Juntos, e de acordo com as regras, todos localizariam Gwen Montgomery e descobririam o que ela sabia sobre o homem desaparecido chamado Marc McEvoy. Então, Rory esperava ali, sentada no seu carro, com os faróis acesos e estacionada do lado de fora dos portões da instituição. Sentia a pele coçar e a transpiração deixar a sua nuca pegajosa e úmida. A sua perna direita tremia, e um tinido sutil provocado pelos ilhoses dos seus coturnos Madden Girls quebrava o silêncio. Ela observava a rua escura à sua frente, esperando a aparição dos faróis do carro de Henry Ott.

Em vez disso, os portões da escola se abriram. Uma figura surgiu na escuridão e acenou para Rory avançar.

88

GUS VOLTOU A ENFIAR A MÃO NA CAIXA E TIROU OUTRA pasta. Em seu interior havia fotos da cena. Ele passou para Lane uma foto 20x25 que mostrava os trilhos onde William Pedersen fora atingido. Um tênis de basquete de cano alto aparecia solitário nos trilhos.

— O trem arrancou os tênis do garoto — Gus disse. — Como num livro de Stephen King.

Lane puxou a foto para perto.

— A verdade é mais estranha do que a ficção. Quem diria que isso era possível...

— O motivo de ser importante é que o trem arrancando os tênis do garoto confirma a ideia de que William estava nos trilhos quando foi atingido pela locomotiva.

— Mas o irmão adotivo nunca negou isso, não é? Ele nunca disse que William estava debruçado sobre os trilhos?

— Ele só falou que William chegou muito perto e desapareceu de repente. Alegou que não viu exatamente o que aconteceu.

— Talvez ele tenha bloqueado. É comum com o trauma. Poderia estar sofrendo de estresse pós-traumático.

— Sem querer ofender, doutor, mas isso é psicologismo barato. O menino sabia muito bem o que havia acontecido. E tudo que me disse ele tinha preparado com bastante antecedência.

— Como o quê?

— Como a história. Era perfeita demais. O garoto quase se gabou ao me dizer que ele e William já tinham estado nos trilhos antes. Que tinham feito a brincadeira da moeda muitas vezes. Que foram pegos algumas semanas antes e advertidos por um policial. Que receberam reprimenda dos pais. E ele tinha aquela maldita coleção de moedas de um centavo pronta para me mostrar.

— Talvez a história estivesse preparada porque era verdadeira.

Gus fez um gesto negativo com a cabeça.

— Sem chance. Foi planejada minuciosamente. Mas o merdinha era um tipo tão calculista que eu nunca consegui provar.

— O que te fez ter tanta certeza de que ele mentia?

Gus apontou para a foto que Lane segurava.

— Está vendo isso?

Lane tornou a olhar para a fotografia.

— Sim. É um tênis de adolescente. Já falamos sobre isso.

— Não. Não é o que *está* na foto que me incomoda. É o que *falta* nela.

— E o que falta? — Lane voltou a examinar a imagem.

Gus se inclinou para a frente.

— A porra da moeda de um centavo dele. — Gus apontou para a imagem. — Só há uma na fotografia. O garoto disse que eles colocaram *duas* moedas nos trilhos, uma para cada um deles, pouco antes de William ser atingido. Então, ao ver que o trem arrastou o irmão adotivo, ele entrou em pânico e correu para casa para contar aos Pedersen. Mas não foi isso o que aconteceu. O merdinha esperou o trem passar e aí pegou a sua própria moeda de um centavo antes de voltar para casa. Ele ainda a tinha no bolso quando cheguei naquela noite ao pátio ferroviário.

89

RORY SEMICERROU OS OLHOS E ADENTROU A ESCURIDÃO, avançando lentamente. Ao chegar perto o suficiente, reconheceu Christian Casper. Assim que Rory passou os portões, ele se aproximou do carro dela. Rory ajeitou os óculos e baixou o vidro. O dr. Casper se inclinou.

— Srta. Moore, prazer em revê-la — ele cumprimentou.

Rory se lembrou do estranho encontro da quarta-feira, quando o dr. Casper e a dra. Hanover a levaram, junto com Henry Ott, até a casa de hóspedes abandonada. A lembrança da sua recusa em apertar a mão da dra. Hanover avermelhou o seu rosto e a deixou com um frio na barriga.

Rory considerou que, com certeza, o dr. Casper se lembrava do incidente, porque não ofereceu a sua mão essa noite.

— Acabei de receber um telefonema do detetive Ott — o dr. Casper informou. — Ele disse que está a caminho. Achei que fosse você quando vi os faróis.

— O detetive deve chegar a qualquer momento. Estava esperando por ele.

— Ele comentou que vocês procuram por Gwen Montgomery.

— Exato. Precisamos falar com ela sobre... o ano passado. Surgiu algo.

— Isso procede de alguma pista que vocês encontraram durante a vista à casa de hóspedes?

— Em parte, sim — Rory respondeu.

— Depois que recebi o telefonema do detetive Ott, falei com o meu pessoal. Lamento informá-la que Gwen foi para casa ontem. O curso de verão acabou ontem de manhã. Ela partiu à tarde. Gwen só voltará quando o semestre de outono começar, em algumas semanas. É um assunto urgente?

— Creio que sim. — Rory não queria revelar tudo o que sabia até que o detetive Ott estivesse presente. — Onde fica a casa dela?

— Em Ann Arbor, Michigan.

— Seria possível obter as informações de contato dela, como número do telefone e endereço?

O dr. Casper fez uma pausa e deu um sorriso tenso. Ele hesitou para falar:

— Prefiro aguardar a chegada do detetive Ott antes de fornecer informações pessoais sobre uma de nossas alunas.

Rory assentiu e voltou a ajeitar os óculos.

— Claro. — Ela consultou o relógio. — Ele deve chegar a qualquer momento.

— Por que não deixa o carro no estacionamento de visitantes? Podemos esperar no meu escritório. Liguei para Gabriella Hanover, e ela está a caminho. Pegarei a pasta de Gwen enquanto esperamos.

Com a base da nuca molhada de suor, Rory passou com o carro pelo portão de ferro forjado e entrou na Escola Preparatória de Westmont.

90

LANE CONTINUAVA OLHANDO FIXO PARA A FOTO DO TÊNIS solitário nos trilhos e para a única moeda de um centavo que lhe fazia companhia. Finalmente, largou-a.

— Você nunca perguntou ao garoto sobre as moedas? Por que as duas não estavam nos trilhos naquela noite?

— Não. — Gus encolheu os ombros. — Pensei em guardar a pergunta para mais tarde, mas mais tarde nunca chegou, porque jamais consegui chegar a lugar algum com as minhas suspeitas.

— Você contou aos pais adotivos?

— Nunca contei, mas eles desconfiavam tanto quanto eu. Também não verbalizaram, mas a maneira como me olhavam toda vez que eu ia à casa deles me dizia que estavam implorando por ajuda.

— No que deu tudo isso?

— Apenas outra caixa que acabou em um depósito. Eu estava atolado de trabalho em homicídios. De início, esse caso foi considerado suspeito, mas acabou classificado como morte acidental pela médica-legista e como resolvido pelo registro do Departamento de Polícia de Nova York. Não havia nada que eu pudesse fazer.

Lane encarou Gus.

— Algo me diz que você não deixou esse caso morrer.

— De fato. Pelo menos por um tempo. Não consegui pegar aquele garoto pela morte de William Pedersen, mas algo nele era muito sinistro. Os seus olhos, talvez. O seu comportamento. Não sei. Mas ele me deixava tenso. Então, fiz uma investigação sobre ele. Pesquisei como e por que ele entrou no sistema de adoção.

— O que descobriu?

— Ele foi colocado sob custódia do estado depois que o pai se enforcou na cabeceira da cama na sua casa. O menino o encontrou.

— Caramba... Onde estava a mãe?

— Um dia antes de o pai do garoto se matar, a mãe sofreu uma queda misteriosa na escada.

— Um dia antes?

Gus assentiu.

— Consegui o prontuário do caso sobre o incidente. Parece que os médicos do pronto-socorro informaram que os ferimentos da mulher não estavam em consonância com uma queda da escada. Alguém a espancara brutalmente.

Lane pensou por um momento.

— O marido?

— Pode ser. Ele seria o suspeito mais provável, mas se matou naquela noite. O garoto o encontrou na manhã seguinte e ligou para o serviço de emergência.

— Então o pai do garoto espanca a mãe até a morte, faz parecer que ela caiu da escada e depois se mata. Sem nenhum familiar, ele acaba em um orfanato?

— Não, a mãe do garoto não morreu — Gus informa. — Ela foi espancada até quase morrer, mas não morreu. Passou meio ano em coma. Quando acordou, estava inválida. Nunca mais foi capaz de se cuidar. Com o pai morto e a mãe em um estado quase vegetativo, o garoto ficou sob a custódia do estado e entrou no sistema de adoção. Seis meses depois de os Pedersen o acolherem, William morreu nos trilhos.

— O que aconteceu com a mãe do menino?

Guy tirou outra pasta da caixa.

— Como eu disse, por isso lhe pedi que viesse até a Flórida. Acho que os nossos dois casos podem estar ligados.

91

RORY DESLIGOU O MOTOR DEPOIS DE PARAR O CARRO NO estacionamento de visitantes, abriu a porta e caminhou até a calçada onde o dr. Casper a esperava. Eram nove horas de uma noite de agosto, bastante úmida e cheia de mosquitos. Rory deu um tapa em um que pousou na sua nuca, certa de que o inseto fora atraído pelo suor acumulado ali.

— Será que o detetive Ott vai demorar? — o dr. Casper perguntou.

Rory percebeu a apreensão na voz dele, como se estivesse falando com uma criança perdida no supermercado. *Seu pai disse que ia demorar muito, querida?* Rory ouvira aquele nível de condescendência a vida toda. Claro, Christian Casper era psiquiatra, e após o encontro deles na quarta-feira e o embaraçoso momento em que ela se recusou a apertar a mão de Gabriella Hanover, Rory tinha certeza de que ele elaborara um diagnóstico para o seu comportamento antissocial. E ele provavelmente incluía um medo subjacente de germes, que gerava a sua fobia social, acompanhado de um toque de agorafobia. Sem dúvida, o doutor a situara no espectro autista e avaliara uma longa lista de medicamentos que resolveriam todos os seus problemas.

Um mosquito gordo pousou na bochecha de Rory. Ela o acertou com um tapa, o que a trouxe de volta ao presente e a afastou dos seus pensamentos de desconfiança.

— Não muito — Rory respondeu, enfim. — Ele me disse que vinha direto para cá.

— Vamos entrar. Está muito mais fresco e livre de mosquitos lá dentro. A dra. Hanover se juntará a nós, e o pessoal da segurança nos avisará quando o detetive Ott chegar.

Rory seguiu o dr. Casper até a Fileira dos Professores e subiu os degraus da casa número 18.

92

— HOJE FIZ UMA PESQUISA SOBRE A MÃE DO GAROTO. — GUS abriu a pasta que tirou da caixa. — A família não tinha dinheiro nem seguro. Ela passou seis meses internada no hospital depois de ter sido espancada e, quando saiu do coma e foi determinado que precisaria de cuidados prolongados, ficou sob a guarda do estado. Seu filho entrou no sistema de adoção, e ela ingressou numa instituição de cuidados de adultos no norte do estado de Nova York. Passou vinte e três anos ali.

— E o que houve depois? — Lane perguntou. — Ela morreu?

— Não. Dois anos atrás foi transferida para um hospital em Indiana. A cerca de uma hora de Indianápolis.

Lane começou a sentir a mente se agitar. Havia uma conexão ali esperando para ser feita, mas ele não conseguia elucidá-la.

— Mas aqui há um problema. — Gus arqueou uma sobrancelha. — Liguei hoje para o hospital para ver se conseguia descobrir algo sobre o estado dela, e pelo jeito... ela está desaparecida.

— Quem está desaparecida?

— A mãe do garoto.

— O que você quer dizer com "desaparecida"?

— Não conseguem encontrá-la. Falei com a delegacia local, e as imagens das câmeras de segurança do hospital estão sendo verificadas, mas parece que alguém a colocou em uma cadeira de rodas e a empurrou pela porta da frente.

Lane piscou algumas vezes.

— Quando foi isso?

— Ontem à noite.

Lane balançou a cabeça.

— Quem sequestraria uma idosa em estado vegetativo?

— Meu palpite? O filho dela.

— O garoto Pedersen?

— Sim, mas seu sobrenome não é Pedersen. Esse era o sobrenome da família adotiva, que ele nunca usou. Ele manteve o próprio sobrenome.

— Que era...?

Gus olhou para a pasta.

— Casper. O nome do garoto era Christian Casper. Em 1994, ele tinha catorze anos quando o irmão adotivo foi morto. O melhor que posso dizer é que atualmente ele pertence ao corpo docente da Escola Preparatória de Westmont. De fato, é codiretor de terapia do corpo discente.

— Puta merda! — Lane exclamou e pegou o celular.

93

O DR. CASPER SUBIU OS DEGRAUS E TRANCOU A PORTA DA frente da sua casa. Rory o seguiu para dentro, ajeitando os óculos e estendendo a mão para ter certeza de que o botão superior da jaqueta estava abotoado depois de ter cruzado a soleira.

— Quer algo para beber? — o dr. Casper ofereceu.

— Não, obrigada.

À esquerda da entrada, ficava o consultório do dr. Casper. Rory notou uma escrivaninha situada orgulhosamente no centro do recinto, cheia de papéis e pastas. Perto dela havia duas poltronas posicionadas uma diante da outra, com uma mesa de centro entre elas. Rory sentiu a pele arder com irritação semelhante a eczema ao pensar em compartilhar os seus segredos mais íntimos sentada em uma daquelas poltronas. Ela colocara uma capa protetora sobre os segredos do seu último ano e, prendera os cantos com bigornas, e planejara nunca mais falar deles. A ideia de compartilhar as partes mais íntimas de sua vida com alguém que mal conhecia, em sessões semanais, não fazia sentido para ela. Rory aprendera outros meios de lidar com os mecanismos internos da sua mente.

— Então, do que se trata? — o dr. Casper quis saber. — O detetive Ott pareceu ansioso para falar com Gwen.

— Encontramos algumas informações novas e queríamos... a opinião dela sobre isso.

— Algo para nos preocuparmos?

— Eu... acho que não — Rory respondeu, mas a hesitação em sua voz a traiu.

— É um mau momento, com os cursos de verão acabando. Se a ocasião fosse outra, poderíamos simplesmente ir até o dormitório de Gwen para conversar. Lamento. — O dr. Casper apontou para o consultório. — Receio que a minha mesa ficará uma bagunça quando terminarmos os boletins escolares do semestre de verão e nos prepararmos para o novo ano letivo. Transferimos temporariamente os históricos escolares para o nível inferior.

O dr. Casper consultou o relógio.

— Gabriella estará aqui a qualquer momento. Desça comigo e vou pegar a pasta de Gwen.

Nível inferior. O termo chamou a atenção de Rory. Por um instante, apenas um segundo fugaz, ela se perguntou por que ele empregaria aquele termo. Eles não estavam no grande prédio da biblioteca pelo qual ela passara depois de atravessar os portões da frente, onde o porão poderia ser considerado um *nível inferior*. Eles se encontravam em uma casa geminada de dois andares, que também era o consultório de Christian Casper. Qualquer escada para baixo levava a um *porão*. Rory forçou um sorriso e voltou a ajeitar os óculos. Enterrou o gorro de malha na cabeça, tentando se esconder atrás da aba. Ela não gostava de porões, nem aquele no seu próprio bangalô em Chicago nem na casa de qualquer outra pessoa.

O dr. Casper abriu a porta localizada do outro lado da escada. Rory viu um patamar escuro e degraus sombreados.

— Levarei apenas um minuto para localizar a pasta. Você se importaria de me ajudar?

Rory sorriu e, apesar da falha na ignição do seu cérebro, partiu em direção à porta que dava acesso ao porão.

94

LANE SEGUROU O CELULAR JUNTO AO OUVIDO ESCUTANDO A ligação cair na caixa postal de Rory.

— Oi — ele disse. — Sou eu. Estou aqui na Flórida e acho que tropeçamos em algo. Você precisa me ligar de volta. Depressa. Assim que ouvir esta mensagem.

Lane consultou o relógio: vinte e uma e quinze. Ele disparou uma mensagem de texto com o mesmo conteúdo e, em seguida, colocou o celular na mesa para não deixar de atender o retorno telefônico de Rory.

— Sem sorte? — Gus perguntou.

— Sim. — Lane tornou a consultar o relógio, perguntando-se por que Rory não lhe retornava. Uma sensação de urgência se apossou dele, mas quase mil e quinhentas milhas o separavam de Rory, e Lane sabia que estaria impotente até ela ligar de volta. Por fim, olhou para Gus. — Tenho certeza de que você investigou o dr. Casper.

Gus assentiu.

— Investiguei. Ele permaneceu no sistema de adoção, não foi acolhido por outra família. Quando completou dezoito anos, ficou livre como um pássaro. Perdi o seu rastro naquele momento, mas depois que você ligou, acionei os meus contatos e fizemos uma pesquisa nos registros.

Gus virou a página na pasta diante de si.

— Enquanto esteve no sistema de adoção, Casper conseguiu se formar no ensino médio. Em seguida, solicitou uma bolsa para ir para a faculdade e a obteve. É muito raro um garoto para adoção, que nunca encontrou um lar, conseguir passar do ensino médio. Mas esse garoto conseguiu e ingressou na Universidade Estadual de Nova York.

Gus ergueu os olhos da página que estava lendo.

— Adivinhe o que aconteceu com o seu colega de quarto do primeiro ano?

Lane fez um gesto negativo com a cabeça.

— Casper morava no dormitório de estudantes. Em outubro do seu primeiro ano na faculdade, o seu colega de quarto se matou. Casper o encontrou pendurado nas vigas quando voltou ao dormitório certa noite.

Lane lembrou-se do perfil que criara do assassino da Escola Preparatória de Westmont. A natureza organizada da cena do crime indicava não ser aquela a primeira vez que ele matava. Lane também supusera que o assassino vinha de uma família desestruturada, e provavelmente tinha desenvolvido um relacionamento anormalmente íntimo com a mãe. Aquele vínculo materno se opunha a um relacionamento problemático com o pai.

— Parece que todos ao redor desse cara morrem. — Gus deu de ombros. — Depois da faculdade, ele estudou medicina. Mais à frente, fez residência em psiquiatria, especializando-se em psicoterapia de crianças e adolescentes. Minha fonte localizou um antigo paciente de Casper quando ele clinicava em Nova York. Esse paciente já tem quase trinta anos agora, e teve apenas elogios para o seu antigo psiquiatra. Quando perguntado se o dr. Casper utilizava alguma técnica ou prática incomum, o rapaz informou que ele tinha um jeito único de tranquilizar os seus pacientes durante as sessões de terapia.

Lane esperou um momento.

— Qual?

— Ele fazia com que eles manuseassem uma moeda de um centavo achatada. O rapaz disse que funcionava tão bem que, depois de um tempo, era como um bebê chupando chupeta.

Lane sentiu a mente disparar e a premência no peito se transformar em algo mais próximo do pavor.

— Quando combinado com tudo o que aconteceu naquela escola preparatória, é uma coincidência muito estranha que tantas mortes cerquem esse cara — Gus afirmou. — Ou é a prova de que tropeçamos nas pegadas de um *serial killer* de longa data.

Lane pegou o celular e tornou a ligar para Rory.

— Atenda. Atenda o maldito telefone!

95

ASSIM QUE A PORTA PARA O PORÃO SE FECHOU ATRÁS DELA, Rory soube que algo estava errado. Ela desceu três degraus e, então, a sua intuição lhe disse para dar meia-volta, subir a escada, alcançar o piso térreo e sair daquela casa.

Logo que o dr. Casper desapareceu depois do patamar, e Rory o ouviu descer o último degrau, ela decidiu fazer exatamente aquilo. Parte dela — a parte paranoica — preocupava-se com o constrangimento com o qual teria que lidar depois que saísse dali e alcançasse o jardim. Com certeza o dr. Casper reapareceria com a pasta de Gwen Montgomery na mão, perguntando-se por que uma mulher adulta correra para fora da sua casa. Mas aquela mesma parte desconfiada da sua mente clamava para que ela deixasse aquele cenário. A adrenalina do sistema de luta ou fuga tomou conta de Rory, acelerando a sua frequência cardíaca e aumentando a sua pressão arterial. Qualquer constrangimento resultante de fugir naquele momento seria mais fácil de lidar do que o iminente ataque de pânico que ela experimentaria por ficar mais um minuto naquele espaço confinado.

— Você poderia me dar uma mão aqui embaixo — o dr. Casper gritou do porão.

Escada acima e do lado de fora da casa, Rory poderia esperar pelo detetive Ott. Ele estava a caminho. O dr. Casper também não dissera que Gabriella Hanover vinha vindo? Era difícil para Rory acreditar no quanto ela desejava ver verdadeiros estranhos. A sensação confirmou o perigo ao qual ela se expusera.

— Acho que encontrei o que você está procurando — o dr. Casper gritou. — E ela...

Rory se virou e correu escada acima, com o barulho dos passos dos seus coturnos abafando a última sentença de Casper. Ela alcançou a porta que dava acesso ao porão e girou a maçaneta. Trancada. Naquele momento, o barulho de clique que ela ouvira quando a porta se fechou se tornou óbvio. A porta trancava automaticamente. Na escada escura, ela passou os dedos freneticamente sobre a maçaneta, sentindo o buraco da fechadura.

Rory ouviu passos na escada quando o dr. Casper começou a subir metodicamente os primeiros degraus. Ele apareceu no patamar abaixo dela, com o rosto sombreado e os olhos escondidos pela escuridão.

— Eu disse que encontrei o que você estava procurando — ele repetiu. — Venha aqui para baixo.

Rory voltou a experimentar a maçaneta.

— A porta trava automaticamente depois que fecha. É o jeito mais seguro. Agora, não vou mais repetir: desça aqui.

96

HENRY OTT PAROU SEU CHEVY PERTO DOS PORTÕES DA FRENTE da Escola Preparatória de Westmont. Consultou o relógio e depois observou através do para-brisa o caminho escuro logo adiante. Olhou de relance para o espelho retrovisor e tornou a consultar o relógio. Ele se perguntou como podia ter chegado antes dela. Rory ligara quarenta minutos atrás para lhe contar sobre as suas descobertas. Ela pedira que ele a encontrasse na entrada principal da escola, para que Ott pudesse usar a sua influência para localizar Gwen Montgomery. O detetive trocara de roupa às pressas, fizera uma refeição ligeira e foi ao encontro dela. Ele estava tão ansioso quanto Rory para falar com Gwen e descobrir como o sangue de Mark McEvoy manchara as mãos da garota na noite dos assassinatos na escola.

Passado um minuto, Ott decidiu pegar o celular e ligar para Rory. Após uma série de toques, a chamada caiu na caixa postal:

— Aqui é Rory Moore. Deixe o seu recado.

Ott encerrou a ligação e verificou o espelho retrovisor pela segunda vez. Policial por mais de trinta anos, confiava nos seus instintos sempre que soavam alto o suficiente para serem ouvidos. Naquele exato momento, eles gritavam que algo estava errado. Ele alcançou o porta-luvas, pegou a lanterninha do seu interior e saiu do carro para a noite úmida de verão. Abriu a porta traseira, tirou o paletó do gancho e o vestiu. Estava quente como o inferno, mas Ott preferia manter a sua arma escondida. Naquele momento, ajustou o coldre, posicionando-o de modo que a coronha ficasse logo abaixo da axila esquerda.

Em seguida, acendeu a lanterna e caminhou até os portões da frente da Escola Preparatória de Westmont.

97

DEPOIS QUE O DR. CASPER SE VIROU E VOLTOU A DESCER A escada, Rory enfiou a mão no bolso de trás do jeans, mas o celular não estava ali. Verificou a jaqueta e, em seguida, o jeans novamente, como se uma segunda checagem pudesse gerar um resultado diferente. Ela pusera o celular no assento do passageiro do carro depois de ligar para Henry

Ott, e devia tê-lo deixado ali. Por mais um minuto, forçou a maçaneta, com a coceira fazendo a sua pele arder e o suor escorrer pela espinha. Finalmente, Rory se virou e olhou para a escada escura. Fugir ou lutar. A sua primeira escolha já era, então ela suspendeu o óculos pelo nariz, respirou fundo e começou a descer os degraus. Ao alcançar o patamar, virou à direita e viu os últimos degraus que levavam à entrada do porão. Ali estava mais claro, com a luminosidade batendo nos degraus inferiores.

Rory foi descendo lentamente. Na entrada do porão, avistou arquivos de aço cobrindo uma parede e uma mesa cheia de papéis. Por um instante fugaz, ela achou que talvez tivesse interpretado mal a situação. Que o perigo que sentira estivesse apenas na sua mente. Mas então ela viu o dr. Casper através da entrada, à sua esquerda, sentado em uma cadeira, com as pernas cruzadas e um diário encadernado em couro no colo, como se estivesse lendo um romance e saboreando uma taça de vinho à noite. Quando Rory passou pela entrada, outra imagem apareceu. Sentada defronte ao dr. Casper, acomodada em uma cadeira de rodas, uma mulher macilenta com olhos encovados, que estavam abertos, mas pareciam cegos para o mundo ao redor.

— Mãe, essa é Rory Moore — o dr. Casper disse. — Ela é parte do motivo de você estar aqui hoje. E, claro, você já foi apresentada a Gwen.

Rory adentrou mais o porão, além do batente da porta. Então, ela viu uma garota amarrada em uma cadeira, com a boca tapada com uma tira de fita adesiva cinza. Lágrimas rolavam pelo seu rosto, e ela manuseava desesperadamente algo na mão direita. Quando a garota viu Rory, os seus olhos se arregalaram e um gemido escapou do seu peito.

Rory reconheceu o som. *Socorro.*

De repente, a garota deixou cair o que segurava. Rory olhou para o chão: uma moeda de um centavo achatada.

— Gwen... — O dr. Casper descruzou as pernas e se levantou da cadeira. — A moeda deve te acalmar. Não é para deixá-la nervosa. Sempre funcionou para você no passado. Vamos tentar de novo.

Ele se agachou, pegou a moeda e a recolocou na mão de garota. Em seguida, voltou para a sua cadeira, pegou uma tigela na mesa de lado e a ofereceu a Rory. Estava cheia de moedas de um centavo achatadas.

— Também ofereço uma a você, srta. Moore. Pode acalmá-la para o que está prestes a acontecer, mas suponho que o seu transtorno de espectro autista também a tenha atormentado com misofobia.

Rory ficou parada e em silêncio.

— Eu já contava com isso. — O dr. Casper recolocou a tigela na mesa, sentou-se, abriu o seu diário e olhou para Rory. — A minha mãe e eu estávamos prestes a ter uma sessão quando o detetive Ott ligou. Já li quase todo o meu diário para ela. Estou quase no fim. Você também pode ouvir.

Rory permaneceu imóvel, sem sequer piscar, enquanto observava Christian Casper abrir o diário, afastar o marcador de tecido da página e começar a ler.

Sessão 6
Anotação no diário: O FIM ESTÁ PRÓXIMO

Cheguei à casa de hóspedes abandonada e esperei no lugar que os alunos chamavam de "quarto do pânico". Era um nome irônico, porque o termo era utilizado para designar um local da casa destinado a abrigar e proteger os moradores contra qualquer perigo. E naquela noite aquele lugar seria tudo, menos seguro. Eu tinha guardado um molho de chaves da casa antiga de quando ainda era usada como casa de hóspedes para professores. A porta se abriu facilmente, e eu ocupei o meu lugar no canto. Sabia o que estava acontecendo naquela noite. Era o solstício de verão, o que significava que os terceiranistas estavam sendo iniciados. Apesar de os seus membros acreditarem que o jogo se achava envolto pelo manto do sigilo, eu conhecia quase tudo a respeito dele, que era chamado por eles de O Homem do Espelho. E muitos professores também estavam a par, incluindo Charles Gorman.

Charles compartilhara o seu diário comigo na semana anterior, e eu li o que ele fantasiava fazer aos alunos que o vinham atormentando. Então, o meu plano entrou claramente em foco. Eu iria até a casa e esperaria a chegada dos alunos, um por um. De início, planejara matar todos eles naquela noite, mas os dois que Charles mais odiava chegaram primeiro, e, quando ninguém mais saiu da mata, voltei correndo para a escola. Sabia que a polícia acabaria suspeitando de Charles.

Ele era fraco e impotente e, quando me procurou após a tragédia para confessar a sua preocupação de que os seus pensamentos mais sombrios tinham de alguma forma se concretizado, eu o convenci de que a única maneira de ele combater os demônios que o assombravam era ir até a casa e os trilhos e confrontá-los. Nós fomos juntos. Foi ali que ele tropeçou nos trilhos, como o meu irmão adotivo tropeçara anos antes. Foi considerado uma tentativa de suicídio. Eu queria livrar o mundo dos fracos e impotentes — o tipo de pessoa que eu fora um dia —, mas, de alguma forma, Charles sobreviveu. Foi melhor assim. Charles seria exibido ao mundo para sempre como a alma inútil e patética que era. Ele mereceu sofrer por sua fraqueza. Porém, os seus torturadores mereceram morrer. Assim como o meu pai.

Naquela noite, no quarto do pânico, Andrew Gross morreu em uma poça do próprio sangue. Tanner Landing, de uma lança que espetou o seu cérebro. Tive que esperar pelos outros. Porém, lentamente, um por um, eles vieram às nossas sessões de terapia e confessaram a sua culpa por terem induzido Charles Gorman aos assassinatos e à tentativa de suicídio, escondendo da polícia o fato de que o viram naquela noite, sozinho na sua casa, e que a cronologia dos acontecimentos impossibilitava que Charles tivesse ido até a casa abandonada.

Mas, naquela noite, algo mais acontecera que também passou a atormentar as suas almas. Por acidente, eles mataram um homem, e sumiram com o corpo dele no riacho Baker. Cada um deles me procurou. Todos desesperados em busca da minha ajuda. Desvairados para encontrar uma maneira de superar o remorso. Ofereci a solução perfeita. Eu disse a eles que a única maneira de tranquilizar a consciência era cada um enfrentar os seus demônios no lugar exato em que foram gerados.

Bridget foi a primeira. Eu a convenci a se encaminhar para a casa de hóspedes abandonada. Ofereci-me para acompanhá-la, para ficar ao lado dela enquanto ela enfrentava os seus demônios nos trilhos do trem. No local exato em que todos acreditavam que Charles Gorman tentara se suicidar. Quando chegamos ali, Bridget fechou os olhos e esperou que o trem levasse os seus tormentos. Igualzinho ao meu irmão adotivo anos antes, foi muito fácil.

    Danielle e Theo vieram em seguida. Todos acreditaram que eles se suicidaram. Mas então o repórter chegou e o podcast começou. Um novo interesse se criou em torno dos suicídios e, apesar dos meus esforços para reprimir aquela curiosidade e encerrar o podcast, não tive dúvida de que era apenas uma questão de tempo até que eles voltassem para mim. Todavia, estou em paz com tudo. Sabia que esse dia chegaria. Desde a época em que eu espiava pelo buraco da fechadura do meu quarto e permiti que aquela criança fraca e impotente morresse — aquela que via o seu pai bater na sua mãe —, sabia que esse dia acabaria chegando.

    Quando Gwen veio me procurar ontem, eu soube que o dia chegara. Ela tinha um grande plano de ir à polícia, mas eu não podia permitir que isso acontecesse, mãe. Não antes de você e eu compartilharmos esse último momento juntos.

Fechei o diário e olhei para a minha mãe. Senti a presença das outras duas mulheres no recinto: Gwen, amarrada e me encarando, e Rory Moore, certamente em pânico acima do pensamento racional.

— Acha que o que eu fiz está errado, mãe?

Houve um longo silêncio, mas, naquela noite, só o contato visual não era suficiente.

— Mãe! Você acha que o que eu fiz está errado?

— Nem um pouco — ela respondeu.

Sorri com as palavras tranquilizadoras. Elas me purificaram e me acalmaram. Claro, aquelas eram as únicas palavras que a minha mãe conseguia falar desde que despertou do coma mais de vinte e cinco anos atrás. Mesmo assim, eu gostava de ouvir a sua voz. Precisava da sua garantia de que eu levara a minha vida com o intuito da sua aprovação. Sou quem sou hoje, e fiz o que fiz ao longo da existência, por causa dela. Por causa das coisas que ela me permitiu testemunhar pelo buraco da fechadura da porta do meu quarto. Por causa da sua fraqueza.

Coloquei o diário sobre a mesa ao lado da minha cadeira. Levantei-me, enfiei a mão no bolso e tirei a navalha. Eu a abri e travei a lâmina no lugar. Dei um passo em direção à minha mãe, sabendo que aquilo era necessário, apesar do quão difícil seria.

98

RORY OUVIU CHRISTIAN CASPER LER PARA A MULHER CADA-vérica sentada diante dele. Casper a chamara de *mãe*? Ela achou que sim, mas a cena era tão desconcertante que Rory não estava processando as coisas de maneira correta ou lógica. Naquele momento, ela sabia apenas que experimentava aquele mesmo senso de obrigação do ano anterior, quando estava em uma cabana escondida na mata. Alguns minutos antes, quando se encontrava na escada, o seu objetivo principal era a autopreservação. Mas agora era outro. As outras mulheres no recinto precisavam dela. Rory não podia mais levar em consideração uma fuga.

Rory respirou fundo e ouviu o dr. Casper confessar que matara Tanner Landing e Andrew Gross. Ouviu como ele empurrara Charles Gorman e os outros na frente do trem que passava perto da casa de hóspedes. Com certeza, aquele homem era responsável pela explosão que custara a vida de Mack Carter e quase a de Lane também. Com o suor escorrendo pelas costas, a sua mente exibia o quadro de cortiça no solário do chalé e as fotos pregadas nele com os rostos das vítimas.

Casper parou de ler, e o silêncio pôs Rory em alerta. Ela observou quando ele se levantou da cadeira, enfiou a mão no bolso e tirou algo. A iluminação do teto refletiu o metal, e a lâmina de uma navalha surgiu ameaçadoramente quando ele a abriu. A mulher frágil nem sequer se mexeu quando Casper se aproximou dela, parecendo alheia à realidade.

— Você me fez assim, mãe — Casper murmurou. — E agora que estou pronto para deixar esta vida que você me deu, vou te levar comigo.

Rory não teve tempo de considerar as suas opções: simplesmente correu na direção de Casper. Como um jogador de defesa de futebol americano, baixou a cabeça e foi de encontro à cintura dele. O ombro direito de Rory golpeou a virilha dele com força, e Casper deixou escapar um gemido quando o ar escapou dos seus pulmões, e os dois caíram no chão. Imediatamente, ela alcançou a mão direita de Casper para isolar a navalha, mas quando agarrou o pulso dele, viu que a mão estava vazia.

Casper ficou de bruços, ainda gemendo por causa do golpe, e começou a rastejar em busca da arma, que caíra a alguns metros de distância. Rory passou o braço direito ao redor do pescoço dele e aplicou-lhe uma gravata, apertando com toda a força, procurando sufocá-lo. Ela retardou o progresso dele, mas não deteve o rastejamento de Casper, centímetro a centímetro, em direção à navalha. Rory apertou com mais força, esperando que a falta de sangue e oxigênio no cérebro dele acabasse por detê-lo. Casper deixou escapar um chiado abafado da traqueia contraída, mas continuou se arrastando, com Rory nas suas costas, até que a navalha ficou ao seu alcance.

Rory cerrou os olhos e usou o máximo de força para sufocá-lo. Quando Casper pegou a navalha, o medo se apossou de Rory. Ela respirou fundo, buscou as suas últimas energias e apertou o pescoço dele com todo o vigor.

Mesmo assim, Casper foi capaz de deslizar os dedos pelo cabo da navalha. Rory soltou um grito gutural quando Casper agarrou a arma.

99

O DETETIVE OTT APONTOU O FEIXE DE LUZ DA LANTERNA PARA os portões da Escola Preparatória de Westmont e para o calçamento de paralelepípedos mais à frente. A biblioteca estava visível a distância, com as suas quatro colunas robustas iluminadas por holofotes apontados para cima. À direita ficava o estacionamento de visitantes, e ele notou um carro solitário parado ali. Ott esticou o pescoço para ter uma visão melhor, mas o muro de tijolos ao qual os portões de ferro forjado estavam ligados bloqueava a sua visão.

Ott levou um minuto para considerar as coisas, e depois se dirigiu à calçada que corria paralela ao muro de tijolos vermelhos. A barreira tinha quase dois metros e meio de altura. Ele percorreu uma distância que avaliou que o colocava em linha direta de visão para o estacionamento de visitantes, guardou a lanterna no bolso interno do paletó, estendeu os braços até o topo do muro e se impulsionou para cima, para que pudesse espiar pela borda superior dos tijolos.

Ott resmungou ante o esforço, e não pela primeira vez considerou que estava ficando velho demais para aquela merda. Mas velho ou não, os seus instintos nunca o guiaram para o caminho errado. Ele se lembrou do Toyota de Rory Moore de quando fora à casa do dr. Phillips para conversar com eles. Naquele momento, ele estava vendo o carro dela. Perguntou-se por que ela entrara na escola sem ele. Rory lhe disse que esperaria do lado de fora dos portões.

Ott se impulsionou para cima e levantou a perna direita até o calcanhar alcançar a parte mais elevada do muro. Gemeu e resmungou até que conseguiu ficar sentado de pernas abertas sobre os tijolos. Passou a perna esquerda por cima deles até que as duas pernas penderam no lado do muro dentro da escola. Um joelho estropiado do tempo da prática de futebol americano universitário protestaria contra a sua próxima decisão e, assim, ele não se deu tempo para mudar de ideia. Apoiou as palmas das mãos nos tijolos, ergueu o traseiro e pulou. Caiu no chão e ficou grato por encontrar grama em vez de concreto. Mesmo assim, o seu joelho doeu quando ele atingiu o solo.

Ott se encaminhou ao estacionamento, apontou a lanterna para o carro de Rory e notou o celular dela no assento do passageiro. Levou apenas um minuto para olhar ao redor e, em seguida, dirigiu-se para um caminho que se lembrou de que era chamado de Fileira dos Professores. Foi dali que Ott entrou na casa de Charles Gorman no ano anterior. Naquele momento, ele estava ali, olhando para o caminho silencioso que passava na frente das casas. Foi quando ouviu um grito abafado que veio de uma casa geminada à sua direita.

Ott arregalou os olhos quando pegou a sua arma. Ao ouvir outro grito, correu em direção a ele.

100

RORY SE ASSUSTOU COM O GRITO QUE DEIXOU ESCAPAR quando os dedos de Casper encontraram o cabo da navalha. Foi um som estranho e animalesco, e Rory não acreditou que pertencia a ela. No entanto, ela sabia o que significava. Ela lutava pela sua vida, e aquela voz não familiar que lhe escapava gritava para que ela fizesse todo o possível para ganhá-la.

Quando Casper agarrou o cabo, Rory parou de sufocá-lo e rolou para longe dele. Como um vácuo sendo desobstruído, Casper inalou uma enorme golfada de ar. Rory deu as costas a ele e saiu correndo como uma louca para a entrada. Sua única esperança era chegar à janela que vira no caminho para o porão e escapar por ela antes que Casper se orientasse. Ela nem chegou perto. Num instante, Casper a alcançou, jogando-se nela por trás. Rory foi de cara no batente, com o gesso cedendo com o impacto dos seus corpos. Rory voltou a gritar quando conseguiu se virar e se colocar de costas para a parede. Naquele momento, os dois ficaram cara a cara. Casper ergueu a navalha. Rory só teve tempo de agarrar o pulso dele quando Casper empurrou a lâmina na direção do seu pescoço. Com certeza, a mente de Rory raciocinou em alguma estranha tangente de pensamento: aquela era a mesma navalha que Casper usara para cortar as gargantas de Andrew Gross e Tanner Landing.

Uma pancada veio do andar de cima. Alguém estava batendo na porta da frente. Rory viu os olhos de Casper se arregalarem. As bochechas dele tremeram com o esforço para empurrar a navalha para mais perto dela. O braço esquerdo de Rory somente não era forte o bastante para deter o avanço da lâmina. Então, ela levantou a mão direita como reforço. Ao fazer isso, Rory roçou a mão no seio esquerdo e sentiu uma picada na jaqueta. Num piscar de olhos, ela baixou o zíper, enfiou a mão no bolso da camisa e tirou um pincel Foldger-Gruden. Era o último que ela usara na boneca Kiddiejoy naquela manhã, destinado a acabamentos finos e com uma ponta semelhante a uma agulha no cabo.

Quando Casper empurrou a lâmina da navalha na direção do seu pescoço, Rory espetou o cabo pontiagudo no globo ocular esquerdo dele. Como um balão rompido, Casper esvaziou na frente dela e desabou no chão, com o rosto caindo sobre os coturnos Madden Girl Eloisee e tingindo-os de vermelho.

101

A AUTÓPSIA DE CHRISTIAN CASPER REVELOU QUE O CABO DO pincel Foldger-Gruden atravessou o seu globo ocular esquerdo — uma perfuração sem interferência através da córnea, da íris, do cristalino, da retina e do osso orbital — e rompeu a artéria carótida interna. Uma hemorragia cerebral intensa, formalmente denominada *exsanguinação por hemorragia craniana*, foi a causa da morte. O tipo da morte: homicídio justificável.

De fato, a mulher macilenta era sua mãe: Liane Casper. Ela ficou hospitalizada durante três noites após a provação no porão da casa do filho e, depois, voltou para a instituição de cuidados prolongados perto de Indianápolis. Gwen Montgomery também passou algum tempo no hospital. Ela não sofreu lesões corporais, mas a sua saúde mental — já frágil desde o ano anterior — estava em um ponto de ruptura. Uma semana depois da sua libertação, Gwen encontrou algum alívio ao finalmente compartilhar o seu segredo com o detetive Ott e o Departamento de Polícia de Peppermill. Ela e Gavin Harms enfrentavam acusações de homicídio culposo pela morte de Marc McEvoy, cujo corpo fora resgatado do riacho Baker. Gwen e Gavin encaravam uma ampla gama de sentenças em potencial, de liberdade condicional a anos de prisão.

Uma semana após os acontecimentos no porão de Christian Casper, Rory entrou no estúdio do seu bangalô em Chicago. Sentada à bancada, tomou um gole de Dark Lord. A boneca alemã Armand Marseille Kiddiejoy estava naquela bancada sob a luminária de haste curva acesa. Tanto para o observador casual como para o colecionador experiente, a boneca era impecável. O rosto não tinha defeitos, pois as rachaduras haviam sido eliminadas com perfeição. A reconstituição da orelha e da bochecha ficara equilibrada e sem emendas.

Rory passou uma escova pelo cabelo da boneca, arrumou as suas roupas e depois se dirigiu para a fileira de prateleiras embutidas. Havia apenas um lugar vago, criado naquela manhã, quando Rory pegou uma boneca mais velha e a guardou. Ela colocou a Kiddiejoy no lugar vago e recuou para admirar a sua obra. Algo dentro de Rory se restabeleceu, e ela se sentiu equilibrada novamente quando a sua última restauração se misturou na coleção. A variedade de bonecas que enchiam o seu estúdio não era apenas o trabalho da sua vida, mas também a sua salvação. Uma tábua de salvação que a guiava além da aflição, que, de outra forma, tinha o poder de atrair os seus pensamentos e destruir sua existência.

Rory voltou para a bancada, sentou-se na cadeira e tomou outro gole de Dark Lord. Um grande envelope pardo chegara pelo correio naquela manhã, e ela o guardara para abri-lo naquele momento. Depois de rasgar a parte superior, retirou o jornal dobrado. Era a edição do dia anterior do *Indianapolis Star*. O artigo estava na primeira página, acima da dobra.

HOMEM DESAPARECIDO EM SOUTH BEND REVELA O MISTÉRIO DOS ASSASSINATOS NA ESCOLA PREPARATÓRIA DE WESTMONT

Parte um de uma série de três partes

POR RYDER HILLIER

Antes de iniciar a leitura, Rory puxou uma nota autoadesiva amarela que estava na primeira página do jornal.

> RORY,
> MINHA REUNIÃO É AMANHÃ.
> OBRIGADA CEM VEZES!
> RYDER

Rory tomou mais um gole de cerveja. Foi a sua primeira e última garrafa da noite. Tinha que estar "ligada" para o voo do dia seguinte, apesar de que daquela vez teria Lane sentado ao seu lado, e o voo para a Flórida certamente seria muito mais agradável do que o último.

Ela pegou o jornal e leu o artigo de Ryder.

102

RYDER HILLIER CHEGOU A CHICAGO EM MENOS DE DUAS HORAS, e naquele momento pegava o elevador para o trigésimo quarto andar do prédio de escritórios situado no meio do centro financeiro da cidade. Ryder sentiu um frio na barriga e se esforçou para manter as emoções sob controle. As portas do elevador se abriram, e ela saiu dele puxando uma maleta com rodinhas. Em seguida, abriu as portas de vidro e seguiu para a recepção.

Um jovem com um sorriso simpático a recebeu.

— Olá, como posso ajudá-la?

— Sou Ryder Hillier. Tenho uma reunião marcada com Dwight Corey.

— Sim, ele está à sua espera — o jovem afirmou, com entusiasmo e pegou o telefone. — Sr. Corey, a srta. Hillier chegou.

Um momento depois, um homem alto, impecavelmente vestido com um terno Armani bege, abriu a porta ao lado da recepção. Ele também ostentava um sorriso largo.

— Ryder? — Ele se aproximou, estendendo a mão. — Dwight Corey. Prazer em conhecê-la.

Ryder o cumprimentou.

— Obrigada. Agradeço muito a oportunidade.

— É mais do que uma oportunidade. Pelo que Rory e Lane me disseram, você foi feita para isso. Vamos entrar. O pessoal da NBC estará aqui em trinta minutos. Enquanto isso, aproveito para informá-la sobre a oferta.

Ryder engoliu em seco e seguiu o agente até o escritório. Ela estava prestes a vender para a NBC a sua imagem de apresentadora perfeita para dar continuidade ao podcast de Mack Carter. Ao puxar a maleta com a sua pesquisa para o interior do escritório de Dwight, sentiu o coração disparar.

103

O VOO DELES ESTAVA MARCADO PARA A UMA DA TARDE. SAÍ- ram de casa às dez. Para o gosto de Rory, era cedo demais, já que chegariam ao aeroporto às dez e meia, ou seja, com muita antecedência. Mesmo com passagens de primeira classe e o benefício do Admirals Club da American Airlines, tanto tempo ocioso no aeroporto mais movimentado do mundo era desagradável. Mas Rory tinha uma parada a fazer antes de seguirem para o Aeroporto Internacional O'Hare.

Lane, que estava ao volante para que eles pudessem prescindir do estacionamento, virou na rua LaSalle e se ligou nos riscos de parar em fila dupla. Rory saltou do carro e entrou na loja de sapatos Romans. Depois de quase uma década usando o mesmo par de coturnos Madden Girls, naquele momento ela adquiria o seu segundo par em poucas semanas. O último par ficou inutilizado depois que o globo ocular dilacerado de Christian Casper vazou sangue nele.

Rory enfiou os pés nos calçados de tamanho 37 e sentiu a mesma calma de quando estivera ali no começo do mês. Pagou ao caixa e saiu da loja usando os coturnos recém-comprados. Que se danasse o calor da Flórida. Afinal, ela nunca fora uma garota de usar sandálias de dedo.

O avião pousou em Fort Myers às dezesseis e cinco. Trinta minutos depois, eles estavam a bordo do carro de aluguel na ponte para Sanibel Island. No relacionamento de Rory de mais de dez anos com Lane, eles nunca tiraram férias juntos. Havia muitas razões para isso. Rory preferia passar sozinha o tempo de inatividade entre os casos, ou pelo menos, em causa própria, restaurando uma nova boneca e combatendo a aflição opressiva que costumava agir para perturbá-la. Lane simplesmente não era do tipo que gostava de tirar férias. Nenhum dos dois cérebros era capaz de ceder o suficiente para permitir que se deitassem à beira de uma piscina para se bronzear. A aversão de Rory à areia e todas as fendas que ela tinha o potencial de penetrar foram o bastante para mantê-la longe de uma praia durante toda a vida. Por isso, aquela viagem era um salto de fé. Lane prometera que havia método na loucura de alugar um apartamento em Sanibel Island. Por ser como era, Rory não conseguia ver qual poderia ser. Mas o fato de Lane ter escapado de morrer por um triz e o seu próprio momento traumático no porão de Christian Casper foram o bastante para que o casal repensasse as suas vidas. Lane dissera a Rory que sabia do que ela precisava e entregaria aquilo naquela viagem. Ele nunca mentira para ela, por isso Rory acreditou nele quando Lane garantiu que ir para a Flórida era a coisa certa a fazer.

Rory Moore não era o tipo de mulher que podia ser arrebatada e levada de volta a algum estado de felicidade. Lane sabia disso. Ele entendia como a mente de Rory funcionava e como o DNA dela era codificado. A mente de Rory precisava de estímulo constante, fosse de um caso arquivado, fosse reparando uma boneca antiga danificada na bancada de trabalho do seu estúdio. Os casos que Rory resolvia não eram apenas a sua atividade profissional, eram o seu estilo de vida. Um equilíbrio delicado que a ajudava a existir. Rory precisava dos mistérios dos casos não resolvidos porque, sem um quebra-cabeça para juntar as peças, a sua aflição tomaria conta de tudo.

A ponte os levou até Sanibel Island, e Lane conduziu o carro pela única estrada que cortava a ilha. Ele entrou em uma rua lateral ladeada e sombreada por longas fileiras de palmeiras. Então, finalmente chegaram à entrada do condomínio de prédios.

— Pela sua cara, você está começando a se preocupar.

— Não. — Rory forçou um sorriso e fingiu estar olhando pela janela. — Isso é lindo. É... exatamente do que eu preciso.

— Ainda acha que eu te trouxe aqui para que ficasse sentada na praia tomando uns drinques, não é?

— Não sei bem o que faremos durante a nossa estada, mas tenho certeza de que você não acredita que eu beberia drinques ou caminharia pela praia.

Depois de encontrar uma vaga no estacionamento, Lane tirou a bagagem deles do porta-malas. Pegaram o elevador externo para o terceiro andar, onde Lane destrancou a porta e a abriu para Rory. No interior do apartamento, deixaram as malas no quarto, e Lane levou Rory até a varanda. O golfo se exibia majestosamente diante deles, com o sol vespertino cintilando sobre a superfície do mar.

Rory fez uma careta quando olhou para a praia.

— Sério, Lane, não me faça andar descalça na areia.

— Por favor, Rory, eu já te conheço tão bem a esta altura... — Lane a abraçou. Em seguida, consultou o relógio. — Quero te apresentar um cara. Ele tem algo para te mostrar.

— Terei de usar sandália?

— Meu Deus, não, morda a língua!

104

BATERAM NA PORTA DO APARTAMENTO QUE FICAVA NO MESMO andar que o deles. Rory usava jeans cinza, camiseta cinza e os novos coturnos Madden Girls rígidos, mas confortáveis. Pouco depois, quando vieram atender, Rory ajeitou os óculos, mas por algum motivo o desejo de se esconder atrás deles pareceu menor do que o habitual. A aura do senhor de idade que surgiu após girar a maçaneta a deixou à vontade de imediato.

— Lane! — o homem exclamou com um sorriso largo e um aperto de mão. — Prazer em revê-lo.

— Igualmente, Gus.

Lane se virou para Rory.

— Gus Morelli, esta é a minha cara-metade. Rory Moore.

— Rory... Ouvi falar muito de você. Por esse cara e por outros.

Rory sorriu.

— Prazer em conhecê-lo. — Ela notou que ele não tentou apertar a sua mão.

— Vamos entrando. — Gus apontou para Rory. — Tenho uma coisa para você. — Ele olhou para o relógio. — Ah, são cinco horas em algum lugar...

No apartamento, Rory permaneceu ao lado de Lane vendo Gus abrir a geladeira e pegar uma garrafa de Dark Lord.

— Que dificuldade achar isto aqui para comprar! Mas valeu a pena. Caramba, é boa demais! — Gus descascou a cera do topo da garrafa e a abriu. — Doutor, posso servir uma para você?

— Não — Lane respondeu. — Cerveja preta azeda o meu estômago. Mas vou tomar uma cerveja *light*, se você tiver uma.

— La Rubia está na prateleira de baixo — Gus informou, indicando.

Gus entregou um copo para Rory. A cerveja foi perfeitamente servida, com um colarinho cinza espesso sobre a cerveja preta abaixo.

— Saúde. — Ele estendeu seu copo.

Lane ergueu a sua garrafa. Rory olhou para os dois, que pareciam amigos antigos, ainda confusa com o que estava acontecendo.

— Qual o motivo do brinde? — ela quis saber.

Gus inclinou a cabeça como se houvesse algo para Rory ver atrás deles. Então, fitou Lane e sorriu.

— Você não contou a ela?

— Ainda não — Lane afirmou.

Gus piscou para Rory.

— Venha comigo.

Rory seguiu Gus pelo corredor e além da sala de estar. Ele pôs a mão na maçaneta de uma porta fechada e a girou. Foi como se o quarto emitisse uma corrente magnética que atraísse Rory em sua direção. No seu interior, ela avistou pilhas de caixas. Deu um passo para dentro.

— O que é tudo isso?

— Todos os casos de uma carreira de trinta anos que nunca consegui solucionar ou esquecer. Lane disse que você talvez se interessasse em me ajudar com eles.

Rory caminhou lentamente até as caixas e passou a mão nelas. Sentiu a mente começar a se excitar e vibrar ante as possibilidades oferecidas por aquele quarto. O coração palpitou ante todos os mistérios que esperavam ser resolvidos.

Rory se sentou na cama, deixou a sua Dark Lord na mesa de cabeceira e pôs uma das caixas no colo. Bem devagar, ergueu a tampa.

Em *A Garota do lago*, seu livro de estreia, conhecemos a história de Becca Eckerley e a repórter investigativa Kelsey Castle. Becca tinha a vida perfeita e era amada por todos, mas o destino trágico dessa jovem brutalmente assassinada numa pacata cidade faz com que a repórter Kelsey mergulhe numa investigação por respostas desse crime, e ao mesmo tempo, fará com que ela enfrente os próprios demônios.

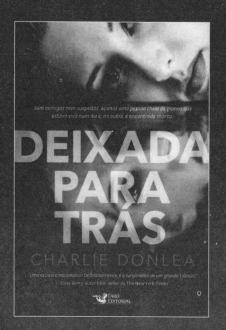

Deixada para trás, foi considerado como o melhor suspense de 2017 pelos leitores. Narra a história de duas garotas sequestradas na mesma noite, mas apenas uma delas escapou para dizer o que aconteceu naquele dia. E após um ano do sumiço de Nicole e Megan, a médica legista Lívia Cutty, irmã de Nicole, ainda quer respostas sobre o que aconteceu com sua irmã, nem que seja o paradeiro de seus restos mortais.

**ASSINE NOSSA NEWSLETTER E RECEBA
INFORMAÇÕES DE TODOS OS LANÇAMENTOS**

www.faroeditorial.com.br

CAMPANHA

Há um grande número de portadores do vírus HIV e de hepatite que não se trata. Gratuito e sigiloso, fazer o teste de HIV e hepatite é mais rápido do que ler um livro.
FAÇA O TESTE. NÃO FIQUE NA DÚVIDA!

ESTA OBRA FOI IMPRESSA
EM SETEMBRO DE 2020

Uma garota inocente injustiçada ou uma assassina fria e manipuladora? O destino de Grace Sebold toma um rumo inesperado e trágico, durante uma tranquila viagem com o namorado. O rapaz é assassinado e todos os sinais apontam para Grace. Condenada por um crime surreal, ela embarca em um pesadelo que parece não ter fim.

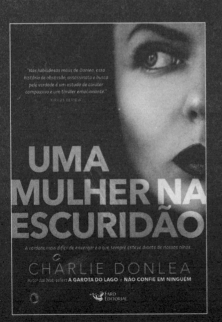

Ao limpar o escritório de seu pai, falecido há uma semana, a investigadora forense Rory encontra pistas e documentos ocultados da justiça que a fazem mergulhar num caso sem solução ocorrido 40 anos atrás. Traçar conexões entre passado e presente é a única maneira de colocar um ponto final nessa história, mas Rory pode não estar preparada para a verdade...